改变，从阅读开始

漢唐陽光·HTYG

韩松精选集 Ⅳ

冷战与信使

江苏凤凰文艺出版社
JIANGSU PHOENIX LITERATURE AND ART PUBLISHING, LTD

总序：怀着感激地活着并写作

今年是我写作科幻小说三十六年。感谢汉唐阳光、未来事务管理局与江苏凤凰文艺出版社的编辑和工作人员，他们以极大的热情和友情，为我出版这个精选集。它包含长篇小说《红色海洋》及《火星照耀美国》，这两部是再版，因为之前的已经卖完了，有读者希望重印；中短篇小说集《苦难》和《冷战与信使》，前者是新作，大多还没有正式发表过，后者包含了我获中国科幻银河奖、全球华语科幻星云奖、世界华人科幻文艺奖、星空奖、引力奖等的作品；随笔杂文集《我一次次活着是为了什么》和诗选《假漂亮和苍蝇拍手》，这两部是新尝试，收录了一些“另类”之作。

这是我第一次出版“文集”，六个封面都是布兔画的，非常精彩，她也是我的作品《地铁》、《高铁》、《火星照耀美国》首版的封面画师。布兔敏感、细腻而神秘，她好像长有另一双眼睛，能见到凡人见不到的世界，她笔下展现出来的艺术魅力，已远远超越科幻。我对她满怀钦佩和感激。

我初中写科幻到现在，一直没有中断。我见证了中国科幻在改革开放后的高潮、跌落与复兴，它是这个国家现代化的晴雨表，也是大国崛起雄心的表达，乃至苦难风暴过后的彩虹映射。大概因为如此，科幻才在今天成了一种火热的社会和文化现象，被许多人讨论。不少人还正在把科幻小说改编拍成电影，以创造一个史无前例的新局面，这里面，就包括我的《红色海洋》、《火星照耀美国》和《冷战与信使》。又一次，中国科幻似乎进入了一个繁华喧腾的时期。我生逢其时，内心弥布纠结的感激。

今年是世界科幻诞生两百周年。这我也赶上了。今年初，我赴瑞士，感谢施建国先生和聂晓阳先生的帮助，我得以来到日内瓦湖畔，谒访了一八一八年玛丽·雪莱女士写作《弗兰肯斯坦》时住过的旧居。湖光山色，宇宙在上，我所看到的万物已存在了一百三十七亿年，人类在这颗星球上也出现了五百万年，我凑巧出生在这段可以用科幻来表达对世界的感触的片刻时光中，参与人类对宇宙的终极思考，怎能不心存感激呢？这似乎专属于西方的科幻，在一百多年前进入中国，如今，中国科幻又反向输入西方。像这部精选集里的一些作品，也被译成外文在国外发表出版。我对译者们致以衷心的谢意，他们证明了科幻是一种世界语言。

也有人担心，科幻在中国的进程，会不会像历史上反复发生的那样，再一次被打断。对此我不能确定，正如难以回答人类未来的命运将会怎样一般。许许多多的科幻已经描述了人类结局的种种可能，有的悲观，有的乐观。不管今后会是怎样，我都要对我现在作为人的活着而拱手称谢，因为我或许本来可能成为一头猪、一只羊的，那样我哪怕对世界有所体悟，也无法用文字表达出来。

这些年里，常常有人问我为什么要写作科幻，怎么坚持下来的，如何跟本职工作协调的。我有时说是因为兴趣和爱好，有时说是由于家人、朋友、同事和领导的鼓励支持，有时说是作为现代人需要有丰富的想象力并关注科技对人性的改变，有时说是我们不应该停留在过去而应该面向未来，有时说是因为要让自己拥有一个跟别人不一样的世界。最近我则是这样觉得的：每个人都有责任，把自己在这个片断宇宙中的经历，尽可能记录下来，留给另一个宇宙中的我看。因此，我要代表那个未知的我，对此刻的我，道一声谢谢。

韩　松

二〇一八年九月二十七日

目录

冷战与信使

铁鸟知道自己将不久于世，于是，他开始努力回忆往事。

他躺着，看着反射镜把众星的景色摄入。他以为那是梦幻。

他想象与他的女人第一次见面时的情形。

那时候所有的行星都还在冷战呢，他回忆到，僵死的心中荡起一丝转瞬即逝的兴奋。

初识她时，他以为她是瓦刚星人。但后来发现她是地球人，他便与她偷偷开始了来往。

那时候结交一个姑娘并不容易。搞不好要判七年徒刑。

铁鸟苦闷的是，尽管他对她殷勤备至，但她却若即若离，关键问题上老回避。

后来女人告诉他，她已经有了一个相好。

“你应该早说。他是干什么的？”铁鸟装着大度的样子，吃吃笑着说。

“他在一个保密单位工作。”

“还保密单位呢。保什么密呀？说给我听听。”

但那姑娘转言其他。

铁鸟回忆到，他当时愤而决定和她断绝来往。但过了三个巴纳德星日，他熬不住，便又去找她。

他仍然醋意地想着那人。

“他常来看你吗？”他想忍住不涉及这个问题，但不知怎么的，话脱口而出。

“不。他经常出差。”

她想了一下才说，一边漫不经心望了一下反射镜。那时候太空中刚装第三个反射镜。

没有人知道反射镜是干什么用的，人们为什么要装它们。

它们悬挂在空中，像一个个问号。有时铁鸟想象，它们是一具具上吊的僵尸。

生命恍惚便是这样，他想。

“怪不得我从来没见过他。”铁鸟说。

“不过他快回来了。”

她对铁鸟诡黠地眨眨眼。他觉得她的样子可爱也可恨。他笑不出来。

几天后他再去找她，她都不在。他想是“他”出差回来了。又过了痛苦的几天，他才见着她。她流光溢彩的目光中有一丝忧郁。

“是他回来了吧？”铁鸟装作不经意地问。

“回来了，又走了。”

“他们出差挺频繁的啊。哪像我这种人，整天无所事事。”

“下次他一回来，我们就准备结婚。”

铁鸟愣了一下。她看着他，哧地笑起来。

“妹夫到底是做什么的？总不能保密一辈子呐。”

他酸酸地开着玩笑，希望最后给她留下一个好印象。

他已决定真的不再去找她。

她犹豫一下，说："他是信使。"

铁鸟这样等级的人是没有见过信使的。

信使仅来往于笼罩在强力防护网下的深宅大院。

他们有着永远年轻的面孔，更重要的，他们可以在众星间驰骋。

而一般的人，是被禁止境外旅行的。

信使的介入使铁鸟感到了威胁。

冷战时代的信使是多么神秘而不可接近的人物啊。在这个坐在隐蔽室中就能凭借技术洞悉天下事物的宇宙里，信使保留着各大星系最后一点秘密。

处于冷战状态的各个星球都有自己的信使组织。他们是秘密信息的携带者。目前没有一种技术手段能保证信息不被窃密。但是信使使用的是原始的人力，超越了技术的局限。

信使也有可能被敌方捕获。但是藏在信使脱氧核糖核酸分子结构中的密件很难窃取。信使的存在，使通过时空"晶格"传输信息的被窃密几率下降了二十七个百分点。

尽管铁鸟听说女人的相好是信使，他仍然没有真的断绝与她的来往。

他继续鼓起勇气去找她。奇怪的是，话一说破，他们的关系反倒比以前随和了。聊起她的相好来，他也不再那么如临大敌。

"你担心他的安全吗？"一次他问她。

“他对各个星球利益对立的情况了如指掌。他知道随机应变。”

铁鸟对这一点略有所闻。其实信使很少出事。何况他们出行时还有“神武工蜂”护驾。因此他很失望。

不过，这时她眉心掠过的一丝不安让他捕捉到了。

“我最担心的倒不是他的安全问题。”她望着天空出神地说。这时一组夜行飞船掠过反射镜下明亮的天空。四周溅出鲜花的恶臭。

“那是什么呢？”

“所有的信使都乘坐近光速飞船出差。天上三天，人间三十年哪。”

铁鸟于是知道了，她为什么叹气。不过，其实他早猜想到了这一点。但他故意要她先说出来。

“所以每次他走，你都为这个哀伤？”他不无醋意，又不无恶意地说。公园的旷野中，一群地球人正在埋葬死者。

“如果是近地空间还好一点。他转瞬可回。但是……”

“当然了，我猜他还没出过远差吧。”

“你说对了。最远的一次也就是上次。他去给‘特区’空间站送信。从我的立场看，共花了十五个巴纳德星日，对于他来说，不过几分钟。”

“但这可以忍受。他事先都要告诉你他的去向吧？”

“他从不告诉我去哪里。这是他们铁的纪律。”

“我教你一个办法。下次他走时，你可以从他的眼神是否忧伤看出。如果他感到无所谓，那么表明他去得不是很远。如果他很忧伤，则他可能对这次离别后多久才能重返没有信心。这还可以看出他是否真的爱你。”说最后一句话时，铁鸟有意加重了语气。

女人哀怨地看着铁鸟。

“你为什么还不离开我？”她问。

他心里一震，说：“我不知道。”

这时，他们脑中的芯片传来探测器的轰鸣。瓦刚星人的搜索车正在远处树梢上跳跃。人群的奔跑和喘息声膨胀起来。他们也开始快跑。

从此铁鸟有了打听信使活动规律的癖好，尤其是他们在婚姻恋爱方面的一般行为规范，尽管信使的存在使他顾影自怜。

他的发现不多，但也足使他兴奋而惶惑。原来，信使很少在所谓恋爱和婚姻问题上忧伤。由于他们乘近光速飞船旅行，因此，爱他们的女人便存在于时间的长河中。

铁鸟的师傅曾对幼年的铁鸟说：“情感的法则已转换为物理的法则。我要教你们的，是如何用克拉克公式做替换。”

但师傅补充说，在冷战时期，公式已失去意义。“你们只能谙熟于心，等待自由到来时再去使用。”

铁鸟当时无法理解这话的含义。

现在，他明白信使们如果在现时有失，仍可以在未来找到新欢。近光速飞船的存在使大多数信使都很薄情。

而铁鸟所爱的女人遭遇的信使是何种类型呢？

但愿我不知道，也许是永远不会知道。铁鸟苦恼地想。

时光如水。反射镜越建越多，把天空整个遮蔽了。最初追求的明亮，反而归于黯淡。

风景隐藏着平民们不知的目的性。

铁鸟和他的女友怀着不同的心情等待信使的重返。

“他”已离开一个巴纳德星月，也没有要回来的意思。他和她都感到异样。但他们在交谈中都小心翼翼不提此事。

这种不安的氛围一直持续下去，直到两人的神经快陷于崩溃。

“你送别他的时候，他眼神中有异样吗？”最后铁鸟忍不住问。

“怎么说呢？我本来还想审视一下，可一朝他看，不知咋的就心惊肉跳，什么也顾不上了。”

“因此你这次还是不知他去哪里。但你有不祥预感，对不对？”

“我想他会很快回来。我们说好这次就结婚的。”

“如果他真去了远方，比如一去十年，你怎么办？”

“我从不想这种问题。”

可是，我应该替她设想一切后果，铁鸟想。如果那人真的一去十年，她能死等呀？那时她人老珠黄，“他”风华正茂。十年时间，对于信使来说，仅是短短一瞬。或者，空间与时间一经转换，距离之远使“他”根本就不能在她有生之年返回。没有时空做基础的爱情和婚姻还有什么意义？

她真傻。她最终会后悔，但那时就来不及了。

铁鸟想，他应该转弯抹角向她挑明。年轻女子总是爱冲动，结果耽误了一辈子。

他看到希望所在，便忘记了冷战正在威胁每个平民百姓的生存。铁鸟想他明天就要向她说清楚这个。也许凭此能感动她，也说不定呢。

次日，铁鸟来到她的隐蔽处。他没想到她竟然病了。看到她楚楚可怜的样子，他把想好的话咽了回去。

试管人都这么遇事迟疑。这是天生的。铁鸟想。

“要不，我帮你去打听他的消息？”铁鸟作自我牺牲状说。

“那多不好。”

“没什么。”

“那你就去吧。问清楚他什么时候回来。”她注视着他，“谢谢你。”

我这辈子算是栽了。铁鸟想。试管人都这样。

他大义凛然道：“那好吧。我就去问一问。很快就给你回话。我想他是因为别的什么事耽误了。听说现在信使组织也在改革。他们取消了出远差的规矩。”

反射镜每隔一个后巴纳德星时便变更一次景色，阻滞一次病人们的思想。

铁鸟心灵感应到，在反射镜的阴影深处，这一刻有两个老人死去了。他们的配偶像“相思兽”一样伫立，无济于事流着眼泪。

自从有关爱情和婚姻的密码被植入脱氧核糖核酸后，冷战便开始了。铁鸟忽然忆起了这桩事。

他还记得，那次他是通过“晶格”进入信使驻地球总部分区网的。她的那个信使便是这里的宿主。

铁鸟托了好几层关系，才获得进入中心管道的许可。

他大模大样来到管道的一个端点，四肢颤抖着发出查询出差者的指令。

但是他立刻被拒绝了。他仅被允许与正在休假的二线信使交谈。这些信使当然都是我方的。

铁鸟便向他们打听她那个信使的情况。但是甚至没有一个人知道“他”的名字或代号。

一个信使告诉他：“我们永远不与别的信使发生联系。你也许觉得这不近情理，但实际情况就是如此。”

铁鸟始终没有查到他的情敌的信息。

这样便更增添了“他”的神秘。

但他打听到了更多的有关信使的一般情况。

比如，信使们大多是时间中的浪漫主义者。不要期望一次近光速旅行便能给他们造成感情上的伤害。他们是银河智慧圈中奇特的一族。铁鸟甚至怀疑他们不是试管繁殖的。

“如果一个信使深爱上了一个普通人怎么办？我的意思是说，他陷入情网不能自拔。”一次他好奇地发出这样的询问。他有些害怕触犯禁忌。但是与他交谈的信使却并不在意。

“通常不会出现这种情况。那样信使便亏大了。而信使是不会吃亏的。如果你看见他和一个普通女孩情真意切地约会，那肯定是信使一方在逢场作戏。”

“但是，信使也是人。万一发生了真正的爱情，他们会拒绝出远差吗？”

“真正的爱情？我还没有听说过这种事情。如果万一？万一出现这样的事，中心便会安排他立即长途旅行，再让他在他的相好将死未死时回来，让他看看原来人生如梦。”

“你们特意这样？”

铁鸟的心颤动了一下。他努力克制住自己。

“你说什么？”对方的容颜似乎在“晶格”中闪烁起来，便与一组象征夸克的慢波辐射一起消失了。

铁鸟希望在管道的漫游间遇上“他”。但他又害怕真的遇上。

另一次，他“见到”了一个刚从第七空间返回的信使。他在飞船上度过了五天，而他的宿主星已过了三十八年。他这是第七次做这种旅行了。按他的宿主星纪年算来，他已经三百二十九岁，而他“看”上去不过二十出头。

“这是我这次在‘元’世纪认识的女朋友。我们认识不过刚一天。”他把一个女孩的形象以编码形式显示给铁鸟“看”。

“她真的很爱我。这你从脑波图像上可以看出。”

铁鸟沉默地“观看”了一会。女孩海绵一样的脑波活生生蠕动着，刺激着他的人工性腺。

“当我在你面前，与你交谈的时候，她已经死去七年。你能想象这是怎么一回事？”信使在继续炫耀那帧脑波图像。那个死去的女人的情感曲线，这时从海绵变成了一堆软体虫。

在冷战中，她这么去爱，付出了多大的勇气和代价啊。

但没有人为铁鸟付出这样的勇气和代价。

铁鸟感到自己的身躯在空间的神秘中萎缩。他想着那个可以做他多少代祖先的信使和少女们亲热的情形。他想，自己是什么玩意儿？过往的烟云，过路的飞船，走向不落痕迹的终点。

他如何能真的面对“他”呢？这并非信心问题。

但我不应怯场，他想。

“真应该废除信使制度。你们通过时间霸占了多少善良的姑娘啊！”

铁鸟猛然发射出这样的念头，把自己也吓了一跳。

对方警惕地从远方“盯”着他。铁鸟听见信使说：“你刚才说什么？你再说一遍。”

铁鸟感到他站起来，正“审视”着他。铁鸟的几簇神经不可逆转地缠绕起来。他头脑中的芯片发出尖厉的报警声。

“口令！”忽然传来对方的大叫。

“北戴河！”

“畅春园。”信使答了回令。

“以冷战的名义，把你的遗传密码附加传过来给我看看。”

铁鸟乖乖地照他说的做了。他“看”了后传还给他。

“杂种。”他说。气氛才缓和下来。

铁鸟心里反复念叨：让时间快些结束吧！

“几千年来都流传着信息共享的神话。但谁都知道，共享没有最终实现。到了信息共享的那一天，银河系也就该崩溃了。你的师傅没教过你？”

铁鸟缓缓摇头，几乎看不出来。

“冷战仍在继续……”信使换了一副和颜悦色的面孔对铁鸟解释。

“谁是最可爱的人？信使是最可爱的人！”铁鸟呐喊起来，把流行的语录背诵了一遍。

他知道自己能平安地抽身回来很不易。

沿途铁鸟看见瓦刚星人古怪的车辆悬挂在树梢上栖息，像一片片成熟的果实。

他曾为此垂涎欲滴。但一刹那，收获的喜悦会随着昼夜更替的风暴而消失。船儿像鸟群一样遁迹在地平线外。

他困顿地坐在她的身边，不着一语。她似乎猜到什么，也没有问。

直到反射镜把又一重光斑插入他们之间，两人才吃了一惊，如同从大梦中醒来。

不知从什么时候起，反射镜又增多了。没有人关心其用途。

阴影在逃离。但心灵的阴影，像火一样燃烧了。

铁鸟告诉女人：“我已经打听清楚。他是去了远方，但并不很远。关键的是，他没负心。再说，他在飞船上同样孤独。他每时每刻都在想念你。”

“他到底去了什么地方？”

“呃，这个，是‘延河’空间站。四个月的往返路程。”他挑选了一个他熟悉的地名告诉她。这个地方，不近不远，她完全可以等“他”回来。

她默默看了铁鸟一阵。后者把目光移开，但躲不开她的心灵传感。

“你在骗我。”她慢慢地说，像一只“相思兽”那样哭起来。她的人造泪腺设计得很饱满。

“我没骗你。你需要等待。”

“我爱他。”

“但他这是第一次恋爱吗？”

“我没问。但我敢肯定他也爱我。”

铁鸟想到关于信使是时间中的浪漫主义者的说法。他不能坐视她傻下去。

“你能肯定他不是上一个世纪的人吗？是他告诉你他尚没出过远差吗？”

“他不会骗我。况且，即便他已在时空中旅行了几百年，那又有什么不好？我喜欢成熟的男人！你是我什么人？你管得着吗……”

她忽然朝他大叫大嚷。这是她受疾病驱使的缘故。他束手无策，静静等着她平息下来，像等待一个星系的终结。

“但是我将一天天年老色衰。”她终于黯然。

铁鸟这时最好的做法就是不说话。他看着病中的女人。他们来到这个世上已有十几年。他们还剩下十几年作为人类而活。但他们还从未离开过地球。

这都是根据冷战战时法令，铁鸟回忆到。他的回忆与现实搅在一起，使他不能肯定这就是回忆。

也许，铁鸟只是在继续做着梦，一边重新评判自己与女人结交的往事。他的病体已很虚弱。反射镜的转动放慢了，仿佛要出什么事。他听见熟悉的脚步声正在铝制通道上作响。而他的心灵传感功能随着生命的流逝而一寸寸丧失掉。

铁鸟回忆起，在那次谈话后，他由于加入了“自由工蜂”，离别了她很长时间。但他仍不断打听她的消息，以及“他”的消息。同时，他静静观察世界发生的巨大变故。

一年过去了。没有传来她与信使结婚的消息。

又一年过去了。太空中有七个政权没有任何先兆便瓦解了。

又过了一年。他从“自由工蜂”退出。他做的第一件事便是去找女人。他发现她仍在等待信使的归来。

两年之后，她的信使仍没有回来。也没有任何关于“他”的消息。

第六个年头，太空新体制建立。冷战宣告结束。信使制度被废除了，而银河系并没有出现预料中的崩溃。所有信使都被勒令转为平民身份。正在外星执行使命的信使逐渐被遣返地球。其中不乏几千岁的老人，长着令人不安的娃娃脸。

铁鸟一直在注意观察和打听。这其中仍然没有她的信使。

“他”死了？还是在异星找到了爱的归宿？

……

铁鸟重新开始对信使着迷。信使组织的分崩离析，使他难以理解。他常常独自通过“晶格”进入已成为废墟的中心管道，在其中长时间漫游，想象着和骄傲的信使们对话，却再也无人来盘诘他的遗传密码附加。

信使制度终于成了一种失传的文化。铁鸟在欢欣之余，也有获得自由后的怅然。

十年后，他作为人类的一员，进入黄昏之年。禁止地外旅行的禁令也早被取消。那年他乘飞船旅行，想最后寻找有关他婚姻失败的答案。

他在“太行”转换站忽然遇上了她。

“我们结婚吧。”十来年的压抑，使他竟然脱口而出。

“你仍然那么传统……”她几乎哽咽。

“怎么样？”

“这些年你一直在追踪我。”

“时间不负苦心人。”

“不。时间和爱情是两回事。”

她这句话使他大喜若狂。

“你到底大彻大悟了。这我就放心了。”铁鸟已泣不成声。

他们婚后感情甚好。虽然，由于信使没有下落，铁鸟心中总有隐隐不安。但慢慢也淡忘了。

作为人类，他们的晚年竟然延续了比料想中更长的时间，这使两人惊喜交加。瓦刚星的退伍军人解释说，人文秩序的改变，使物理现实也不同以往了。

这令铁鸟非常困惑和惊诧，并隐约想起幼年时师傅传授的那个公式。

是叫克拉克公式吧？

这他并不能确切记得。但世界似乎是依靠各种公式来建构的，这样的感受，试图重新在他心中找到位置。

然后他们有了孩子——新体制分配给了他们一个女儿。几千年来，他们是地球上第一批有权抚养孩子的家庭。

女儿长得如花似玉，身段苗条，思想激进。

他们的社区中出现第一个“信使追想会”，是五年后的事情。参加者都是女人。他们的女儿也是成员。

民间传说有人收到了外层空间发回的信函。正是冷战时的密件。但谁也不能证实这便是早年失踪的信使们的重返。然而这毕竟可以使女人们发狂。

她们等待信使的归来。她们想，他们在远方的星球上终于耐不住寂寞了。他们尚不知信使制度的终结。他们仍在太空中递交那些没有收信人的信件。他们需要女人的安慰。

“他们好可怜啊。”女儿流着泪说。她竟然具有天然的泪腺。

“你们是因为可怜他们才这样做？”铁鸟大吃一惊，“当初，你母亲可不是这样。”

“我母亲怎么啦？提她多没意思。如果不是看在你是我父亲的面上，我真想让我们会员来抄你们的家。”

看着女儿英姿飒爽，身着从冷战用品商店购买的信使旧制服，铁鸟惭愧地低下头。

“也许，我们要把信使制度终结的消息带给他们。我们正在寻找赞助。政府已经批复我们建造光速飞船的计划。有一批老信使已答应帮助我们。而你，作为父亲，却不支持。”

女儿不满地批评铁鸟。她和她的同伴们清丽动人，保持贞操，一如铁鸟当年的妻子。

他不敢正视女儿成熟的身体。铁鸟忽然感到了早已淡忘的那层隐隐不安。

“你是否也要加入她们的行列呢？”一天，他终于试探着问妻子。

“你想哪里去了。我都老了。”

“‘追想会’里并不都是年轻人嘛。”

“你到底担心什么？”

“我担心，”他不好意思地说，“他们的余孽会回来强暴我们的女儿。”

“他们？”听了铁鸟的话，女人脸上绽出古怪的笑容。

有段时间铁鸟甚至怀疑女儿得到了她母亲的暗中支使。

妻子的旧情人会成为女儿丈夫的恐惧一直在他心里潜滋暗长。时隔三十年后他是否仍能防范呢？而对方要么仍然青春年少，要么历经世纪沧桑。

那种在管道中才有的自卑又冒了出来。

到了后来他愈加感到信使的归来仅是时间问题。

对此我应表现得大度吗？铁鸟想。

“对方认为我是时间上的失败者，难道他就因此是时间上的胜利者了么？惧怕一个历史人物又有何道理呢？”一个人时，他喝问自己。然后，沉入老年人乏味的长考。头脑中空无一物。

这时，他的眼角触到了反射镜投下的光斑。他一惊，心想，这么些年来，对它们早已习以为常了。

最先离开这个世界的是铁鸟的女儿。她到太空中追寻信使去了。

然后是铁鸟。他心力交瘁，不久于世。

然后才是他的妻子。她愈到晚年，愈容光焕发。

铁鸟弥留之际，是她悉心照料他。

“女儿已到了哪个时区？她和她的伙伴们找到信使了吗？”他在昏迷中问。

“她们自己成了信使。”

“哦？”

这时铁鸟梦幻联翩。他看见星光灿烂，一如往常。反射镜美妙地转动。各种基本粒子在他眼前静静合成。姑娘们的身体在虚空中轻盈飞行。妻子当着他的面，麻利地置办有关后事的物品。铁鸟知道自己的大限迫在眉睫。

“只有一句话，这一辈子我没问过你。”

“什么话？”她哗的一声推过来一具化尸器。

“就是那个……你真的爱我吗？真不好意思这么问。但我觉得既然我们都是试管中繁殖出来的……”

“又胡思乱想了是吧。我当然爱你呀。你是我一生中最爱的人。”

“那……信使呢？”

女人不语。

铁鸟忍不住追问：“等我去后，你还要去找他吧？”

她继续缄默。

“难道你竟要跟我们的女儿竞争？”铁鸟有点着急，猛地挣破梦幻的重围。

“瞧您想哪儿去了。”女人有点尴尬地解释，“在我们的银河系，信息百分之九十九都公开着。是信使带走了唯一的秘密。当初我就是为了得到它，才跟他好的。我是瓦刚星的间谍呀。对不起，这事一直瞒着您。您不会难过吧？”

“原来，冷战还在继续。”

“您以为呢？”女人用皮包骨头的手掌，蒙上铁鸟晦暗的双眼。

两个时辰后，有一颗流星射向地面。太空中的反射镜忽然纷纷坍塌了。

宇宙墓碑

上篇

我十岁那年，父亲认为我可以适应宇宙航行了。那次我们一家去了猎户座，乘的当然是星际旅游公司的班船。不料在返航途中，飞船出了故障，我们只得勉强飞到火星着陆，等待另一艘飞船来接大家回地球。

我们着陆的地点，靠近火星北极冠。记得当时大家都心情焦躁，船员便让乘客换上宇航服出外散步。降落点四周散布着许多旧时代人类遗址，船长说，那是宇宙大开发时代留下的。我清楚地记得，我们在一段几公里长的金属墙前停留了很久，跟着墙后面出现了意想不到的场面。

现在我们知道那些东西就叫墓碑了。但当时我仅仅被它们森然的气势镇住，一时裹足不前。那是一片辽阔的平原，地面显然经过人工平整。大大小小的方碑犹如雨后春笋一般钻出地面，有着同一的黑色调子，焕发出寒意，与火红色的大地映衬，着实奇异非常。火星的天空掷出无数雨点般的星星，神秘得很。我少年之心忽然悠动起来。

大人们却都变了脸色，不住地面面相觑。

我们在这个太阳系中数一数二的大坟场边缘只停留了片刻，便匆匆回到船舱。大家表情严肃而不祥，并且有一种后悔的神态，仿佛是看到了什么不该看的东西。我便不敢说话，却无缘无故有些兴奋。

终于有一艘新的飞船来接我们。它从火星上启动时，我悄声问父亲："那是什么？"

"哪是什么？"他仍愣着。

"那墙后面的呀！"

"他们……是死去的太空人。他们那个时代，宇宙航行比我们困难一些。"

我对死亡的概念，很早就有了感性认识，大约就始于此时。我无法理解大人们刹那间神态为什么会改变，为什么他们在火星坟场边一下感情复杂起来。死亡给我的印象，是跟灿烂的旧时代遗址紧密相连的，它是火星瑰丽景色的一部分，对少年的我拥有绝对的魅力。

十五年后，我带着女朋友去月球旅游。"那里有一个未开发的旅游区，你将会看到宇宙中最不可思议的事物！"我又比又划，心中却另有打算。事实上，背着阿羽，我早跑遍了太阳系中的大小坟场。我伫立着看那些墓碑，达到入痴入迷的地步。它们静谧而荒凉的美跟寂寞的星球世界吻合得那么融洽，而墓碑本身也确是那个时代的杰作。我得承认，儿时的那次经历对我心理的影响是微妙而深远的。

我和阿羽在月球一个僻静的降落场离船，然后悄悄向这个星球的腹地走去。没有交通工具，没有人烟。阿羽越来越紧地攥住我的手，而我则一遍遍翻看那些自绘的月面图。

"到了，就是这儿。"

我们来得正是时候，地球正从月平线上冉冉升起，墓群沐在幻觉般的辉光中，仿佛在微微颤动，正纷纷醒来。这里距最近的降落场有一百五十公里。我感到阿羽贴着我的身体在剧烈战栗。她目瞪口呆望着那幽灵般的地球和其下生机勃勃的坟场。

“我们还是走吧。”她轻声说。

“好不容易来，干吗想走呢？你别看现在这儿死寂一片，当年可是最热闹的地方呢！”

“我害怕。”

“别害怕。人类开发宇宙，便是从月球开始的。宇宙中最大的坟场都在太阳系，我们应该骄傲才是。”

“现在只有我们两人光顾这儿，那些死人知道么？”

“月球，还有火星、水星……都被废弃了。不过，你听，宇宙飞船的隆隆声正震撼着几千光年外的某个无名星球呢！死去的太空人地下有灵，定会欣慰的。”

“你干吗要带我来这儿呢？”

这个问题使我不知怎么回答才好。为什么一定要带女朋友万里迢迢来欣赏异星坟茔？出了事该怎么交代？这确是我没有认真思考过的问题。如果我告诉阿羽，此行原是为了寻找宇宙中爱和死永恒交织与对立的主题和情调，那么她必定会以为我疯了。也许我可以用一篇论文来作解释，而且我的确在搜集有关宇宙墓碑的材料。我可以告诉阿羽，旧时代宇航员都遵守一条不成文的习俗，即绝不与同行结婚。在这儿的坟茔中你绝对找不到一座夫妻合葬墓。我要求助于女人的现场灵感来帮助我解答此谜吗？但我却沉默起来。我只觉得我和阿羽的身影成了无数墓碑中默默无言的两尊。这样下去很醉人。我希望阿羽能悟道，但她却只是紧张而痴傻地望着我。

“你看我很奇怪吧？”半晌，我问。

“你不是一个平常的人。”

回地球后阿羽大病一场，我以为这跟月球之旅有些关系，很是内疚。在照料她的当儿，我只得中断对宇宙墓碑的研究。这样，一直到她稍微好转。

我对旧时代植墓于群星的风俗抱有极大兴趣，曾使父亲深感不安。墓碑么？那是很久以前的事了，现代人几乎已把它淡忘，就像人们一股脑把太阳系的姊妹行星扔在一旁，而去憧憬宇宙深处的奇景一样。然而我却下意识体会到，这里有一层表象。我无法回避在我查阅资料时，父亲阴郁地注视我的眼光。每到这时我就想起儿时那一幕，大人们在坟场旁神情怪异起来，仿佛心灵中某种深沉的东西被触动了。现代人绝对不旧事重提，尤其是有关古代死亡的太空人。但他们并没从心底忘掉他们，这我知道，因为他们每碰上这个问题时，总是小心翼翼绕着圈子，敏感得有些过分。这种态度渗透到整个文化体系中，便是历史的虚无主义。忙碌于现时的瞬间，是现代人的特点。或许大家认为昔日并不重要？或仅是无暇回顾？我没有能力去探讨其后可能暗含的文化背景。我自己也并不是个历史主义者。墓碑使我执迷，在于它给我的一种感觉，类似于诗意。它们既存在于我们这个活生生的世界之中，又置身在它之外，偶尔才会有人光临其境，更多的时间里它们保持缄默，沉湎于它们所属的时代。这就是宇宙墓碑的醉人之处。每当我以这种心境琢磨它们时，蓟教授便警告我说，这必将堕入边界，我们的责任在于复原历史，而不应为个人兴趣所驱，我们要使现时代庸俗的人们重新认识到其祖先开发宇宙的伟大与艰辛。

蓟教授的苍苍白发常使我无言以对，但在有关墓碑风俗的学术问题上，我们却可以争个不休。在阿羽病情好转后，我与教授会面时又谈到了墓碑研究中的一个基本问题，即该风俗忽然消失在宇宙中的现象之谜。

“我还是不同意您的观点。在这个问题上，我一直是反对您的。”

“年轻人，你找到什么新证据了吗？”

“目前还没有，不过……”

“不用说了。我早就告诫过你，你的研究方法不大对头。”

“我相信现场直觉。故纸堆已不能告诉我们更多的信息，资料太少。您应该离开地球到各处走一走。”

“老头子可不能跟年轻人比啊，他们太固执己见了。”

“也许您是对的，但是……”

“知道新发现的天鹅座 a 星墓葬吗？”

“无名之坟，仅镌有年代。它的发现将墓碑风俗史的下限推后了五十年。”

“如果我没记错的话，技术决定论者的《行星宣言》就是在那前后不久发表的。墓碑风俗的消失跟这没有关系吗？”

“您认为是一种文化规范的兴起替代了旧的文化规范？”

“我推测我们不能找到年代更晚的墓葬了。技术决定论者一登台，墓碑风俗便神秘地隐遁在了宇宙中。”

“您不觉得太突然了吗？”

“恰恰如此，才能解释时间上的巧合。”

“……也许有别的原因。那时技术决定论者还太弱，而墓葬制度的存在已有数万年历史，宇宙墓碑也矗立上千年了。没有东西能够一下子摧毁这么强大的风俗。很简单，它沉淀在古人心灵中，叫它集体潜意识可以吧？”

蓟教授摊了摊手。合成器这时将晚餐准备好了。吃饭时我才注意到教授的手在微微颤抖。毕竟是二百多岁的人了。有一种复杂的情绪在我心头翻腾。死亡将夺去每一个人的生命，这可能是连技术决定论者也永远无法回避的一个问题。死后我们将以何种方式存在，仍然是心灵深处悄悄猜度着的。宇宙中林立的墓碑展示出旧时代的人类早就在探寻这个答案，或许他们已经将心得和结论喻入墓茔？现代人不再需要埋葬，他们读不懂古墓碑文，也不屑一读。人们跟其先辈相比，难道产生了本质上的不同？

死是无法避免的，但我还是担心蓟教授过早谢世。这个世界上，仅有极少数人在探讨诸如宇宙墓碑这样的历史问题。他们默默无闻，而常常是毫无结果地工作着，这使我忧心忡忡。

我不止一次凝神于眼前的全息照片，它就是蓟教授提到的那座坟，它在天鹅座 a 星系中的位置是如此偏僻，以至于直到最近才被一艘偶然路过的货运飞船发现。墓碑学者普遍有一种看法，即这座坟在向我们暗示着什么，但没有一个人能够猜出。

我常常被这座坟奇特的形象打动，从各个方面，它都比其他墓碑更契合我的心境。一般而言，宇宙墓碑都群集着，形成浩大的坟场，似乎非此不足以与异星的荒凉抗衡。而此墓却孑然独处，这是以往的发现中绝无仅有的一例。它位于该星系中一颗极不起眼的小行星上，这给我一种经过精心选择的感觉。从墓址所在区域望去，实际上看不见星系中最大的几颗行星。每年这颗小行星都以近似彗星的椭圆轨道绕天鹅座 a 运转，当它走到遥遥无期的黑暗的远日点附近时，我似乎也感到了墓主寂寞厌世的心情。这一下便产生了一个突出的对比，即我们看到，一般的宇宙墓群都很注意选择雄伟风光的衬托，它们充分利用从地平线上跃起的行星光环，或以高于珠穆朗玛峰数倍的悬崖做背景。因此即便从死人身上，也能体会到宇宙初拓时人类的豪迈气概。此墓却一反常态。

这一点还可以从它的建筑风格上找到证据。当时的筑墓工艺讲究对称美学，墓体造得结实、沉重、宏大，充满英雄主义的傲慢。水星上巨型的金字塔和火星上巍然的方尖碑，都是这种流行模式的突出代表。而在这一座孤寂的坟上，却找不到点滴这方面的影子。它造得矮小而卑琐，但极轻的悬挑式结构，却有意无意中使人觉得空间被分解后又重新组合起来。我甚至觉得连时间都在墓穴中自由流动。这显然很出格。整座墓碑完全就地取材，由该小行星上富含的电闪石构成，而当时流行的是从地球本土运来特种复合材料。这样做十分浪费，但人们更关心浪漫。

另一点引起猜测的是墓主的身份。该墓除了镌有营造年代外，并无多余着墨。常规做法是，必定要刻上死者姓名、身份、经历、死亡原因以及悼亡词等。由此出现了各种各样的假说。是什么特殊原因，促使人们以这种不寻常的方式埋葬天鹅座 a 星系的死者？

由于墓主几乎可以断定为墓碑风俗结束的最后见证人，神秘性就更大了。在这点上，一切解释都无法自圆其说。因为似乎是这样的，即我们不得不对整个人类文化及其心态做出阐述。对于墓碑学者而言，现时的各种条件锁链般限制了他们。我倒是曾经计划过亲临天鹅座 a 星系，却没有人能够为我提供这笔经费。这毕竟不同于太阳系内旅行。而且不要忘了，世俗并不赞成我们。

后来我一直未能达成天鹅座 a 之旅，似乎是命里注定。生活在发生意想不到的变化，我个人也在不断改变。在我一百岁时，刚好是蓟教授去世七十周年的忌日。我忽然想到这件事时，也就忆起了青年时代和教授展开的那些有关宇宙墓碑的辩论。当初的墓碑学泰斗们也跟先师一样，早就形骸坦荡了。追随者们纷纷弃而他往。我半辈子研究，略无建树，夜半醒来常常扪心自问：何必如此耽迷于旧尸？先师曾经预言，我一时为兴趣所驱，将来必自食其果，竟然言中。我何曾有过真正的历史责任感呢？由此才带来今日的困惑。人至百年，方有大梦初醒之感，但我意识到，知天命恐怕是万万不能了。

我年轻时的女朋友阿羽，已成了我的妻子，如今是一个成天唠叨不休的中年妇女。她这大概是在将一生不幸怪罪于我。自从那次我带她参观月球坟场后，她就受惊得了一种怪病。每年到我们登月的那个日子，她便精神恍惚，整日呓语，四肢瘫痪。即便现代医术，也无能为力。每当我查阅墓碑资料，她便在一旁神情黯然，烦躁不安。这时我便悄悄放下手中活计，步出户外。天空一片晴朗，犹如七十年前。我忽然意识到自己已有许多年没离开地球了。余下的日子，该是用来和阿羽好好厮守了吧？

我的儿子筑长年不回地球，他已在河外星系成了家，他本人是宇宙飞船的船长，驰骋众宇，忙得星尘满身。我猜测他一定莅临过有古坟场的星球，不知他作何感想？此事他从未当我面提起，而我也暗中打定主意，绝不首先对他言说。想当初父亲携我，因飞船事故偶处火星，我才得以目睹墓群，不觉唏嘘。而今他老人家也已一百五十多岁了。

由生到死这平凡的历程，竟导致古人在宇宙各处修筑了那样宏伟的墓碑，这个谜就留给时空去解吧。

这样一想，我便不知不觉放弃了年轻时代的追求，过起了平静的日子。地球上的生活竟如此恬然，足以冲淡任何人的激情，这我以前并未留意过。人们都在宇宙各处忙碌，很少有机会回来看一看这个曾经养育他们而现在变得老气横秋的行星，而守旧的地球人也不大关心宇宙深处惊天动地的变化。

那年筑从天鹅座 a 回来时，我都没意识到这个星球的名字有什么特别之处。筑因为河外星系引力的原因，长得奇怪的高大，是彻头彻尾的外星人，并且由于当地文化的熏染而沉默寡言。我们父子见面日少，从来没多的话说。有时我不得不这么去想，我和阿羽仅仅是筑存在于世所临时借助的一种形式。其实这种观点在现时宇宙中一点也不显得荒谬。

筑给我斟酒，两眼炯炯发光，今日却奇怪地话多。我只得和他应酬。

“心宁他还好？”心宁是孙子名。

“还好呢，他挺想爷爷的。”

“怎么不带他回来？”

“我也叫他来，可他受不了地球的气候。上次来了，回去后生了一身的疹子。”

“是吗？以后不要带他来了。”

我将一杯酒饮尽，发觉筑正窥视我的脸色。

“父亲，”他在椅子上不安地扭动，“我有件事想问您。”

“讲吧。”我疑惑地打量他。

“我是开飞船的，这么些年来，跑遍了大大小小的星系。跟您在地球上不同，我可是见多识广。但至今为止，尚有一事不明了，常萦绕心头，这次特向您请教。”

“可以。”

“我知道您年轻时专门研究过宇宙墓碑，虽然您从没告诉我，可我还是知道了。我想问您的就是，宇宙墓碑使您着迷之处，究竟何在？”

我站起身，走到窗边，不使脸朝筑。我没想到筑要问的是这个问题。那东西，也撞进了筑的心灵，正像它曾使父亲和我的心灵蒙受巨大不安一样。难道旧时代人类真在此中藏匿了魔力，后人将永远受其阴魂侵扰？

“父亲，我只想随便问问，没有别的意思。”筑嗫嚅着，像个小孩。

“对不起，筑，我不能回答这个问题。嗬，为什么墓碑使我着迷？我要是知道这个，早就在你很小的时候告诉你一切一切跟墓碑有关的事情了。可是，你知道，我没有这么做。那是个无底洞，筑。”

我看见筑低下了头。他默然，似乎深悔自己的贸然。为了使他不那么窘迫，我压制住情绪，回到桌边，给他斟了一杯酒。然后我审视他的双目，像任何一个做父亲的那样充满关怀地问道：

“筑，告诉我，你到底看见了什么？”

“墓碑。大大小小的墓碑。”

“你肯定会看见它们。可是你以前并没有想到要谈这个嘛。”

“我还看见了人群。他们蜂拥到各个星球的坟场去。”

“你说什么？”

“宇宙大概发疯了，人们都迷上了死人，仅在火星上，就停满成百上千艘飞船，都是奔墓碑来的。”

“此话当真？”

“所以我才要问您墓碑为何有此魅力。”

“他们要干什么？”

“他们要掘墓！”

“为什么？”

“人们说，坟墓中埋藏着古代的秘密。”

“什么秘密？”

“生死之谜！”

“不！这不当真。古人筑墓，可能纯出于天真无知！”

“那我可不知道了。父亲，你们都这么说。您是搞墓碑的，您不会跟儿子卖关子吧？”

“你要干什么？要去掘墓吗？”

“我不知道。”

“疯子！他们沉睡一千年了。死人属于过去的时代。谁能预料后果？”

“可是我们属于现时代啊，父亲。我们要满足自己的需求。”

“这是河外星系的逻辑吗？我告诉你，坟墓里除了尸骨，什么也没有！”

筑的到来，使我感到地球之外正酝酿着一场变动。在我的热情行将冷却时，人们却以另外一种方式耽迷于我耽迷过的事物。筑所说的使我心神恍惚，一时做不出判断。曾几何时，我和阿羽在荒凉的月面行走，拜谒无人光顾的陵寝，其冷清寂寥，一片穷荒，至今在我们身心留下不可磨灭的痕迹。记得我对阿羽说过，那儿曾是热闹之地。而今筑告诉我，它又重将喧哗不堪。这种周期性的逆转，是预先安排好的呢，还是谁在冥冥中操纵？继宇宙大开发时代和技术决定论时代后，新时代到来的预兆已经出现于眼前了么？这使我充满激动和恐慌。

我仿佛又回到几十年前。无垠的坟场历历在目，笼罩在熟悉而亲切的氛围中。碑就是墓，墓即为碑，洋溢着永恒的宿命感。

接下来我思考筑话语中的内涵。我内心不得不承认他有合理之处。墓碑之谜即生死之谜，所谓迷人之处，也即此吧，不会是旧人魂魄摄人。墓碑学者的激情与无奈也全出于此。其实是没有人能淡忘墓碑的。我又恍惚看见了技术决定论者紧绷的面孔。

然而掘墓这种方式是很奇特的，以往的墓碑学者怎么也不会考虑用此种手段。我的疑虑却在于，如果古人真的将什么东西陪葬于墓中，那么，所有的墓碑学者就都失职了。而蓟教授连悔恨的机会也没有。

在筑离开家的当天，阿羽又发病了。我手忙脚乱找医生。就在忙得不可开交的当儿，我居然莫名其妙走了神。我忽然想起筑说他是从天鹅座 a 来的。这个名字我太熟悉了。我仍然保存着几十年前在那儿发现的人类最晚一座坟墓的全息照片。

下篇

——录自掘墓者在天鹅座 a 星系小行星墓葬中发现的手稿

我不希望这份手稿为后人所得，因为我实无哗众取宠之意。在我们这个时代，自传式的东西多如牛毛。一个历尽艰辛的船长大概会在临终前写下自己的生平，正像远古的帝王希望把自己的丰功伟绩标榜于后世。然而我却无心为此。我平凡的职业和经历都使我耻于吹嘘。我写下这些文字，是为了打发临死前的寂寞时光。并且，我一向喜欢写作。如果命运没有使我成为一名宇宙营墓者的话，我极可能去写科幻小说。

今天是我进入坟墓的第一天。我选择在这颗小行星上修筑我的归宿之屋，是因为这里清静，远离人世喧嚣和飞船航线。我花了一个星期独力营造此墓。采集材料很费时间，并且着实辛苦。我们原来很少就地取材——除了为那些特殊条件下的牺牲者。通常发生了这种情况，地球无力将预制件送来，或者预制件不适合当地环境。这对于死者及其亲属来说都是一件残酷之事。但我一反传统，自有打算。

我也没有像通常那样，在墓碑上镌上自己的履历。那样显得很荒唐，是不是？我一生一世为别人修了数不清的坟墓，我只为别人镌上他们的名字、身份和死因。

现在我就坐在这样一座坟里写我的过去。我在墓顶安了一个太阳能转换装置，用以照明和供暖。整个墓室刚好能容一人，非常舒适。我就这么不停地写下去，直到我不能够或不愿意再写。

我出生在地球。我的青年时代是在火星度过的。那时世界正被开发宇宙的热浪袭击，每一个人都被卷了进去。我也急不可耐丢下自己的爱好——文学，报考了火星宇宙航行专门学校。结果我被分在太空抢险专业。

我们所学的课程中，有一门便是筑墓工程学。它教导学员，如何妥善而体面地埋葬死去的太空人，以及此举的重大意义。

记得当时其他课程我都学得不是太好，唯有此课，常常得优。回想起来，这大概跟我小时候便喜欢亲手埋葬小动物有一些关系。我们用三分之一的时间学习理论，其余用于实践。先是在校园中搞大量设计和模型建造，尔后进行野外作业。记得我们通常在大峡谷附近修一些小墓，然后转移到平原地带造些较大的。临近毕业时我们进行了几次外星实习，一次飞向水星，一次去小行星带，两次去冥王星。

我们最后一次去冥王星时出了事。当时飞船携带了大量特种材料，准备在该行星严酷冰原条件下修一座大墓。飞船降落时遭到了流星撞击，死了两个人。我们以为活动要取消了，但老师却命令将演习改为实战。你今天要去冥王星，还能在赤道附近看见一座半球形大墓，那里面长眠的便是我的两位同学。这是我第一次实际作业。由于心慌意乱，坟墓造得一塌糊涂，现在想来还内疚不已。

毕业后我被分配到星际救险组织，在第三处供职。去了后才知道第三处专管坟墓营造。

老实说，一开始我不愿干这个。我的理想是当一名飞船船长，要不就去某座太空城或行星站工作。我的许多同学分配得比我要好。后来经我手埋葬的几位同学，都已征服了好几个星系，中子星奖章得了一大排。在把他们送进坟墓时，人们都肃立致敬，独独不会注意到站在一边的造墓人。

我没想到在第三处一干就是一辈子。

写到这里，我停下来喘口气。我惊诧于自己对往事的清晰记忆。这使我略感踌躇，因为有些事是该忘记的。也罢，还是写下去再说。

我第一次被派去执行任务的地点是半人马座 a 星系。这是一个具有七个行星的太阳系。我们飞船降落在第四颗上面。当地官员神色严肃而恭敬地迎接我们，说："终于把你们盼来了。"

一共死了三名太空人。他们是在没有防护的情况下遭到宇宙射线的辐射而丧生的。我当时稍稍舒了一口气，因为我本来做好了跟断肢残臂打交道的思想准备。

这次第三处一共来了五个人。我们当下二话没说便问当地官员有什么要求。他们道："由你们决定吧。你们是专家，难道我们还会不信任么？但最好把三人合葬一处。"

那一次是我绘的设计草图。首次出行，头儿便把这么重要的任务交给我，无疑有培养我的意思。此时我才发现我们要干的是在半人马座 a 星系建起第一座墓碑。我开始回忆老师的教导和实习的程序。一座成功的墓碑不在于它外表的美观华丽，更主要的在于它透出的精神内容。简单来说，我们要搞出一座跟死者身份和时代气息相吻合的坟来。

最后的结果是设计成一个巨大的立方体，坚如磐石。它象征宇航员在宇宙中不可动摇的位置。其形状给人以时空静滞之感，有永恒的态势。死亡现场是一处无垠的平原，我们的墓碑矗立其间，四周一无阻挡，只有天空湖泊般垂落。万物线条明晰。墓碑唯一的缺憾是未能详尽表现出太空人的使命。但作为第一件独立作品，它超越了我在校时的水平。我们实际上仅用两天便竣工了。材料都是地球上成批生产的预制构件，只需把它们组合起来就成。

那天黎明时分，我们排成一排，静静站了好儿分钟，向那刚落成的大坟行注目礼。这是规矩。墓碑在这颗行星特有的蓝雾中新鲜透明，深沉持重。头儿微微摇头，这是赞叹的意思。我被惊呆了。我不曾想到死亡这么富有存在的个性，而这是经由我们几人之手产生的。坟茔将在悠悠天地间长存——我们的材料能保持数十亿年不变形。

这时死者还未入棺。我们静待更隆重的仪式的到来。在半人马座 a 星升到一臂高时，人们陆续来到了。他们裹着臃肿的服装，戴着沉重的头盔，淹没着自己的个性。这样的人群显示出的气氛是特殊的，肃穆中有一种骇人味道。实际上来者并不多，人类在这个行星上才建有数个中继站。死了三个人，这已了不得。

我已经记不太清楚当时的场面了。我不敢说究竟是当地负责人致悼词在先，还是我们表示谢意在前。我也模糊了现场不断播放的一支乐曲的旋律，只记得它怪异而富有异星的陌生感，努力表达出一种雄壮。后来则肯定有飞行器隆隆飞临头顶，盘旋良久，掷出铂花。行星的重力场微弱，铂花在天空中飘荡，经久不散，回肠荡气。这时大家拼命鼓掌。可是，是谁教给人们这一套仪式的呢？挨到最后，为什么要由我们万里迢迢来给死人筑一座大坟？

送死者入墓是由我们营墓者来进行的。除头儿外的四人都去抬棺。这时现场的喧闹才停下来。铂花和飞行器无影无踪了。在墓的西方，也就是现在朝着太阳系的一方，开了一个小门洞。我们把三具棺材逐次抬入，祝愿他们能够安息。然而就在这时我觉得不对头了。但当时我一句话也没说。

返回地球的途中，我才问一位前辈：

“棺材怎么这么轻？好像学校实习用的道具一般。”

“嘘！”他转眼看看四周，“头儿没告诉你吗？那里面没人呢！”

“不是辐射致死么？”

“这种事情你以后会见惯不惊的。说是辐射致死，可连一块人皮都没找到。骗骗 a 星而已。”

骗骗 a 星而已！这句话给我留下一生难忘的印象。我在职业生涯中目睹了无数的神秘失踪事件。我在半人马座 a 星的经历，比起我后来遇到的事情，竟是小巫见大巫。

我的辉煌设计不过是一座衣冠冢！可好玩之处在于无人知晓那神

话般外表后面的中空内容。

在第三处待久了，我逐渐熟悉了各项业务。我们的服务范围遍及人类涉足的时空，你必须了解各大星系间的主要封闭式航线，这对于以最快速度抵达出事地点是很必要的。但实际上这种做法渐渐显得落后起来，因为宇航员在太空中的活动越来越弥散。于是我们先是在各星设点，而后又开展跟船业务，即当预知某项宇航作业有较大危险时，第三处便派上筑墓船随行。这要求我们具备航天家的技术。我们处里拥有好些一流船长，正式宇航员因为甩不掉他们而颇为恼火，自认晦气。我们还必须掌握墓碑工业的各种最新流程及其变通形式，根据各星的具体情况和客户的特殊要求采取专门做法，同时又不违背统一风格规定。最重要的是，作为一名营墓者，必须具备非凡的体力和精神素质。长途奔波、马不卸鞍地与死亡打交道，使我们成了超人。第三处的员工都在不知不觉中戒绝了作为人类应具备的普通情感。事实上，你只要在第三处多待一段时间，就会感到普遍存在的冷漠和阴晦，以及玩世不恭。全宇宙都以死为讳，只有我们可以随便拿它来开玩笑。

从到第三处的第一天起，我便开始思索这项职业的神圣意义。官方记载的第一座宇宙墓碑建在月球。这个想法来得非常自然。没有谁说得上是突发灵感要为那两男一女造一座坟。后来有人说不这样做便对不起静海风光，这完全是开玩笑。这里面没有灵感的火花。其实在地球上早就有专为太空死难者修建的纪念碑了。这种风俗从一开始进入浩繁群星，便与我们远古的传统有着天然渊源。宇宙大开发时代使人类再次抛弃了许多陈规陋习，唯有筑墓之风一阵热似一阵，很是耐人寻味。只是我们现在用先进技术代替了殷商时代的手掘肩扛，这样才诞生了使埃及金字塔相形见绌的奇迹。

第三处刚成立时有人怀疑这是否值得，但不久就证明它完全符合事态的发展。宇宙大开发一经真正开始，便出现了大批的牺牲者，其数目之多，使官僚和科学家目瞪口呆。宇宙的复杂性远远超出人们论证的结果。然而开发却不能因此停下来。这时如何看待死亡就变得很现实了。我们在宇宙中的地位如何？进化的目的何在？人生的价值焉存？人类的使命是否荒唐？这些都是当时大众媒介高声喧哗的话题。不管口头争吵的结果如何，第三处的地位却日益巩固起来。头几年里它狠赚了一些钱，更重要的是它得到了地球和几个重要行星政府的支持。待到神圣的方尖碑和金字塔形墓群率先在月球、火星和水星上大批出现时，反对者才不再说话了。这些精心制造的坟茔能承受剧烈的流星雨的袭击。它们的结构稳重，外观宏伟，经年不衰。人们发现，他们同胞飘移于星际间的尸骨有了归宿。死亡成了一件值得骄傲的事情。墓碑或许代表了一种人定胜天的古老理念。第三处将宇宙墓碑风俗从最初的自发状态转化为自觉的功利行为，乃是一大杰作。这样持续了一段时间，直到人心甫定，墓碑制度才表露出雍容大度的自然主义风采。

现在已经没有人怀疑第三处存在的意义了。那些身经百战的著名船长见了我们，都谦恭得要命。墓葬风俗已然演化为一种宇宙哲学。它被神秘化，那是后来的事。总之我们无法从己方打起念头，说这荒唐。那样的话，我们将面临全宇宙的自信心和价值观的崩溃。那些在黑洞白洞边胆战心惊出生入死的人们的唯一信仰，全在于地球文化的坚强后盾。

如果有问题的话，它仅仅出在我们内部。在第三处待的日子一长，其内幕便日益昭然。有些事情仅仅是我们这个圈子里的人才知道的，而从来没有流传到外面去。这一方面是清规教条的严格，另一方面出于我们心理上的障碍。每年处里都有职员自杀。现在我写下这些话时，仍是心跳不止，犹如以刀自戕。我曾悄悄就此问过一位同事，他说："噤声！他们都是好人，有一天你也会有同感。"言毕鬼影般离去。我后来年岁渐长，经手的尸骨多了，死亡便不再是一个抽象的概念，而成为一个具象在我眼前浮游。意志脆弱者是会被它唤走的。但我要申明，我现在采取的方式在实质上却不同于那些自戕者。

有一段时间，处里完全被怀疑主义气氛笼罩。记得当时有人提了这么一个问题，即我们死后由谁来埋葬。此问明显受到了自杀者的启发，而且里面实际包含着不止一个问题。我们面面相觑，觉得不好回答，或答之不详，遂作悬案。此时发生了上级追查所谓"劝改报告"之事，据说是处里有人向行星联合政府打了报告，对现行一套做法提出异议。其中一点我印象很深，即有关墓碑材料的问题。通常无论埋葬地点远近，材料都毫无例外从地球运来，这关系到对死者的感情和尊重。更重要的，它是一种传统，风俗就该按风俗办理。这一点在《救险手册》里规定得一清二楚。因此谁也不能忍受该报告的说法，即把我们迄今做的一切斥为浪费精力和犬儒主义。报告还不厌其烦论证了关于墓碑就地取材的可行性和技术细节。其结果大家都知道了。打报告者被取消了离开地球本土的资格。我们私下认为这份报告充满反叛色彩，而且指出了我们从不曾想到的一个方面。我们惊诧于其用语，震慑于其大胆，到后来竟有人暗中试行了其主张。某次有船载运墓料去仙女座一带，途中燃料漏逸，按照规定，只能返航。但船长妄为，竟抛掉墓料，以剩余的燃料驱动空船飞往目的地，用当地的岩浆岩造了一座坟，干出骇世之举。此坟后来被毁掉重建，当事者亦受处分。

这是后话。

要花上一些篇幅将我的感受说清楚是困难的。我还是继续讲我们工作中的故事吧。我仍旧挑选那些我认为最平凡的事来讲，因为它们最能生动地体现我们事业的特点。

有次我们接到一个指令，与以往不同的是，它没有交代具体的星球和任务，只是让筑墓飞船全副武装到火星与木星之间某处待命。我们飞到那里后，发现搜索处和救险处的船只已经忙碌开来。我们问："喂，你们行吗？不行的话，交给我们吧。"但是没有回话。对方船上似乎有一层焦灼气氛。末了我们才知道有一艘船在小行星带失踪了，它便是大名鼎鼎的"哥伦布"号，人类当时最先进的型号之一。不用说其船长也就是哥伦布那样的人物了。船上搭乘着五大行星的首脑人物。

我们在太空中待了三天，搜索队才把飞船的碎片找回一舱。这下我们有事干了。虽然从这些碎片中要找出人体的部分是一件很烦琐的事，大伙仍然干得十分出色。最后终于拼出了三具尸身。"哥伦布"号上共有八名船员。出事的原因基本可以判明为一颗八百磅的流星横贯船体，引发爆炸。在地球家门口出事，这很遗憾。惨状却是宇宙中共同的。

"他们太大意了。"宇航局局长在揭墓典礼上这么总结。第三处的人听了哭笑不得。人们在地球上都好好的，一到太空中便小孩般粗心忘事，为此还专门成立了第三处来照顾他们。这种话偏偏从局长口中说出来！然而我们最后没敢笑。那三具拼出来的尸体此刻虽已进入地穴，但又分明血淋淋透过厚墙，景象历历在目，神色冷峻，双目睁开，似不敢相信那最后一刻的降临。

有一种东西，我们也说不出是什么，它使人永远不能开怀。营墓者懂得这一点，所以总是小心行事。天下的墓已经修得太多，愿宇宙保佑它们平安无事。

那段时间里，我们反常地就只修了这么一座墓。

在一般人的眼中，墓的存在使星球的景观改变了。后者杀死了宇航员，但最后毕竟做出了让步。

写到这里，我看了看我用笔的手，亦即造墓之手。我这双老手，青筋暴起，枯干如柴，真想象不到那么多鬼宅竟由它所创。这是一双神手，以至于我常常认为它们已摆脱了我的思想控制，而直接禀领天意。

所有营墓者都有这样一双手。我始终认为，在任何一项营墓活动中，起根本作用的，既非各种机械，也非人的大脑。十指具有直接与宇宙相通的灵性，在大多数场合，我们更相信它们的魔力。相对而言，思想则是不羁的，带有偏见和怀疑色彩，因而对于构造宇宙墓碑来说，是危险的。

在营墓者身上，我们常常可见一种根深蒂固的矛盾。那些自杀者都悲观地看到了陵墓自欺欺人的一面，但同时最为精美的坟茔又分明出自其手，足以与宇宙中任何自然奇观媲美。我坚信这种矛盾仅仅存在于营墓者心灵中，而世人大都只被墓碑的不朽外观吸引。我们时感尴尬，他们则步向极端。

跟下来我想说说女人的事情。

小时候，在地球上看见同我一般大的小姑娘一无所知地玩耍，我便有一种填空感。我相信此时此刻天下有一个女孩一定是为我准备的，将来要补充我的生命。这已注定，就是说哪怕安排这事的人也改变不了。稍微长大后，我便迷上了那些天使般飞来飞去的女太空人。她们脸上身上胳膊上腿上洋溢着一层说不清是从织女星还是仙女座带来的英气，可爱透顶，让人销魂。那时我也注意到她们的死亡率并不比男宇航员低，这愈发使我心里滚滚发烫。

我偷偷在梦中和这些女英杰幽会。此时火星宇航学校尚未对我打开大门。这就决定了我命运的结局。当晚些时候我被告知宇航圈中有那么一条禁忌时，我几乎昏了过去。太空人和太空人之间只能存在同事关系，非此不能集中精力应对宇宙中的复杂情况。大开发初期有人这么科学地论证，竟被当局小心翼翼地默认了。此事有一段时间里在普通宇航员心中疙疙瘩瘩起来，但并没经过多长时间，飞船上的男人都认为找一个宇宙小姐必将倒霉。于是这禁忌便固定了下来。你要试着触犯它吗？那么你就会“臭”起来，伙伴们会斜眼看你，你会莫名其妙找不到活干，从一名大副降为司舵，再沦为掌舱，最后贬到地球管理飞船废品站之类。我以为宇航学校最终会为我实现儿时愿望提供机会，结果却恰恰相反。可是那时我已身不由己了。宇宙就是这么回事，不让你选择。

我以营墓者身份闯荡几年星空后，才慢慢对圈子中这种风俗有所理解。有关女人惹祸的说法流行甚广，神秘感几乎遍生于每个宇航员心灵。我所见到的人，几乎都能举出几件实例来印证上述结论。

此后我便注意观察那些女飞人，看她们有何特异之象。然而她们于我眼中，仍旧如没有暗云阻挡的星空一样明艳，怎么也看不出大祸来袭的苗头。她们的飞行事实使我相信，在应付某些事变时，女人确比男人更加自如。

有一年，记得是太阳黑子年，我们一次埋葬了十名女太空人。她们死于星震。当时她们刚到达目的地，准备进入一家刚竣工的太空医疗中心工作。幸存者是她们的朋友和同事，也多为女性。我们按要求在墓碑上镌上死者生前喜爱的东西：植物或小动物、手工艺品、首饰。纪念仪式开始时，我听身边一个声音说：“她们本不该来这儿。”

我侧目见是一位着紧身宇航服的小巧少女。

“她们不该这么早就让我们来料理，连具完尸也没有。”我怜悯地说。

“我是说我们本不该到宇宙中来。”她声音沉着，使我心中一抽。

“你也认为女人不该到宇宙中来？”

“我们太弱。那是你们男人的世界。”

“我倒不这么看。”我满怀感情地说，不觉又打量她一眼。我以前还没真正跟一个女太空人说过话呢。这时在场的男人女人都转过头来瞧着我俩。

这就是我认识阿羽的经过。写到这里我停下笔，闭上眼，无限甜美而又备感辛酸地咂味了好几分钟。

认识阿羽后，我就意识到自己要犯规了。童年时代的冲动再度涨满心中。我仍然相信命中注定有个女孩已等了我好久，她是个天生丽质的女太空人。

阿羽的职业是护士。即便在这个时代，我们仍需要那些传统的职业。所不同的是，今天的白衣天使乘坐飞船，穿梭星际，潇洒不俗而又危险万端。

当我坐在坟茔中写这些字时，我才注意到自己竟一直忽略了一个事实，即我和阿羽职业上的矛盾性。总是我把她拯救过来的人重又埋入陵墓。她活着时我不曾去想这个，她死了我也就不用想它了。可为什么直到此时才意识到呢？我觉得应该把我俩的结识赋予一个词：“坟缘”。我要感谢或怪罪的都是那十具女尸。

在那天的回程途中我心神不定，以至于同伴们大声谈论的一件新闻也没有听进。他们大概在讲处里几天前失踪的一名职员，现在在某太空城里找到了尸体。他在那里逛窑子，莫名其妙被一块太阳能收集器上剥落的硅片打死。我觉得这事毫无意思，只是一个劲回想那坟地边伫立的宇装少女和她的不凡谈吐。这时舷窗外一颗卫星的阴影正飘过行星明亮的球面，我不觉一震。

我和阿羽偷偷摸摸书信来往了两个月，而实际见面只有三次。其间发生的几件事有必要录下，它们一直困惑着我的后半生，并促使我最终走进坟墓。

首先是我病了。我得的是一种怪病，发作时精神恍惚，四肢瘫痪，整日呓语，而检查起来又全身器官正常，无法治疗。我不能出勤。往往这时就收到阿羽发来的信件，言她正被派往某个空间出诊。等她报告平安回到医疗中心站时，我的病便忽然好起来。

我不能不认为这是天降之疾，但它又似乎与阿羽有某种关系。但愿这是巧合。

跟着发生了第三处设立以来的大惨案。我们的飞行组奉命前往第七十星区，途中刚巧要经过阿羽所在的星球。我便撺掇船长在那星球作中途泊系，添加燃料。他一口答应。领航员在计算机中输入目的地代码。整个飞行是极普通的。但麻烦不久便发生了。我们分明已飞入阿羽所在星区，却找不到那颗星球。无线电联络始终清晰无比，表明导引台工作正常，那星球就在附近。可是尽管按照指引的方向飞，飞船仍像陷在一个时空的圆周里。

我从来没有见过船长如此可怖的脸色。他大声叫喊，驱使众人去检查这个仪器，调整那个设备。可是正像我的怪病一样，一切无法解释和修正。终于人们停下不动了。船长吊着一双眼睛逼视大家，说：

“谁带女人上船了？”

我们于是迟疑地退回自己的舱位，等待死亡。良久，我听见外面的吵嚷声停止了，飞船仿佛也飞行平稳了。我打开舱门四顾，难以置信地发现，飞船正在地球上空绕圈子，而船上除我一人外，其余七人都成了僵尸。我至今已记不住各位同伴的死态，唯见他们的手，还一双双柴荆般向上举着。

此事引起了处里巨大震动。调查半年，最后不了了之。在此后一段时间里，我耳边老回响着船长绝望的叫声。我不认为他真的相信船上匿有女子。航天者都爱这么咒骂。然而我却不敢面对如下事实：为什么全船的人都死了，唯有我还活着？事件为什么恰好发生在临近阿羽工作的星球的那一刻？又是什么力量遣送无人控制的飞船准确无误回到地球上空的呢？

女人禁忌的说法复在我心中萌动起来。但另一个声音却企图拼命否定它。

不久后我见到了阿羽。她好好生生的，看到我后，惊喜异常。我一见面便想告诉她，我差点做了死鬼，但不知为什么，忍住了没说。我深深爱着她，不在乎一切。我坚信如果真有某种存在在起作用的话，我和阿羽的生命力也是可以扭转其力矩的。

我不是活下来了吗？

前面已经说过，我和阿羽相识只有两个月。两个月后她就死了。她要我带她去看宇宙墓碑，并要看我最得意的杰作。这女孩心比天高，不怕鬼神。我开始很犯愁，但拗不过她。她死得很简单。我让她参观的墓并不是最好的，但仍有一些东西很特别。我们爬上三百公尺高的墓顶，顶上有一个直径数米的孔洞通达底部。我兴致勃勃指给她看："你沿着这往下瞄，便会——"她一低头，失了重心，便从孔中摔了下去。

后来我才知道她有眩晕症。

一丝星光正在远处狡黠笑着。一艘飞船正从附近掠过，飞得十分小心翼翼。此后一切静得怕人。

我让一个要好的同事帮我埋了阿羽。为什么我不自己动手？我当时是如此害怕死。同事悄悄问我她是什么人。

"一个地球人，上次休假时结识的。"我撒谎说。

"按照规定，地球人不应葬在星际，也不允许修造纪念性墓碑。"

"所以要请你帮忙了。墓可以造小一点。这女孩，她直到死都想当太空人，也够可怜的。"

同事去了又回。他告诉我，阿羽葬在鲸鱼座 β 附近，并且他自作主张为她镌上了宇航员身份。

"太感谢了。这下她可以安心睡去了。"

"幸亏她不是真正的太空人，否则，大概是为你修墓了。"

很久我都不敢到那片星区去，更谈不上拜谒阿羽的坟茔。后来年岁渐长，自以为参透了机缘，才想到去看望死去多年的女友。我的飞船降落在同事所说的星上，逡巡半日，心中不安。我待了一阵，重跳上飞船，返回地球。随后我拉上那位同事一起来到鲸鱼座 β 星。

"你不是说，就在这里么？"

"是呀，一起还有许多墓呢！"

“你看！”

这是一个完全荒芜的星球，没有一丝人工的孑遗。阿羽的墓，连同其他人的墓，都毫无踪迹。

“奇怪。”同事说，“肯定是在这里。”

“我相信你。我们都已搞了几十年墓葬，这事蹊跷。”

黑洞洞的宇宙却从背景上凸现出来，星星神气活现地不避我们的眼光，眨巴眨巴挑逗。我和同事忽然忘了脚下的星球，对那星空出起神来。

“那才是一座真正的大墓呢！”我指指点点说，全身寒意遍起，双腿也成了立正姿势。

那时我就想到，我在第三处可能待不长了。

第三处的解散事先毫无一点迹象，就像它的出现一样神秘。在它消失之前宇宙中发生了多起奇异事件。大片大片的墓群凭空隐遁了，仿佛蒸发在时空中。这是不可思议的事情，真相一直被掩饰，不让世人知晓，但营墓者却惶惶不可终日。那些材料不是几十亿年也不变其形的么？仍然有一部分墓遗下，它们主要分布在太阳系或靠近太阳系的星区。这些地方，人类的气息最为浓郁。第三处后来又在远离人类文明中心的地方修了一些墓，然而它们也都很快失踪了，不留任何痕迹。星球拒绝了它们，还是接收了它们呢？

似乎是偶然间触动了某个敏感部位，宇宙醒了。偏激的人甚至认为它本来就是醒着的，只不过早先没有插手。

那些时候我仍周期性发病，神志不清中往往见到阿羽。

“我害了你。”我喃喃。

她沉默。

“早知道我们跟它这么合不来，就不去犯忌了。”

她仍沉默。

“这原来是真的。”

她沉默再三，转身离去。

这时我便感到有个强烈的暗示，修一座新墓的暗示。

于是就有了现在的情形。天鹅座 a 星是一个遥远的世界，比那些神秘消失的墓群所在的星球还要遥远。我是有意为之。我筑了一座格调迥异的墓，可以说很恶心，看不出任何伟大意义。在第三处你要是修这样一座墓，无疑是对死者的亵渎。我觉得我已知道了宇宙的那个意思。这个好心的老宇宙，它其实要让我们跟它妥帖地走在一起、睡在一起，天真的人自卑的人哪里肯相信！

这我懂得。但我的矛盾在于我虽然反叛了传统，却归根结底仍选择了墓葬。我还有一点点虚荣心在作怪。

写到这里我就觉得再往下写没什么意思了。

我要做的便是静静躺着，让无边的黑暗来收留我，去和阿羽相会。

（一九九一年获世界华人科幻文艺奖小说金奖）

再生砖

一

一天，建筑师来到村里。他是一个年轻人，三十岁出头。他带着两名助手，都是他的事务所的。他们在空地上搭了一个简易帐篷住下来，然后，就急不可耐，到处巡看废墟。他又到受灾较轻的外围地带，寻找还能制砖的作坊。他后来写下一系列《打砖日记》，记叙了这段经历。从中可以看出，最初的工作，开展得并不十分顺利或称心。比如，他这么写道：

……

六月十三号：在作坊的席棚子里敲定数目，说好十四号十五号做材料准备，并打几块样品为准，十六号开始生产，二十六号交货。但对方不报价，说要打一打才知道。定金没交出去，有点悬。

六月十六号：下雨。据说淹了场地。

六月十七号：据说停电。

六月十八号：据说粉碎机机械故障。也许是想把时间压到没有余地再报价吧。多了个心眼，又去接洽了一家大厂，回过头来给作坊打电话，催报价，并提到了“那边厂”。

……

尽管如此，建筑师还是坚持了下来，给人的感觉，好像是为了什么不可名状的理想，才一定要这么做；而那些砖，则是这理想的承载物。

实际上，从一开始，就有人说，他做的这个东西，是没有用场的。人们不会感兴趣。但建筑师总是强调：“它是会有用处的。我已经看到了未来。”人们摇头，不相信他说的。在这个年代，连下一分钟会发生什么，都说不好。刚刚过去的那场灾难即是证明。

二

六月十七日，在一个离灾区比较远的地方——上海市，举行了欧洲某艺术双年展中国馆新闻发布会，策展人介绍了“普通建筑”的策展主题和参展建筑师的作品。建筑师本人因为还待在灾区，不能到会，于是，通过视频介绍了他的作品。

作品被取名为《再生砖》。因为样品还在制作中，所以，砖的模样，就暂时先用电脑三维制图方式画出来。从画面上看，是一种空心的四方砖，有些像普通砖，但颜色更深黯，内部杂有红色、黄色的不纯物质，以及断续的植物茬头，就形状而言，颇显笨拙丑陋。再生砖没有肉感，也难见骨感，只是，它是坚硬的，隐隐具有比大地更为实在的某种结构，使人蓦然惊觉，再生之魂莫不然真的就寓居于这样一种朴素的腔体里面？

从显示屏上，观众们看到了用动画形式表现出来的制砖过程：先是将水泥和碎砖骨料拌匀，然后，加入油菜秆纤维（大规模生产时，是用麦秸），再加水搅拌，最后使用杠杆式机械压砖机，将砌块压制成“现成品”……视频还展示了两块砖的同时成型，以及已经成批压制、干燥中的再生砖。观众也看到，再生砖与粉煤灰砖的质感很不相同。就是这些砖，将要运送到万里之外的欧洲参加高规格的艺术展览，为建筑师及他代表的国家赢得荣誉。

“再生砖是一种只要愿意，人人都能动手生产的低技低价产品：就地取材，手工或简易机械就能生产，免烧，快捷，便宜，环保，因地制宜，尺寸随机，适应性强，无名有用，不受专利掣肘……”建筑师本人以影像的形态出现在屏幕上，劝诫一般，谆谆讲解了“普通建筑”的含义。他是一个胖乎乎的年轻人，但并不开朗，说话时会显出一脸苦相。在介绍中，他没有称他的作品为“艺术品”。

实际上，对于这项具有开创意义的工作，国内的艺术类传媒予以了较大关注，如上海的《艺术世界》月刊，在一篇文章中这么说：建筑师在对自己的作品理念概述中一开始就强调：这不是一个为展览而做的装置，而是一个正在灾区重建中积极推广的材料生产项目。

这是什么意思呢？

回头来看，这些说法并没有传达出它们想要表达的本意，却反而强化了再生砖作为艺术品的特质，而不管建筑师怎样解释。至于他本人，最终也就被当作一位艺术家来看待了（不管他同不同意）。

作品在欧洲的双年展上顺利展出，获得了空前成功。观众们注意到，展厅里，除了建筑师的名字和简历，便是关于作品本身的介绍：

作品材料：再生砖。

创作时间：二〇〇八年五月至六月。

砖块尺寸：三百三十毫米长，一百七十毫米宽，一百一十毫米高。

砌筑砖墙：两米高、十五米长的展墙。

三

现在，再回到制砖的过程。上海的发布会结束后，过了两天，也就是六月十九号，建筑师在作坊那里，才见到报价出来了。他随即交了定金，约定二十二号先看三百匹。但为了保险起见，他又去到大厂接洽。大厂老板接待热情，沟通似乎也顺利些，说样品确定后，两天就可以交货。老板提出每种样品都以一罐料为批次，理由是为了保证配料比例准确。说的在理，建筑师当场交了定金，写下三种不同配比的清单。

建筑师在这天的日记中写道："回来路上觉得轻松多了：双保险。大家都觉得宝多半要押在这边。结论是：社员是要比农民正规些。作坊那边交的钱就当学费吧，好歹也给我们提供了不少信息，教会了一套程序。"

接下来，制砖的工作，在大厂和作坊两边同时展开。

三天过去，作坊已经做好几百匹，大厂也做好了样板。六月二十二号，到了看砖的日子，建筑师犹豫着，是先去大厂，还是作坊呢？最后，他想，应该先去大厂，希望在大厂。先去大厂看样板，如果行就订货。作坊那边反正已交足定金，通知停产也不会亏。对方可把打好的卖了，还会有赚。但他又迟疑了：不，应该先去作坊，好歹看看货怎么样，回来顺路再去大厂订货也不迟。

到了作坊，见到砖是湿的，看不清品质，秸秆明显少了些，不大满意。他想，看来等一下去大厂看了后要通知作坊停产了。但到了大厂，样品使他大吃一惊。完全和当初商定的两样。不但没有三种配比，已有的两种中哪种是什么配比也说不清。

建筑师在日记中记录了当时的情况：

见我们发火，一个婆娘站出来参加辩驳，她采用的是指东打西的游击战术，见我们的火力偏向哪边，就在另一边进行牵制。她完全不明白事情的由来，但目标极为清晰：说到底，样样都是按我们的要求做的。

又有一个“老板”在场，原先接洽的“老板”也变回“工头”的模样和语气。好歹找出来前两天写的配比清单，这时候才见他蹲下身对工人讲解百分比是什么意思。

一样都要不得。现在只有指望作坊了。秸秆明显少了些，打了个电话强调要按配比。打不打第二个电话再叮嘱一次呢？商量一阵决定不打，再打害怕秸秆又加多了。我的感觉是：最终是语气在决定配比。

……

四

我不清楚，建筑师在写下这些文字时，是否就想到了将来有一天要用于发表，并把它们作为作品的一个有机部分。我也不知道，在最终送去发表之前，他是否对日记的内容做了某些修改，以使之与作品更加匹配。如果说再生砖就是建筑师的孩子的话，那么，日记也许同样具有了某种再生的意味？

能够明显感觉到的是，建筑师的心情不是平和的，刚开始的那股子意兴冲冲，在制砖的过程中逐渐消蚀了，最后变成些许无奈。也许，这一切跟他最初的设定和想象，还是有差异的吧。本来，他或以为，灾区的人们，既然遭受了那样深重的苦难，那么，一定对他的莅临，包括对他带来的产品，跟接受其他的无私援助一样，满怀渴盼和感恩。但现实一些来看，似乎并不是这样。

在后来的一次研讨会上，建筑师谈到了自己心灵的分裂：

“灾难发生后，我一直感到一个身份认同的问题：到了灾区，我觉得自己是一个志愿者，而且是一个体力不佳的、有了暮气的志愿者——我的腰有伤，拿轻的东西不好意思，重的东西又拿不了，很尴尬；在灾区看到没有倒塌的房子时，我尚且觉得自己是个建筑师；但看到那些倒塌的房子时，我又根本不敢承认自己是建筑师；另外，坐在房子里每天都会感到摇一摇，很多东西也都摔碎了，就觉得有点疑似灾民。那么，我到底是谁呢？是慈善家，还是艺术家？是志愿者，还是灾民？”

随着制砖过程的逐步推进，这种情绪，不仅难以遣散，而且还愈发的浓重了。建筑师似乎越来越为自己的身份问题而苦恼。但他仍然坚持着干了下去，一个原因是，他已经与欧洲的策展人签了合同。他被套在了一辆没有回头路的战车上。

我想谈谈这其中的技术性——我以为，这正是再生砖的核心命题。当时，人们提出了各种各样的房屋重建方案，但最后，经过观望、质疑、排斥，风行的却是再生砖，我认为，是技术性起了关键作用。像那些要动用大型机械和专业公司，来进行建筑垃圾处理的方案，都不如建筑师的设想，更能在妥协中被接受。建筑师的思维方式，是工科式的，很单纯，在那个时候，本来是拿不上桌面的，也不具备轰动的宣传效应，但唯其如此，最后多方比较之下，才击败了那些鸿篇巨制和夸夸其谈，而显现了它更具操作性的一面。那么，艺术性也就是从这样的技术性中产生的吧——而不管建筑师一开始怎样宣称，这是一桩与艺术无关的慈善性质的活动。这已由不得他。再生砖最终被精英们界定为一起艺术行为，这是没有疑问的，而在建筑师的潜意识里，最终也一定是同意的吧，否则就不会把它送上欧洲的双年展了。这里面的矛盾是深刻的，却在现实中被慢慢化解。然而，就在这样的情况下，建筑师却与当地人发生了冲突……也许，如同建筑师感到自己的身份变得模糊了一样，灾民们似乎也忘记了他们的身份吧。

建筑师只好对大家解释："总是会有用处的……"但是，他指的是双年展上的艺术成果呢，还是村民的居住条件可以得到改善呢？抑或是二者都指？但我在魅惑中觉得，似乎，又都不是建筑师的真实所指。也许，从一开始，人们就误会了建筑师。

总之，数十年后，我第一次阅读建筑师写下的日记时，心中像落满了折断的麦秸，深深浅浅扎入皮肉，混沌而迷离，很难拔得出来，只能让血液去慢慢融化那种无以言说的痛楚。虽然，我本人并没有经历那场灾难。其实，在建筑师的年代里，重视纯技术的人应该不多，人们更加关注的是其他。但建筑师为大家呈现的，首要的还是一种技术，而且是一种简单的技术，一种低技术，正与当时的潮流相悖。这也许才是介入灾后重建的许多人大跌眼镜的缘故吧。

五

最终得到广泛认可的再生砖，其孕育的过程可以说并不顺利。而对于建筑师本人来说，也经历了一次难产般的再生，对此他始料未及。那段时间里，本来红光满面而精力充沛的他，变得憔悴了。灾区条件艰苦，用水困难，建筑师已长时间没有洗澡，躯体发臭，容颜黯淡，形象日益消瘦，乍看并不似个男人，而好像一位贫瘠操劳、因过度生育而虚弱了的村妇。有一天夜里，参与制砖的村民到帐篷去探望他，见到建筑师一身素衣，垂手站立，脚前放有一台简易型的滚筒式分离机，还在嗡嗡作响。他的面色像锡纸一般惨白，仿佛鬼魂一样，任凭黄澄澄的月光把帐篷照得透亮。建筑师好像正在苦苦思考，如何才能令自己变成一块砖，而这块砖是要立即开始无性繁殖的，迅速堆砌出大量的房屋，让灾后幸存下来的所有生物住进去——这就是唯一的目的，就像书法家要在宣纸上落上最后一笔那样。这样的艺术无疑是特别的，是他从未尝试过的。建筑师深深沉浸在自己的玄想中，定定看着面前的机械，好像那是他的另一个身子。他因此并没有觉察到村民们的到来，而他们其实才是建筑师作品中的真实主体。所以说，这里面充斥了多少的矛盾啊。终于，建筑师的脸上绽露了临盆一般的浅灰色痴笑，嘴中微微发出了沼泽似的断续呻吟。而他和村民们的身后，帐篷之外，就是黑压压的、虽经重创却依然丰腴饱满的大地，傲慢地清醒着，大大咧咧覆压在亡灵们的身上，看笑话似的看着他们这活着的一群。人们都不敢吱声。这是灾区最神秘压抑的时刻。没有到过灾区的人，又怎么能感受到这种气氛呢？

不管怎样，历尽坎坷，建筑师的宝贝孩子终于诞生了。而我也终于发现，从建筑学的角度看，如大家后来普遍认同的那样，其实，作品只有一个关键词，那就是“简单”。

——简单，这便是一切艺术目标中要追求的极致，虽然，它注定要经历一个十月怀胎乃至剖腹生产的过程。搭乘着“简单”这列快车，作品最终远离了灾区，首先是在另一时空，在遥远的欧洲，在由西方人按照他们的规则搭建的超级平台上，获取了它预期或者并未预期的效果，并看似把其余的都抽空了、抹除了、排斥了、忘却了……从展厅中无分别的、安安静静的一块块再生砖上，从它们垒积起的那堵符合美学标准的墙面上，观众无法看到建筑师经历的磨难，也不能确证他本人的再生过程，更体会不到那些曾经使无数人惊恐嚣叫、悲痛欲绝、夜不成眠、泪已流干的东西。这便是再生砖要表达的慈善或艺术愿望么？好像有一种令人绝望的过期作废感。连花了欧元前去参展的建筑师本人，也惊惧地心忖，这竟然是真的么？他到底是从一个什么地方来的呢？他是代表谁来的呢？他本人是谁呢？在砖墙的遮掩下，辽阔的灾区仿佛成了一个薄弱远逝的背景。这并非是汉画像砖，因此从它的上面看不到士兵的奔跑；没有了裹装学生尸体的一排排蓝色塑料袋，以及家长们响彻云霄、撕心裂肺的呼号；不见了无家可归的狗儿，它们拖着残腿，仍在废墟前等待主人归来；也看不到死去的母亲，身下仍护佑着活着的孩子，而孩子正死死咬住她裸露的苍白乳房，吮吸仍在渗出的奶水；把学生抛下、率先逃出教室的教师，也早跑得无影无踪了；没有见到坠毁在密林深处的救援直升机，军人僵硬的尸体在淫雨中腐烂，露出不屈的铮铮白骨……总之，这一切曾令人铭心刻骨、魂飞魄散、泪如泉涌的景象，在这展览的现场，好像都不再那么可靠。在作为展品的再生砖那静婉安详、千年古镜般的映照下，一切仿佛心平气和了下来，只见穿着名牌服装的俊男靓女们，黄发白肤，高鼻深目，迈着鹳腿，礼貌而沉稳地踱过，露出好奇的目光，就像首次看到长城、京剧或青花瓷，在那一模一样、绝无差别的，却与他们的文化和生活形成巨大疏离感的砖头前纷纷叹服。是的，它们的确成了双年展上最具魅力的东方艺术品，而它们的制作初衷和源流，却被淡忘。

建筑师这才如梦初醒，他有些着急并焦虑了，只好适时提醒观众：对于远在展会万里之外的人们来说，当务之急，是要有实用性的房子住。他说，这种事情，本是人类与这颗星球签订的契约中的一条，从几百万年前起就执行着了，看看龙骨山，看看山顶洞，再看看半坡村和河姆渡吧！而那是一片充满灾难的土地啊，艺术只是一种奢侈。

六

不管怎样，以特殊的方式来到这世上的再生砖，终于获得了广泛而一致的好评。这种情况，在建筑师的那个时代，其实已经很少见到。因为只要是先锋的艺术，只要它有些离经叛道，装置也好，行为也好，摄影也好，建筑也好，一旦出现在国内公众的视野中，都会引发很大的争议。然而，对于再生砖的成功，却少有异议。因为它是在那么一个特定的背景下产生的吗？人们说：

真是非常让人敬佩。

很好的计划，很踏实的行动。

工艺、原料、生态、社会、经济的整体关注和综合解决。

对比起来一些理论就显出些苍白了。

作为建筑师，对社会经济现实和生态环境的关注，正是建筑学的题中之意。

低技术是一种面对现实的策略。

是否，

正是因为关切了实实在在的现实，

由于现实的具体和不可复制，

所以，

作为产品的再生砖也难于在他处复制。

再生砖让人想起莱特的砌块。

因其独特性所引发的和这种独特性的适应的可能，

需要持续的长久的关注！

……

总之，当时的人们就是这样激动地表述着对再生砖及建筑师的看法，但实际上，艺术与应用的关系，却更加的纠缠不清。而查找这些昔日的资料，很耗费我的时间和精力。建筑师所处的时代，大量信息通过很虚幻的一种叫作互联网的渠道来传播，其真实性难以甄别。而传播即意味消亡，沉没入空泛而无际的大海，失去了最初想要表达的意义。就像那场灾难一样，再强烈的震动，也终要归于静止。但我为什么如此执着呢？后来思忖，我也有可能是被那个词语——“不可复制”——吸引了吧。就算对于人类这个物种而言，传统的看法是，存在，就仅仅存在一次，然后便永不再来了。恐龙是这样的，渡渡鸟是这样的，巴厘虎也是这样的。根据目前掌握的情况，就在我们这个宇宙中，并没有在第二个地方，第二个时间，出现过恐龙、渡渡鸟或巴厘虎。拥有三百万年历史的人类亦如此。所谓转世什么的，那也只是一种自慰的说法。如果你不再能记得前生的那个自己，那么，便只是徒劳地再做一个彻底的新人，生命仍然独一无二。然而，如今，以灾难之砖为媒介的人工方式的再生，却试图使存在成为可以无数次循环的格局，把由生到死、由死到生、生死相续的程序一气呵成，打破了自然界的成规。还能说这仅仅是应用，而不是艺术吗？

我也注意到了制砖过程中的一些细节，比如“防疫喷洒”，这是其他类型的工业活动并不必需的。然而在往欧洲送展时，不知出于什么考虑，即便在建筑师的《打砖日记》中，也没有予以提及，像是一个故意的疏忽。在生产链中，这虽然仅是一个极短的片断，却是制造再生砖不可缺少的环节，是真正的第一步。也许，下意识地，建筑师并不愿意自己的生动的艺术形象（我认为这才是他骨子里真正要追求的），与带有恐怖意味的防疫专家产生某种联系吧？所谓的防疫喷洒，即用百分之零点二的过氧乙酸或用二两（一百克）漂白粉加入五十斤水而配成溶液，利用人工或机器，对准废墟，进行喷洒湿润，基本作用是消毒。那个时候，已经无法将埋葬在废墟中的尸体完全清理出来了。这也是没有办法的办法。我手中有一张关于喷洒的照片：十几名清丽苗条、不辨男女的工作人员，穿着长至脚踝的白色防疫服，头戴仅露双眼的灰色面罩，背着黑沉沉的金属罐子，站在褐色的瓦砾堆上，手如树，足如船，体如椽，构成向外发散的标准分形图，如完全不像人类的外星人般，从身躯四周茂盛地蒸逸出一片片的漠漠白雾，好像是肉体中弥射出了能使生命复苏的芬芳。有人甚至说看见了，经过这一番喷洒，废墟上立时盛开出朵朵花蕾，淋漓尽致，鲜艳欲滴。但鲜花本身，却又是并不能成为建筑材料的。真正起作用的，是更为质朴的麦秸啊。

但是能不能说，喷洒同样是很技术性的——因此也艺术了起来呢？它不一样也简单而实用吗？这一切时过境迁，如今仅能是猜测了……令我好奇却不知究竟的还有，喷洒者在工作时，究竟怀有一种什么心情，他们的头脑会像建筑师那样分裂吗？从外观上看，他们好像是在静笃地舞蹈呀，丝路花雨一般，完成着配合再生的巫觋般仪式。

不管怎样，当喷洒开始时，有一些村民迟疑着聚拢来围观了。他们的神情，我则不好形容。

而从建筑师的角度看，之所以需要喷洒，是因为再生砖拥有的一个铁定现实——它本是三种东西的混合：尸体、废墟和麦秸。但在欧洲的艺术双年展上，能被直观目击的仅有两个部分，分别是来自灾区的瓦砾和麦秸，被作为原始材料，整整齐齐盛放在两个长方形的石盒中，搁置于业已成型的光洁砖墙之下，供流连忘返的参观者览阅。这时，它们显得像是取自世界上随便一块土地，而并不必然与灾区发生联想，自然谁也不会想到包含在里面的尸体成分了。同样，在被运送到欧洲之前，这些物件已然经过了严格消毒这样的一道微妙手续，也就没有对观众们披露，好像是怕惊吓了他们，而破坏了预设的审美感受吧。

——那么，是不是正由于作品在国际展览上获得的空前成功，到后来才吸引了更多的建筑师和规划师，还有投资者、材料商、开发商，等等，蜂拥来到灾区，参加了这项始终都被称为“救援”的工作呢？但这些人也是渴望着实现自己那颇具形式感而艺术化的再生吗？尤其是，不久，金融危机爆发后，来的人就更多了，把大部分废墟都快踩平。他们莅临时，通常都有当地领导陪同。这些官员也十分热情，好像在迎接天上掉下的馅饼。

“小型的半手工机械充分利用了原有遍布乡村的手工业资源，适应性强，使用简单方便，操作者无需长期培训即可投入生产，利于遍地开花，利于灾区群众的自救自建生产。”在地方政府的盛情邀请之下，建筑师本人也多次故地重返，对制砖提出了这样的看法，似乎在坚定地驳斥一种广为传播的言说：再生砖之大行其道，是因为参加了欧洲的艺术展的缘故，墙外开花墙内香，出口转内销，才被推崇和推广了。

而这时，他确已获得了多项国内外大奖。在南方某媒体颁发的“建筑传媒奖”的入围理由中，评奖委员会倒真的是把他的行为列入了“社会责任感”的范畴。然而，建筑师并没有前去领奖。

我看到了流传下来的照片，其中一幅，是记者用广角镜头拍摄的制砖场面。在苍白群山间的一块空敞平坝上，以黑漆漆的辽阔废墟为背景，大概有两千多名农民，身穿组织者发放的大红色圆领汗衫，背上印有“再生砖”的黄色中英文字样，每人面前放有一台银色的手动式破碎机，随着建筑师的号令，整齐地摆舞手臂，拉动杠杆，挥汗如雨，做着节奏分明的运动，好像是十八世纪工业革命初期的情形。阳光像无数的蓝蜻蜓一样扑下来，哗哗作响，而沉寂的大地重新沸腾了，迸发出人们永不能忘的、惊悚无比的剧烈震动。

——虽然，是村委会组织的、并被描述为“专群结合”的活动，却至少在形式上体现了一种广泛的参与性，好像都来支持建筑师发起的一场兼具实质与形式的革命了。

“真像是奥运会开幕式的表演呀。”一位初次见到这张照片的读者失声叫出。这个读者就是鄙人，在那场灾难过去几年后，才出生在这个世界上。

我注意到，现场的制砖者中，有三分之二是女性。她们伸展着绵软的、金色的身体，像一群群的合欢树，在艺术体操一样的运动中，呈现出一种半昏迷般的亢奋状态，又仿佛是被送上了产床。

照片的尺寸有限，上面的人物实在太渺小。但通过放大镜看到，站在农民前方的如同交响乐指挥般仰俯不停的建筑师，虽然兴奋不已，神情中却透出了淡淡的忧郁，而并没有即将为人父般的喜悦。

当地政府则颇为感激，颁予他荣誉称号。的确，没有再生砖，成千上万失去住房的人们，要那么快地搬进新居，简直是不可能的。而再生砖像神迹一样，打破了这种不可能性，也击溃了人们思维里的固定程式。比如，那时并没有任何法律规定什么叫“重建规划”。对于专业的规划师来说，不知道这个规划是出到框架呢还是出到道路？是出到房子呢还是出到施工图？这一切都不知道。你说三个月能不能完成？但有了再生砖，这一切似乎忽然不成为问题了。另外，再生砖作为新型轻质建渣秸秆空心砖，在国家标准中没有对应类型。但正因为这是上上下下都称誉的再生砖，所以，就可以不受约束，采用混凝土空心砖标准进行检测就行了。一切均予以简化。而检测结果竟是，抗压强度已达到合格标准，可以满足围护填充墙强度要求。所以，在质量方面，很顺利就通过了。可以说，政府在这项活动中，起到了关键作用。恢复重建工作就立即展开了，并迅速写成总结材料上报，然后又得到进一步的推广。

建筑师终于沉浸在了一种灿烂的感怀中。虽然家园已经破损，但由于再生砖的缘故，残砖碎瓦仍然饱含了原住民们曾经寄托的情感。它既是废弃材料在物质方面的“再生”，又是灾后重建在精神和情感方面的“再生”。建筑师在各种场合述说他的感触时，柔美地微微闭着眼，轻轻地摆动腰肢，像教堂里的牧师一样，给人以一种春风拂面的温暖，其间又有荷叶水塘般的情调在泛动，但那都是不太可捉摸的，与现实中的色彩和温度相较，更具有西方中世纪版画的气质。这是我作为后来人的直感，或许这里面有代沟。但试图反驳、反击或反叛建筑师，在当时就根本不具有任何的可能性。那个时候，他具有了盖娅之神的风范，已然君临一切。

真正的大规模生产，是在次年的五月麦收时节，大量的麦秸等待处理利用。此时，废墟仍未被彻底清除，或者说，更多是有意识保留了下来，向各地来的好奇的访问者展出。建筑师在弟子们的簇拥下，站在瓦砾山顶往下看，只见麦秸形成了金黄色的海洋，横无际涯。只有它们，好像从不曾受到灾难的影响，似乎像女人一样在淡淡欢笑，风儿一来就互相倒入怀中，叽叽喳喳嬉耍着拥抱。它们已经看到了自己被收集起来的命运，于是快快乐乐集合起来，而不再被低贱地焚烧掉，变成青烟，弥散在天际，最后什么也不存在了。如今，它们向往着身体被切割得整整齐齐，成为著名的再生砖的材料，成为物质中最具价值的固体成分，继续附着于那令人目眩而无以形容的、也好像是具有了艺术气质的土地，并一队队向世界的大舞台进发。一场全新的、气韵生动的循环就此开始，并且似乎已与永恒的目标接近。什么？永恒？是的。奇迹正在发生。这好像便是建筑师的承诺。那么，这整个灾区，也因此而再生了么？在这么短暂的时间里，实在是非同寻常！就像是躯干被外力切除了一部分的蜥蜴，完全利用自己内蓄的残存血肉，在远古传承的基因的神秘作用下，急迫地催生出了新的器官和身体。

真是太快了。

但它能持久吗？

环境已经变了。

也许……

七

这里面有一个女人，她是应召打砖的最早一批村民之一，不知道是否可算作建筑师所称的“婆娘”一类。在灾难中，她的住房坍塌了，三十八岁的她失去了丈夫和孩子。她彻底没有了寄托，甚至起了轻生的念头。是啊，丈夫和孩子都走了，她还活着干什么呢？她爱他们。与丈夫在一起生活，已有十三年，虽然日子过得紧紧巴巴的，却一直恩恩爱爱，不弃不离。孩子是独生子，在县城上初中，成绩很好，也十分懂事，头天还打电话回来，祝了她母亲节快乐。一瞬间，都没有了……这样苦苦思念，谁知她心中悲切？一天，女人用一根麻绳，把自己吊挂在了村头的大树上。但是，她没有死成，被碰巧经过这里、赶往作坊催砖的建筑师发现，救了下来。她从树端被放到地面，痴呆地瘫坐在废墟上，看着建筑师幽灵一般的淡绿色身影飘过，好像这是一个从天上下凡来的神灵，她弄不明白这究竟是怎么一回事，张大嘴巴，久久不能站起。这天晚上，她做了一个梦，看到在通往阴间的一条小路上，丈夫和孩子满身灰土和鲜血，正在吃力地搀扶着前行。但他们走着走着就走不动了，原来，两人背了很大几篓砖，把残破的身子压弯了。她吃了一惊，可怜地轻声说："你们走不动，就莫要走了，歇下来喝口水吧。"

这是灾难那一年夏天的事情。村委会已在发动人们打砖了。但最初时，并没有多少人自愿参与。人们什么也不想做。他们对未来不再抱有希望。他们从早上起，就看着自家小孩的照片发呆，不吃不喝，直到晚上。他们每天到色彩缤纷的废墟上去，在那里痴痴地觅找、守望，外人问这是要做什么，他们便回答说，是试图把迷路的亲人接回来。因此，建筑师那些示范性的样板作品，无论怎么的具有艺术性，无论获过什么样的大奖，无论去了世界上哪一个大洲展出并引起了怎样的国际轰动，都是与他们无关的。他们中的一些人，只是在村委会主任的劝说甚至强迫下，被动地参与了打砖。说到主任本人，在灾难中，也有六位亲人被埋了进去，但他没有首先去救自己的家人，而是立即组织幸存的村民展开救援，抢救出了不少的生命，但他的亲人却一个都没有挖出来。一俟灾情过去，他擦干眼泪，就又带领村民们迅速投入了生产重建。他要求大家响应自力更生的号召，在全国各地的支援下，鼓舞精神，走出阴影，行动起来，再造一个美好家园。打砖啊，打砖啊，主任率先垂范。然而，尽管如此，人们一时间里也不能聚集起热情和信心，因此，经常生产出不合格的再生砖，甚至废品。建筑师对此很是恼火，因为这增加了成本，延误了进度，最终吃亏的还是灾民，这样怎能令废墟再生呢？他在国外双年展上做出的承诺又怎能兑现呢？全国的建筑师和艺术家，乃至整个国际社会，都在观望他的工作进展，其中不乏等着看他笑话的人，他不拿出成果，怎么交代得过去呢？他肩上的责任太大了。在建筑师近乎苛刻的律令下，一些村民坚持了下来，另一些则忍受不了，退出了打砖。那位女人是留下来的之一。因为，她逐渐发现，那样一种机械往复的动作，可以帮助她暂时忘却失去的亲人。

女人后来告诉我，其时，灾民最需要的，并不是住房。我理解她说的是什么。因为后来我也失去了自己的至爱，余生如行尸走肉般活着。这年冬天，女人住进了经由自己之手打造出来的新砖房，仅仅因为她以一副血肉之躯，无法待在单薄的帐篷里抵御严寒。亿万年来积聚在她身体里的生物本能，仍在发挥作用。这或就是理查德·道金斯所说的“自私的基因”产生的支配性吧。换句话说，“活下去”的愿望，慢慢又回到了她的心中。她甚至害羞地写信给一位曾经采访过她的北京来的女记者，问她能不能捐一些棉衣或被子，因为她有了新房可以住，只是太冷了。但她并没有想到应该感激建筑师——虽然，是他挽救了她的生命，还教会了她建设如此新潮时尚（如果可以这么说的话）、连外国人都啧啧称赞的房屋。她只是稍微把房间布置了一下，把从废墟中捡回的丈夫和孩子的照片挂在墙上。她坐守在空空的砖房里面，感觉上有点儿不习惯。未来似乎仍然比较模糊。

但就在这天晚上，她听到了两个人的声音，从砖缝里面，流淌出来。她爬起来，哆嗦着点数一块块的砖去看。她并不觉得恐惧，而是既惊且喜地意识到，用再生砖搭建的房子，并不仅仅是给她一个人住的。

八

第二年，更多的人住进了再生砖房。而女人也有了自己的砖厂，小具规模，有些收入了。她与一个中年男人合伙来做这事。他以前是村里做建材小生意的，也在灾难中失去了家庭和亲人。他们又雇了两个伙计。每天，他们按照建筑师教授的办法，不歇气地制作再生砖。女人穿着短衫，赤着结实的胳膊，操纵机器，挥汗如雨，晒得黝黑黝黑的。附近需要盖房子的人们，都来买他们的砖。他们忙个不停，顾不上其他。日子好像又回到了灾前。

“砖咋个卖？”一个邻村的村民指着码得整整齐齐的再生砖，问道。“三角三一匹。”女人娴熟地回答。村民顺手拿起一块砖头问：“咋个是黑的嘛？”“这是用垮塌房屋的废料做出来的。”“结不结实哟？”“绝对没得问题，这是用科学技术打的。”末了，她又笃定地加上一句：“放心啊，还经过彻底消毒呢。”

看到他们的生意兴隆，那些早先没有参与制砖的村民，才感到了后悔，于是也纷纷设立了自己的砖厂，或至少是打砖的家庭作坊。

不久，女人跟那个与她一块制砖的男人结了婚，一年后又生了孩子。那便是我。跟再生砖一样，我的出生据说也是一个艰难的过程。分娩是在家中进行的，整整一夜，母亲都在惨烈地号叫，像要把什么呼唤回来，也像在痛苦地忏悔，而家中的墙上则暴发出宏大水流般的奇异声音，仿佛要把什么撕裂，里面有怪物就要冲出来，父亲在一旁手足无措，脸色苍白，不停地念叨菩萨保佑。这一幕便是我出生时记得的唯一情形。后来，我就在砖墙的异样的声音中成长，慢慢熟悉了它们。这不是母亲的乳汁，却以另一种方式滋哺着我，那居住在再生砖中的亡人，以一种仿佛灰色的神情看着我一天天长大，成为这个家庭的新成员。这最初使我惧怕。还是个婴孩的时候，只要一个人睡在摇篮里，我就觉得墙壁上有手要伸出来，扼住我的喉咙。我终日大哭，一刻也歇不下来，不吃不喝，医生也看不好。后来有一天，父母便商议，请和尚来做法事，超度亡灵。这是灾后他们第一次有这样的想法。他们为此而惴惴不安，却又怀着期盼。

“不要怪我们哟，是想留你们下来的，但现在不一样了。我住进了新屋子，也有了新的家。为了孩子，我只得这么做，请你们原谅吧。我会把你们永远放在心里。你们在天堂那边要好好地过啊。”女人走到黑沉沉的墙前，对准它说。然后，把挂在墙上的前夫与孩子的遗照取了下来，用布包好，收进柜子。那墙这时陷入沉默，就像成了一个真正的死人。

和尚来了。他的寺庙就在村子附近，灾难时也倒塌了，住持和其他僧人都被压死了，他当时去外省云游，活了下来。灾难发生后的那一年里，他的生意都特别好，经他超度的亡魂不知有多少，他恐怕今后几辈子都超度不了那么多，要请到他很不容易，不光是花几个银子的问题。我们家辗转托了好些关系，才把他请来。和尚是一个很有修行和学问的中年男人，他带着从灾民中新招募的助手而来，像是送货上门的冰箱安装员。他念产品说明书一样，慢慢吞吞对我的父母说，佛经上认为，人死后，就进入了中阴之旅，要经过七七四十九天，才能获得新的生命。然而，由于某些原因，对于一些死者来说，这趟旅行进行不下去了，不仅四十九天走不过去，而且四百九十天、四千九百天……永远也走不过去，像肠阻塞一样，中阴轮回无限期拖延了。不幸啊，这场灾难之后，很多家庭就是这种情况。幸亏把他请来了……我后来想，和尚其实会不会是在暗示，这都是因为建筑师的缘故呢？死者被砖墙所拘，还停滞在这个世界上，无法转世投生。本来是再生砖，为活人制造了新生活，却屏蔽了死者的再生之路，这竟是多大的人生矛盾呢？于是，只有靠和尚的法事能解除这样的羁系。然而，我知道的是，实际上，直到最后一刻，父母仍然犹豫着，这样做，到底好还是不好呢？我躺在摇篮里看到，他们就像做错了事的小孩子那样，红着脸，低着头，在和尚面前，一句话也不敢说。

——但是，和尚失败了。法事做到一半，砖缝里就挤出了蛮牛吼叫似的怪声，又如崩响了一串雷霆，顿然压倒了和尚的诵经声和木鱼声，房屋好像摇晃起来，并往下掉落砖屑和尘土。和尚脸色骤变，大叫一声“又来了”，便踩踏着自己的僧袍，带着他的助手，抱头落荒而逃了。我们一家人则没有动弹，父母静静地站在原地，面带羞赧，仿佛想着什么心事。

做法事的那会儿，我还是一个幼童，睁眼躺在摇篮里，直视虚无的上方。再生砖天罗地网一般，把我团团包围，甚至父母都从我视野中隐遁了。而这广大的世界上，空气中只有一个蜘蛛，在无知无畏游荡，我只觉得它的眼睛好大好大，唯有它可以与我无声对话。那么，和尚的法事，于我而言当然亦是一次洗礼，我觉得它具有真实感，却为宗教在最后一刻的临阵脱逃而感到寡味凄凉——很奇怪那时我就有了这样的意识。我早早就知道，自己与一些不能够明白的事物，注定要毕生相伴。一种与前辈们不同的新生活就要开始了，但我准备好了吗？事实上，从和尚跑出房子的那一刻起，我就不再哭泣，并有了吃东西的强烈欲望，心里闯入了一种迅速成熟起来的感觉。母亲见我这样，就走过来把我抱在怀中，撩开衣襟，给我哺乳。这时我十分紧张，害怕女人的眼泪掉下来，这会令我尴尬，但她却不再害羞，而表现得坚毅而沉详。那天晚上，我看到，父亲睡着后，母亲悄悄下床，打开柜子，捧出前夫和我哥的照片，看了又看。她又走到砖墙前，跪在地上，不停叩头。墙上又一次传出声音，这回是轻柔的，如泣如诉，与白日的嗥叫竟有了不同。

从此，我习惯了与再生砖的共处，而不再相信旧式的轮回理论。

后来我想，是不是可以这样说：艺术能颠覆一切呢？

但并不仅仅是艺术。长大后，我接触到关于异声的所谓科学解释。比如，美国学者埃·帕里什认为，幻象及异声，这可能起始于有某人思索并关心失去的亲人朋友，于是看见和听见了，并欲同其他人分享此情此景。

另一种说法是，这也可能是集体暗示的作用。在人群中，往往每个人均有失去独立性的感觉，遂出现模仿反应，产生一种独特的相互感染，在这种感染之下建立了共同的情绪，看到或听到了同一样东西。尤其在灾区，千万人的心灵遭受重创，他们特别容易发生这样的反应。

如果说以上还属于传统的心理学领域的话，超心理学则认为，怪声什么的，可能是幸存下来的人们，用他们自己的心理能量创造的。说深了，这就涉及意识与物质的神秘关系。

也有从声学现象方面加以解释的。灾难爆发时，产生了巨大能量。灾区的电磁环境发生变异。地壳和大气不同以往了。这使得废墟中的普通砖瓦，具有了录音功能。人类离开前的最后声音被刻录在了砖瓦上。这样制作出来的再生砖，就成了一个谐振体，在特殊情形下，能够把亲人的声音播放出来。

但这些都没有解决我思想深处的疑问。我仅仅是因此而飞快地长大成人了。在灾区出生的孩子，尤其是出生在再生砖房屋里的孩子，都比较早熟。

九

多年后，当再生砖在全国流行，甚至大学建筑系也开设了再生砖学时，我却出人意料地没有选修这门炙手可热的学科。我似乎刻意回避着它。但我在专业之外，仍保持了对它的关注——或者说警觉。同班的一位女同学则对此深深着迷。她是城里人。她知道我是灾区来的孩子，时常来找我一起讨论再生砖及其相关问题。

“在你们那儿，是否每座新房子里，都有那样的声音呢？”

“只要是再生砖砌的，没有疑问，砖缝间就会像泉水一样汩汩流淌出死去的亲人们的声音。”

“真美啊。我的感觉是，人完全融入自然，自然也与人合为一体了。”

“但你不认为，二者是怀着彼此仇恨的心态，勉强结合在一起的吗？”

“这难道能说是勉强吗？”

“以一种自己也无法控制的方式，被动地捆绑在一起，就像明明知道是毒药，也不得不喝下。人生大抵不过如此吧。”

“但这的确是艺术，或者说是超艺术……那不也是毒药么？将生与死凝固在一块儿。这太令人羡慕了。”

“艺术？嘀嘀，你没有亲身经历过那场灾难……”我的心脏至此已噗噗地快要跳出狭窄的胸腔。父母传下的血液在我的身体中激荡。我这时想的是把这女孩剥光，在一堆再生砖上狠狠干了她。

“不管怎么说，好像是原始而精致的手工作业，才能制造出这样的效果吧？真是神奇而伟大呀。”

“哼，恐怕，也与我们实际上都住在废墟上面有关吧。”

上大学那会儿，我的习惯，是每天清晨，仅穿内衣，一个人爬到教学楼的楼顶，面朝西方眺望。城市里浓重的污染使我看不太远，眼界中只是一堆堆灰色纸片般的楼房，沉滞得无法像鸽子那样飞翔起来。它们目前并不是废墟，却分明有着废墟的内在逻辑。而且，在再生砖学里，本来，一切事物都是当作废墟来预研的。这样一种思维方式，似乎更加接近于世界的本质。这时，我往往便会看见那位女同学，她仅穿短裤乳罩，露出肚脐，在操场上一圈圈跑步，矫健而苗条的身躯，汗津津的，混合着乌浊的太阳而微微燃烧，好像一只满怀憧憬的凤凰。

——是啊，真美呀，多让人羡慕哪。但这只是平凡一天的开始。一天又一天，我们的生命不知还要持续多久。我不禁想到了她的出生，以及婴儿时的她。她的父母是谁？她住在什么样的房屋里面？是什么样的声音伴随了她的成长呢？

而她已经向我示爱了。

对此我承受不了。

但究竟什么是再生砖呢？围绕这个，学术界制造出了大量的、常常是彼此冲突的定义。在再生砖学中，许多论文都是以如何定义再生砖为命题的。人们陷入概念和意气之争，师生之间、同学之间、朋友之间并为此反目为仇。

为了解决这些令人头疼的问题，再生砖学因此发展成了一门综合性学科，而不仅仅囿于建筑学的范畴。它吸收了物理学、化学、生物学等学科的最新研究成果。再生砖被理解为一种物质综合器，一种基于激波能量的螺旋，甚至是玻色－爱因斯坦凝聚的一种副效应。也有人试图证明它与高维空间有关，是时空漏斗的正向开放。还有人指出，再生砖重组了电磁场与引力场，改变了物理世界的某些性质，并使其重新几何化。这产生了不同寻常的结果及效应，使我们能够聆听到逝去亲人的声音。

但为什么偏偏是再生砖呢？本来，它就是一种低技术的东西。也许，对于技术本身，也需要重新认识吧。我们是怎么理解“高”及“低”的概念的呢？这与借尸还魂，或者外部神秘力量的干预，以及宇宙中的超智慧生物，甚至上帝，都不一定有着直接关系。再生砖所代表的，是一种深奥得多的东西，将全面修订我们关于世界的科学、哲学及神学。

十

而在灾区，在市场这只看不见的手的推动下，再生砖产业已经发展到了一个十分可观的地步。新型砖厂早已不再是劳动密集型企业了，七个工人通过电脑控制，一天就可以轻轻松松生产四万匹砖。这也是母亲的砖厂后来达到的规模。

政府也介入了再生砖的生产，把看得见的手伸了进来。新闻媒体是这样报道的：

在震耳欲聋的轰鸣声中，堆积如山的建筑垃圾被几个挺着“大肚子”的机器吞噬压碎，再通过传送带运到另一台机器上整压成型，符合质量要求的一块块标砖就诞生了——这是记者在本市的再生砖项目生产线现场看到的。该生产线全部由政府投资，目前已经实现了批量生产。

据介绍，建筑废渣生产线占地二百零四亩，设备投入四百一十五 万元。生产线可生产标砖、砌块等墙体材料和路缘石、彩色地面砖等多种用砖。该生产线年处理废渣四十万吨，年产标砖约五千万匹，可建设砖混结构房屋约十五万平方米或框架结构房屋约五十万平方米。

据市建委有关负责人介绍，这项工作对建筑废渣处理社会化投资的方式以及建筑废渣的环保利用技术做出了有益尝试，为下一步有序、科学地展开全市灾区建筑废渣社会化处理打下了坚实基础，是灾后重建工作的重要组成部分，对保护我市环境资源起到了积极作用，具有十分重要的社会效益。

——诸如此类的新闻揭示出，再生砖的生产，不仅仅超出了手工作业，进入了工业化大生产的阶段，而且，它已具有更加复杂而深刻的政治经济学意义了，进而愈发地辉耀着东方文明的独特魅力。只是，人们已经很少提起它原初的来历，以及它曾是在西方世界某个艺术展上大获成功的作品。偶尔，有人不经意说到这个话题，别人都会自觉地避开它，脸上透露出无趣的神情。

十一

不断有一些人来到灾区，指定要买砖带走。他们比较特别，不要机器流水线上生产的，而是要村民手工打制的。这是为什么呢?

他们是灾难旅游者——为了拉动地方经济发展，灾区已被改造为旅游区，建立了遗址公园。这里变得十分热闹了。新修的柏油路上，穿梭不停的，是开摩的接游客的村民，而沿路都是农家乐，顾客盈门，六十元一斤的野生鱼供不应求……除了走走看看，游客们总是想要带一些纪念品回去。再生砖的确是最为引人注目的特色产品。针对游客们的需求，制砖者重新将砖头做了个性化处理，把它们小型化、纤巧化，以便于携带，也做成了不同的几何形状，有的像锁，有的像船，有的像房屋，有的像动物，还在上面描上图案，竹子呀，熊猫呀，山水呀，美女呀，这些在真正的艺术家（比如建筑师）看来俗不可耐的事物，如今竟然令砖头大增其辉。所以说，所谓的艺术，就是以这样的方式，重新回来了。因此，生产旅游纪念品，也成了再生砖产业链走向大繁荣的一部分。母亲的砖厂的主体业务已然是这样的了，她的员工们每天开着汽车，忙碌地往景区的摊点供货。母亲眼看着砖块一车车远去，脸上飘荡出了少女般的光熠。这着实让人惊异。在灾后很长一段时间里，她都是面无血色的，憔悴苍老，像个死人。

另外一些人的身份则比较特别，他们购买再生砖的意图也不太一样。比如，对于再生砖学的专家来说，他们把砖带回去，是要在实验室中做研究。还有当年参加救灾的志愿者，在这里洒过血和泪，他们买下再生砖，则是为了温故知新。但还有一些人，来历和用意均不明确。

有一次，我正和女友在省会城市的一家酒吧里坐着聊天，忽然，被一种想哭的感觉攫住，周围鬼气弥漫，红男绿女妖影幢幢。这吸引了我。我缓慢站起身来，在女友诧异的目光中，在酒吧里梦游般走来走去，似乎要寻找什么。我终于在靠近乐池的一面墙上，看到在一组普通砖中，交杂嵌入了十几块再生砖。我叫来店主。

“我认识它们。是我家生产的。”我激动地说，“瞧，上面有特殊的印记。你知道吧，再生砖是一种特别的产品，每个企业生产的，都有自己的标志。”

我指着砖面上的一个图符说。它看上去像我母亲那红红的、迷离而亢奋的眼睛。店主很吃惊，恭肃地看定我。而我女友的表情中，也流露出了钦佩。

店主坐下，叫服务员添了酒，敬了我一杯。他说，他有一次途经灾区，看到这砖，觉得它是一种艺术品，很适合用来装饰酒吧，便买了带回。果然，有了它们做“镇吧之石”，连回头客都多了起来。

我无言以对。当人们在这儿欢娱的时候，我母亲的前夫和我的哥哥，此刻就匿身在再生砖干涩的缝隙中，在这他们从未来过的陌生城市里，在这与他们一辈子的惯常生活格格不入的时空中，一阵阵发出伴唱似的婉转回声，取悦客人们，令他们陶醉，忘掉生活的艰辛和疲惫，让他们大把花钱买乐，不再觉得有什么悲恸，然后才好精力充沛地重新投入工作。但这并不仅仅是城里人对刺激和新异的追求。人们还好像从中获得了一种对于未知事物的久盼而玄怪的解释，勉强能够用来说清楚他们为何今夜在此。

“我有一件事情想请教您。”店主是个打扮新潮的大男孩，他腼腆地说。

"你说吧。"

"是这样，我很好奇的是，灾区的人们，每年在那个忌日到来时，都做些什么呢？"

"这没有什么可好奇的。据我母亲讲，那天，村民们并不参加任何有组织的活动，而是该干什么就干什么，时候到了安静一些就是。"

"那么，再生砖呢？"

"它们在这天保持沉默。"

"哦，明白了。来，我们再干一杯吧！"

用再生砖砌的酒吧，就这样在城市里雨后春笋般出现，而且，慢慢地不仅是酒吧，而延及各种新派建筑。受材料供应量的限制，如果不能全部由再生砖砌就的话，至少在房屋的关键部位，也一定要用再生砖来打底。这已不仅是施工的标准，亦成了时尚，尤为成功人士推崇。从最浅显的层面讲，人们觉得，这代表了绿色的理念。可以说，再生砖的出现，挽救了城市里濒于崩溃的房地产业。至于那些豪华别墅，则较大面积使用了再生砖，使房价重新涨上天，却吸引了大批有钱人入住。

当每一个人都面对再生砖的时候——这是一种体验，也是一种考验，很快地，废墟就成了一种比石油还要稀缺的资源，价格高企，供不应求，常常要通过很硬的后台和关系，才能搞到一些残砖碎瓦。农村里不少砖厂转产了，它们不再生产砖头，而只是向城里人倒卖早先存储下来的瓦砾。那时候，很多人都希望再爆发一场灾难，以产生更多的废墟。对灾难的渴望成为压倒性的社会情绪。甚至某地只是发生了一起普通的伤亡事故，建筑师、商人、游客……都蜂拥而至。后来，科学家发明了灾难探测器和预报器，不仅仅在陆地，而且，在大洋深处，在天空中，在大气层外，在行星和恒星内部，寻找灾难的源泉。这也使得我们这个民族昂首阔步走在了再生的路上，从而催生出一场波澜壮阔的运动，具有史无前例的雄浑宏伟。这方面的资料太丰富了，大家都已了解得很清楚，我这里就不多说了……总之，人们纷纷把他们喜爱的东西进行粉碎性处理，彻底打烂掉，令其死亡，然后在这样的基础上，一刻不停地创造出新的事物。我们的生活，无非如此。

十二

就在那次去酒吧后，女友离开了我，她迷上了灾难探险，而我则不愿意去。我们发生了意见分歧。

“我是在跑步时，产生这种想法的。每天清晨，看到你高高在上、像棵桦树一般站在教学楼顶，一言不发，仿佛要跳下来的样子，那种感觉太美了——也太性感。我觉得你会融化在空气中，而那是无间的，没有比这更自然的了。”她自顾自地，像喝了威士忌一般说着，使我觉得她周身都应该是大虾般红通通的。但我知道与她上床已是没有指望了。她说的性感，是一个带有危险性的整体概念，而并非具体有所指，或如你们想象的那个意思。

一年后，她在西部的一次探险活动中身亡。据目击者讲述，这一群年轻男女，把自己粉碎掉了。为了玩酷，他们使用的也是一种低技术装置，即由空气搅拌机改装而成的机械，利用手工操纵两根曲式摇柄，带动一台旧马达，使人体在电颤作用下，经过约三个小时的缓慢震荡，解体成为一腔空气。

这个过程应该是很痛苦的。但相较于当年埋在废墟下面，苦苦支撑几天几夜，最终被扒了出来，却又迅疾见光而死，更能从心情上接受一些吧？

我记得女友讲过，世界上最大的灾难其实是空气。它们无处不在，静静的，但随时都在发生猛烈的爆炸，制造出毁灭一切的纵波和横波。这正是生命的真正力量。探险，就要这样，如果不能避免它，那就紧紧拥抱它。

“这样做，可以解决我们的思想危机了。”这女孩两眼发直地呢喃，鼻翼两侧显现出了些许幼稚的英气。

——但是，什么是我们的思想危机呢？对此，我至死也未能弄明白。也许，我是个无思想的人吧。灾难之后，出现了很多像我这样的人。

我设法接近了她和她朋友们的遗物，包括那台空气搅拌机。它有着粗糙的刃锋和齿轮的结构，从一个焦黄的筒状物上卷伸出一些青色的铁皮和白色的塑料管子，整体看来像一个半剖开的子宫，人可以胎儿般缩坐在里面，静待命运的最后判决。另外，这群年轻人还搜罗来了与空气有关的其他机械，涉及喷枪类、清洗类、过滤类、风洞类等，无不闪闪发光，具备铁铜才有的妩媚。这些世所罕见的玩意儿使我既羡且恨。

我去到了她解体的地方，用一个废可口可乐瓶子收集了一些空气。它们呈淡紫色，使人想到克里斯汀·迪奥公司的新品牌香水。

我带着这瓶空气——在我看来，它就是废墟的另一种样式，回到了家乡。农村的总体模样，其实没有大变，只是母亲老了许多，而父亲已经过世。我扑在母亲的怀里痛哭。在她面前，我永远是个孩子。

她仍然没有落泪，只是轻轻地一遍遍抚摸我的肩背，说：“娃儿，莫要哭莫要哭，没得啥子事。回来就好了嘛。说起来，你比你的哥哥走运多了。”

我想问，我那不曾谋面的哥哥是怎么死的，最后却没有问。

母亲还住在那间再生砖房里面，对于我的返回，她像是早有预知，连我的床都提前铺好了，被子也洗得干干净净。

夜中，墙壁上又一次滚涌出了熟悉的声音，使我难眠。我仔细倾听里面的人在讲些什么，但听不明白。

第二天，我往那瓶空气中注入了瓦砾和麦秸，进行充分搅拌，用手工的方式，制作了一块再生砖，把它放在家中的墙角，距我睡觉的地方不远。母亲坐在一个小木凳上，像一只抱窝的老母鸡，眯缝双眼静静看着我做这些，没有表示任何异议，但也没来搭手帮忙。她现在可是一位制砖的权威呢。她一直看着我把这一切做完，然后，就去为我烧饭。

夜里，原本的那些声音里面，夹杂了一个令人不安的新声，随后，它们仿佛吵起了架来，又慢慢平和了，好像有说有笑，又仿佛在一起打牌。对此我不能肯定。我睁开眼，看到母亲正佝着颤抖不止的身子，双手痉挛地拳在腰间，像只十几岁的猫儿一样，俯耳在砖墙上，孩童般着迷地倾听。当我们的目光对视时，双方都害羞地笑了。

十三

要说的是，我的女友，正是那位建筑师的女儿。我们竟成了同学，这真是机缘，好像冥冥中有什么安排。我对建筑师怀有感激之情，如果没有他，母亲就不可能再生，那么我也就不会来到这世上。如果没有建筑师，同样也就不会有他的女儿，这样一来，我的生活就什么也不是。这个女孩已经深深铭刻在了我的心中。但说不清为什么，在我的潜意识深处，又萦荡着对建筑师的不忿，就仿佛他是我的情敌。我因此把这份复杂的情感投射到了他的女儿身上，想从肉体和精神上把她占有和吞噬，却又往往退避三舍。这时我会想到我的生身父母，以及囚禁在再生砖里面的另一个父亲和哥哥。我们一家人与建筑师之间，有着难以分割的紧密联系，却又存在着一条无法逾越的鸿沟。但他的女儿像是预知到了所有的后果，便提早离去了，逃脱了我设立的陷阱。我因此无所适从，像所有的灾难幸存者那样，对未来感到生疏和绝望，从而体会到了当年母亲的心情。然而，随着时间流逝，我又逐渐对建筑师增添了一分歉疚，因为，作为男人，我毕竟没有保护好他唯一的孩子。但我和建筑师从不曾面对面说过一句话，似乎是一直没有遇上这样的一个机会。有时我想，如果我是他的孩子，又会是怎样的一种情形呢？

我无法摆脱深深纠缠我的梦魇。世上有那么一个地方，所有的遇难者都是被倒塌的房屋杀死的。人类不再住在山洞里面后，建筑师大出风头的日子就到来了。因此，建筑师其实才是真正的杀手吗？

其时，建筑师正处于他事业的巅峰，成了国宝级、大师级的人物。但女儿的意外死亡把他击倒了，他大病一场，然后，从公众的视线中消失了。我猜想，也许，他已看到了再生的危机。他不再出现在任何一个受人瞩目的场合。这样，很快被时代和人们遗忘了。当个别人偶尔想起他的时候，再生砖已然成了一个形而上的伟大理念，反倒使它的创造者变得渺小。再生砖替代了它的主人，统治着社会运动及进化的每一个环节，支配着人类的精神和物质生活，因此终究与建筑师本人脱离了干系。

这时，我不禁猜测，建筑师还是个年轻人时，就提前预知了未来的女儿之死，因此才滋生了制作再生砖的念头吗？这就是再生砖有用的地方吧——却也是它的最大无用之处。

十四

随着航天事业的蓬勃发展，再生砖也逐渐被引入太空开发。宇航员把再生砖带上空间站。人类在月球、火星上建立第一个永久性基地时，也都使用再生砖奠基。这是新时代的风俗。不知道未来的星际考古学家会怎么看。

有一些装置艺术家，用飞船将大批量的再生砖运载到木星与土星的轨道之间，把它们按照一定的重力配置抛射出去，建立了一个新的小行星带。

有的宇航员说，在接近真空的太空中，也能听见不同寻常的声音。从常识上讲这当然是不可能的，但人们解释说：或许，真空中弥布着死亡，于是形成了连续的废墟，而只要有废墟的地方，就一定会有再生砖，但它们并不都是以我们熟知的模样呈现的，而完全可能以另一种物理形态存在着。

艺术家说：如果心灵是宇宙的主宰，那么我们是会听到它的颤音的。

科学家指出：宇宙有一天会坍塌崩溃，那么，这些无处不在的再生砖就会发挥很大的作用。也许，在某一些自洽世界中，再生砖本身就是一种生命形式。人类对于生命的基本概念需要修订，对于生死的本质，也需要重新认识。

宗教家表示：再生砖里面其实什么也没有，它是空的。

十五

在地球上，人们开始用再生砖重建巴别塔，位置就选择在幼发拉底河和底格里斯河交汇处。应伊拉克政府之邀，中国方面组织了一批技术人员和劳工队伍前往援建。但不仅仅是中国人，参与这项史无前例的工作的，是一支十万人的国际建筑大军，包括美国人、英国人、法国人、德国人、俄罗斯人、日本人、朝鲜人、印度人、伊朗人、以色列人、巴勒斯坦人、澳大利亚人、巴西人、阿根廷人……超越了意识形态和种族纷争，走到了一起。至于用于主体构架的废墟原料，则是从中国西南地区输送过来的，因此，建设了从中国通往中东的一条大通道，称作“废墟上的新丝路”。当然了，因为新巴别塔体量庞大，仅仅依靠中方提供的原料是远远不够的，因此，还利用了当年伊拉克战争期间遗留下来的废墟。这是人类第一次在地壳表面直接把建筑材料泵上三公里以上的高空，新巴别塔也成了地球上最高的广厦，超出了迪拜塔等知名的摩天大楼。

后来，按照同样的方式，重建了纽约的世贸双子塔。建设过程中，科学家发明了废墟克隆术，或称同类物质重组术，将构成瓦砾的原子，用微工程一个个复制出来，形成所需的原材料。

这之后，则轮到了庞贝城、安尼城……为了加强效果，撕裂了七颗小行星，同时破坏了有意在它们上面撒播的人工生命——三十多种微生物，用一个很大的飞船船队，把这样一种特殊的建筑材料，拖曳到了地球上来，再制成再生砖，最终筑起新城。

在重建广岛和长崎时遇到了一些麻烦。人们游行示威，举行抗议。但这时科学家又取得了一项新的科学突破，他们发现，时间本身也是一种废墟。于是就好办了。借助杨－古德里安转换方程，科学家把废墟与时间统一起来，以之为再生砖的材料，这就使躁动不安的人心平静了。在一九四五年八月之前，人们已经建立了许多个广岛和长崎。从中也发现，像记忆合金一样，时间对于灾难，的确是有回溯功能的。

那时候，中国的工程队在全世界受到了欢迎。捎带要说的是，有一些陕西籍的中国建筑工人，回国时携了一些新型再生砖的边角废料，在咸阳制作了阿房宫，据说具有一定的游戏性质。

这些地球上不同文明背景的建筑物，都能从自己的体内发出特殊的声音，并且利用电离层展开对话，超越了简单的语言层面。它们构筑起一张弥布世界的网络，超越了互联网而成为一种新的信息交换渠道。在那里，三百万年来出没在这颗星球上的所有亡灵——总数超过一千亿——在不停地交流。但要深入探索这个异状的世界，又几乎是不可能的。它被建造出来后，就成为自由而独立的存在了。

十六

访问地球的第一批外星人，竟是一支建筑工程队。他们在各大星系施工，目的是修补这个在他们看来已经破烂的宇宙，使各个星系的死者最后都有他们的去处。外星人偶然地访问了地球，对再生砖发生了兴趣。他们其实也使用了类似的建筑材料，但与人类的仍然不同。于是第一次出现了星际文明间的对话与合作的机会，建筑语言成了不同物种用于交流的共同语言。

有一次，一个外星人代表团来到我故乡的灾区，参观一个大型砖厂。他们欲在蛇夫座方向再生一簇新的星系，作为连接过去与未来的基地，使亡灵获得重生的机会，并希望从地球人中间，挑选一些工程技术人员前往辅助作业。这时，当地陪同的官员忽然发现，外星人团队中的一人，很像是那位发明再生砖的地球建筑师，但不能十分确定。他怎么与外星人待在一起了呢？

——但就在这时，地面一阵震动，砖厂忽然不明原因倒塌了，压死了不少地球人和外星人。其中一些人的尸首，包括那位疑似再生砖发明者的，都没有能够挖掘出来。这是很奇怪的一件事情。

当地政府十分尴尬而恼火，对相关责任人进行了处分，并禁止新闻媒体对此进行报道。

后来，在一次拍卖会上，母亲把砖厂废墟的一部分购买下来，利用它来制砖。就在村头，她用新的再生砖筑起了一间小房子，不像民居，不像厂房，也不像旅店，而且不让任何人住进去。

“经过了这么些年，我好像又回到了从前的时光。忘记的事情又都回想起来了。”母亲喃喃自语。她已经很老了。

我曾经问过母亲，她是否知道，混合在这堆再生砖中的死人，都是些什么人。母亲用一种安详得让人窘迫的神情回望我，那意思好像是说：这还用问吗？但我觉得母亲或许并不十分清楚。她从来没有离开过这个村子，她不清楚外面世界的变化，她也不知道外星人已经降临地球。支配她晚年行为的只是记忆深处的一种下意识活动，是一些量子的随机涨落。

我也有一种强烈的感觉，那就是，发生灾难的那一年，建筑师本人并没有真正通过制砖而实现再生。他只是做了一场预演。但他当年的确帮助了我母亲再生，现在，建筑师的再生，竟需要由我的母亲来安排吗？他和外星人一起踏上了中阴之旅。

这里的一个以前被忽略的问题在于，有关建筑师的妻子的情况，却不太清楚。对于如何处理建筑师的后事，因此并没有征询这位女人的意见。我不知道这样做妥否。

然而，被埋进去的，难道真的是建筑师本人吗？这其实还是个悬案。

后来，母亲又趁我不在家时，把建筑师女儿以空气形式注入的那一块砖，拆解下来，转移到了新房子里。她这才好像完全放心了，并用获胜般的眼神久久打量我，那颤巍巍的得意模样儿甚至有几分调皮。

我不能跟母亲计较什么。而在夜里，人们常常能听到，从村头那间孤独的房子里，喁喁传出了一个老男人和一个少女的对话声。此时此地，他们好像有的可谈。

这时，母亲就会从床上爬起来，走到砖墙前，对着它絮叨：“时间过得真快啊……但是我的心里还是没有把你们消失，不知何年何月才能消失，只想问候一下你们在那边过得好吗？”

我又一次清晰地意识到，母亲确已进入垂暮之年了。我听到砖墙上流淌出一片像是啜泣的声音，却无法分辨悲喜。

母亲冲着墙说：“你们那年走后，就要建遗址公园了。县旅游局的戴科长，还有镇上的王镇长和村里的杨村长都来找我，说我是第一批参加打砖的人，要我为灾后重建做出新的贡献。他们要收购我的砖，来建公园，公园里要造一个照壁，把所有死人的名字刻在上面，包括你们的，下面还要做龙和狮子。我不想那样干，怕今后那个地方太闹，大家不能想怎么安息就怎么安息，但还是答应了他们。不答应不行。”

母亲说：“我自己在屋里时，就给你们烧香烧钱。也不知道你们够不够用，但是，你们不要节约噢，当用的就用，当花的就花，不要多想我们这边的事情，那是想不清楚的。”

母亲说：“我有时不知道怎样把你们的事情给他们说，但我还是说了，就让他们把你们也当成自家人。好在我们还住在一个屋檐下面。”

母亲说：“过年时，我也放鞭炮给你们听，要让你们在那边也沾点儿喜气。你们沾了喜气，我们同时也就沾到了。我摸都摸得到你们。”

母亲说：“你们什么时候给我带个孙孙回来呢？”

我觉得，这句话，她好像又是说给我听的。

她说了这些，自己也很快不记得了，于是再说一遍、二遍、三遍……说累了，就爬回床上，睡觉去了。

十七

那个时候，我很担心母亲，多次回到家乡探望她。

农村仍然没有发生大的变化，基本而言，它还是几千年来那个样子，并不因为重建，而怎样怎样了，人和事，都没有与以前不同。但灾区的局部环境却在改变，变得令我陌生。很多的事物都简单而朴素了起来，却越来越接近于神话。

有时，人们在田间地头，看见了许多孩子，他们五个结成一组，在那里跳绳。他们全身披着白蜡，内脏裸露，那分明是一块块的残砖，彼此相嵌而淤塞。这些孩子，并不都是在灾难中死掉的本村孩子，也有可能是邻村的，也有可能是镇上的。但他们中的一些，似乎穿着古代的华服，好像是由时间的尘埃汇聚而成。他们起劲地跳着蹦着，不久后就腾空化成一片片的影子，四散而去了。随即，又换了新的一拨。因此，他们的躯体虽然有着腥臊的砖块的结构，但可能并不是实体的，有人说，与之相遇，可以直接穿越他们的身体，就好像走进空气。这让我想到逝去的女友。那时，地外飞船已经降临，但在这孤陋寡闻的村子里，并没有任何人，把这些孩子与外星生命联系起来。

有一天早上，我醒来后，看到窗户外面，村子上方的天空呈现出固体的特征，有些像建筑工地般的凌乱，被密密麻麻的、石榴般的物质填满，只能在狭小的泥石缝隙间看到一丝半缕的白云流动。这种感觉真是别扭。我问村民们看到没有。他们有的说看到了，有的则说没有。还有的人，目击了坚硬的结构中回荡着声波，就像池塘里的一圈圈水纹。另还有人说见到了类似于用红柳雕刻出来的旋涡，而细看之下它们又变成了黄桷树的年轮。我问母亲看到了什么，她说眼前哗的一声，出现了黏稠的、玉米粥一般的金色佛光。这些都是展呈在村子上空的，犹如无边无际的海市蜃楼，好像空中飞城莅临。如此的建筑形式，不要说农村人，连城里人也闻所未闻。它们好像在暗示一种新的宇宙秩序的建立，肯定了我们之前未肯定的，却否定了我们之前否定的。它所具有的井然和完美，以及它那内嵌的分明等级，恢复了托勒密世界的优雅与精致。但那或许并不是我们的世界，而是某一个平行世界吧，恒河之沙中的一粒。它们给人的感觉，是长存不朽的，却又并非恒稳不变。人们后来老是在说，天堂里没有地震，但是，就我和母亲观察到的那些世界而言，它们的板块在推挤，积累了巨大张力，随时会释放其紧张，自上而下，形成崩塌。所以，我才意识到了，甚至地面的所有震动，其本源还是来自上苍吧。

我离开村子时，母亲会把我一直送到村口，我们之间已没有话要说，显现出了很多的母子之间最后都必然要面对的那种尴尬。

我还记得早年间我考上大学，也是由母亲相送，告别这块灾难的土地，走在了前往城市的路上，那时，我背上的书包中装有一张光盘，里面刻录了砖房中的声音。后来，我把它送给了大学里认识的女友。

十八

继哈勃和韦伯之后，新的大型天体望远镜被发射到了太空。于是，人们终于看清了宇宙的大尺度结构。

那是一种具有砖纹的网状结构。里面好像有山水，有走兽，有群蜂般旋转不停的巨型碟状物，还有遍布各大星系的墓碑状黑色物体，骨牌般整齐地布下宏阵。这一切并不是人们想象出来的，而是真实地存在着。它们又像是一些生动的记号，虽然有着涂鸦的特性，却充满活力，并具有很大的域宽、背景及气场。

第一次，宇宙被一种可视性的连续物质，联系在了一起。

但它是一件作品吗？

展厅又在哪儿呢？

我伫立在地球上，就能清楚地听到大量的来自宇宙的声音。有的是生物的，有的是非生物的；有的是人类的，有的则不知属于什么文明；有的来自百亿年前，有的只是产生于最近的几小时、几分钟；有的像是我熟悉的人，有的则十分陌生。有一次，我恍惚觉得听到了逝去女友的声息。我还未忘怀她吗？她还在惦念我吗？她真的已经升天了吗？是的，她很可能再生在了宇宙某个地方，成了异世界的一员，并在那不知名的时空中与我的心灵形成了量子纠缠。这常常使我觉得宇宙在开放中保持封闭，它并没有任何的随机性。

那时候，国内出现了一个新的行业，专门做一种生意，即推销概率互联技术，可以帮助顾客通过砖瓦的声音找到失联的亲朋故友的下落。但是，往往找到之后，却是对面不识。尽管这样，也还要锲而不舍地找下去吧。

美国科学家猜想，我们所生活的宇宙，就是建造在一个巨大废墟上的一间房屋。但那个废墟是什么，它是怎么形成的，都不知道。这涉及宇宙的私密性。关于这个问题的研究，已经代替了大爆炸和超弦假说，成了当代宇宙学的核心命题。一些学者推测，我们的宇宙正处于一个再生的周期之中。它在幼年时蒙受的灾难，远远超出我们的想象。而人类作为一种渺小的生物，所经历的悲欢离合，与之相比，实在是算不得什么。

——于是，以此为文学的基本内容，在日本和韩国，出现了诗歌的复兴运动。主要是围绕建筑题材，形成了一个新的诗派。诗人们歌咏道：世界就是一块砖。

后来，英国科学家发现了再生素，认为它是物质的一种基本元素，谁掌握了它，谁就能避免自由能为零，从而永不会抵达最大熵。但如同燃素说和以太说一样，这也引起了广泛的争议。

有一些俄罗斯飞船成功探索了银心中的大黑洞，宇航员自称看到了某种废墟般的构造，具有晶体般的蛇形，其实是由连续质点系构成的实数空间，并暗示出微分方程最终是用来表述生命规律的基本数学形式。对此人们还不好理解。世界上最强大的几台超级计算机都在不停运算，试图破解其中的奥妙。

目前，这一发现产生的效果更多是心理上的：认识到宇宙可能是一座可以用量子矩阵力学来做近似描述的废墟后，人们多少放心了一些，觉得这个资源，还可以用上几百亿年。至少，制作大量的再生砖，不成问题了。

由于宇宙的继续存在，地球人受到鼓舞，也想要做出一些贡献。那么，坚持不懈地打造再生砖，其实就是这项超脱了个人局限性的伟大事业的一部分吧。在未来的终极灾难来临前，微不足道的人类也是能够发挥力所能及的作用的吧。我们一定要赶在那场灾难到来之前准备足够的再生砖。我们已经深刻领会了灾难对于我们再一次走向繁荣的意义。我们能够自己拯救自己，而不需要别的什么力量的援手。

但关于究竟什么是再生砖，围绕这个问题的争论还在继续，看上去是个无底洞。

十九

母亲继续地老了下去。她在建成了那间村头的小房子后，就把砖厂整个移交给了我的表弟来经营，她自己则做起了导游的工作。每天早上，她都换上本地的民族传统服装，花花绿绿，浓墨重彩，这令她仿佛成了西方油画上的贵妇，人倒显得年轻而典雅了，一点儿也不像个乡间老妪，而且从肩头开始，披挂着一层神性的、奶油般的色调，直达她穿着藏青色布鞋的削瘦脚跟。她还染了发，涂上啫喱水，保持着头发一丝不乱。但她从来没有想过要到城里去居住。她说，那些城市，建在更古老的废墟上，实际上比农村更农村。而她其实一点儿也不喜欢农村——这一点我以前却不知道。她曾经对我说，你不要常回来，这个地方的地气已经不好了，连活人都不想触景生情。但当我说带她去三亚旅游时，她却死活不愿意。她的余生就待在村子里，哪儿也没有去。

她每天都利利索索来到村口，与年轻的导游们一起拼抢，尖声吵嚷，拉扯游客。一般来讲，在这场争夺大战中，母亲总会取得辉煌的战绩，使那些比她低两三个辈分的竞争者深感嫉妒，却又不得不服气。她兴冲冲带领客人们，大步流星来到我家参观。她走得那么的快捷，以至远道而来的城市游客要嘀咕着小跑步，才能勉强跟上。入户访问是灾区旅游的一个常备项目。母亲口齿清晰，不打抖颤地向客人介绍，这间房子，就是灾难发生的那一年，她亲手用再生砖打造出来的。她告诫大家不要去遗址公园玩，因为那里的味道不好，一些游客不讲公德，随地大小便，另外也没有什么好看的，太人工了，没有什么灾区特色。她说："你们能来这个地方旅游，这真是很好。从前想都没有想过哩。活人要感谢死人啊。”然后，她就叙说起她的前夫和孩子是怎么死的。对此她仍然记得分毫不差。游客们最喜欢听这样的故事了，无不啧啧称奇，心想多亏来到了这户人家。他们是完全没有经历过灾难的新一代人。

母亲：那天下午，房子忽然摇起来了。老公大喊“地震”，然后抓起一件衣服一边包我的脑壳，一边把我往外推。但是还没有出得去，房子就垮了。房子垮的时候，他一直用胳膊护着我。当时啥子都看不到，都是灰。我们掉到了一个缝缝里面。

游客：你们当时受伤了吗？

母亲：我的右腿被一块房梁砸住了，神志还很清醒。老公一直死死地把我护在他的胳膊下。我说，你松一点。他说，我可能不行了，恐怕要死了。我说，我们现在安全了，你咋个说这种话呢。我一摸他的背上，都是血。他的脑壳肯定被砸破了。

游客：他说了什么呢？

母亲：他要我坚强些。我们还有一个娃儿，去年刚刚上初中。他要我把娃儿看管严格一些。要娃儿走正道。现在，外面的歪门邪道可多了。不要把娃儿毁了。我答应他，说我晓得了。我们对娃儿一直管得很严格。我会要求更严格一些。

游客：然后呢？

母亲：我就一直大声喊他。开始他还答应，大概半小时后就没得声音了。我就一直紧紧抱住他。我身上的那堆废墟，还留有一个小洞洞，有碗口那样粗。上面是乱糟糟倒下来的砖瓦。我的腿一直在流血，痛得钻心。口渴，就接自己的尿喝。

游客：啊……

母亲：尿喝干了……当时想死了算了。但是一想到还有娃儿，想到老公临死前给我说的话，我就要活下去。我一直抱着他的身子。我右腿已经不流血了，估计里面血管堵死了。后来我就摸了一块砖头，使劲砸右小腿，小腿砸烂了，又开始流血，然后我就把这条腿顶着老公的背，血从他的背上流下来，我就用嘴接着喝。老公身上也在流血，但我忍住没有喝他的血，我只喝我个人的血。当时被困在里面，我只有这样才能喝到血……过了三天，我被当兵的扒了出来。我才晓得，我那娃儿也死了。县城中学的教学楼当场就垮了，可是周围的房子一幢都没有塌。

游客：建筑质量是不是有问题？

母亲：娃儿本来可以不死的。他的成绩很好，老师让他到黑板上去做板书示范，教室晃起来的时候，他一下就跑出去了。但他马上又回来救老师。结果，被埋倒了。他真的是个乖娃儿啊。

……

据说，母亲被军人扒出来时，几乎是赤身裸体的。她一见到腥脏的阳光，便哇的一声，嘴里喷吐出大股的鲜血，并婴儿一样嘹亮地哭出来，又撮着红艳艳的唇，到处找水吃。母亲那时，还很年轻。

游客们来家的时候，母亲会准备好一些小菜，还有自酿的米酒，端上桌来，与大家一起吃，收费却很便宜。虽是陌生人，却像家人相处一样随便，大家有说有笑，十分尽兴。一些年轻或中年的男性客人，有时候也会喝醉，就交一点儿钱，在屋里住下，待到夜里，由母亲牵着手，糖葫芦般一串串的，来到砖墙前，去倾听那里发出的声音。母亲看着客人们听声的专注样子，自己就满足了。有的客人喜欢上了我家，一待几个月也不愿走，羞涩地说，是希望体验“余震”。有时，竟真的来了，母亲的房客们就互递眼色，纵声大笑，成群结队，争先恐后爬上房顶，结果看到，无数的同样的旅游者，正站在村里的每处房顶上，花果山的猴群一样，张举着旗帜般的手臂，随大地波浪般左摇右晃。其情其景，就好像是重金属摇滚乐队的现场即兴演出。母亲这时往往就会抱膝蜷坐在地上，闭上眼睛，像是终于累乏了，要歇停下来休息，打起瞌睡，微微发出鼾声。

八十二岁那年，母亲忽然失聪了，什么都听不见了。医生也看不好。她就不干导游这一行了，决定到村里的聋哑学校去上学念书。当时，灾区（那个时候已经不叫灾区了）有很多老人都是这种情况。这仿佛是他们安度晚年的一种方式。

二十

每天，母亲背着自己缝制的蓝布书包，一路上快活地哼着歌谣，迈开大步，女童一样前往学校。她总要经过她亲手用再生砖搭建的，可能是埋葬着外星人、建筑师和他女儿的那间小屋，它就在村子东头伫立，距遗址公园不远，朝阳下如一缕玉色薄雾，仿佛永远在不停蒸发。母亲经过的时候，并不朝它看去一眼，仿佛它从来就不存在。有外地来的摄影师拍下了照片，送去参加荷赛，得了金奖。照片上，母亲只是一个恍惚飘移的淡黄色剪影，看上去不知来自哪里，也不知要去往何处，昆虫般掺混在密匝的阳光中，与她脚下的苍茫大地若即若离。而那个坚实的青郁的房屋则是世界的主体，隐伏着像一座古代风格的坟茔，有着非常东方的味道。也许正是这个形象在荷赛上引起了西方评委们的兴趣吧。但事实上，它已成了一座神庙，整日里香烟缭绕。村民们说，里面供的是砖神。但这只是迷信的说法。再生砖都生产那么多了，连外星人都来了，村民们的科学素养，还是没有得到有效的提升。他们的日子过得好像还跟灾难发生前一样。所以，低技术仍然是最适用于他们的。村子里最基本的东西，还是以前那样。

我看到，在那张获奖的照片上，一切还原于近似的本初沉默，仿佛从无休无止的问题和概念的争论现场抽身而退。但我知道的是，这一切，正是当年一个思想点子发挥作用的结果。只能说，在人类消逝的历史上，那些一度在纯粹的技术规则下工作和生活的人们，曾经拥有多么经典的艺术啊。

——事实上，这时，我和母亲，都在开始考虑自己今后的再生方式。而这方面的安排，除了亲身实践，是无法用文字记叙下来的。但它倒也不是多大的悬念。

（作者注：本文中再生砖的原型来自建筑师刘家琨的设计。）

（二〇一一年获第二届全球华语科幻星云奖最佳科幻小说金奖）

柔　术

一、烟花三月下扬州

阳春三月的一个阳光明媚的上午，江采宁乘坐地铁，在建国门出站，步行到国际饭店门前，便看见了那群人，以及那面旗子：北京柔迷观光旅行团。他上去报了自己的名字，便被发放了一个胸牌。

然后就等待别的人。等人聚集齐了，大家便乘坐一辆预定的大巴，沐浴着浩荡春风，前往机场。

一路上，江采宁注意观察，见同行者无不衣冠楚楚，举止得体。柔术，据说已成为中国中产阶级的消遣。当然，旅客们大多是男人。

又看了看刚发到手的日程表。这次，要去以柔术闻名的七座南方城市观光，分别是武汉、南京、扬州、苏州、桂林、南宁和昆明，旅费为每人八千六百元人民币。

江采宁正在北大国政系读研究生，虽然家境倒也不错，但也不能一下子从生活费中挤出这么一笔钱，这次，主要依靠导师学术经费的资助。

因此，坐在大巴上，一直在想，与他们不一样，我可是为着研究的目的啊，来增加感性的体验。但是，却不要让他们看出来。他因此尽量多听多看而少说。

数了数，全团总共三十六人当中，仅有四位女士。大伙儿的年纪嘛，最小的有十六七岁，最大的怕有六七十岁。带队的是位年约半百的敦厚男子，在车上，向大家宣讲注意事项：

“这次咱们是去南方，那里的居民比较精致、讲究。因此我们要注意言行。不可以带粗口。那要让人家看不起啦。尤其是，各个城市都有许多同好。要尊敬他们。不要贬低对方，但也不要赞誉过头……”

从身边人的口中，江采宁知道大家都叫他老童，是北京市一位深孚众望的超级柔迷。

老童又继续说着什么。江采宁因为坐得较远，听不清，只看见射进车窗的阳光中飞溅着唾沫星子。

到达机场，统一办理了登机手续。在候机大厅，他们还遇到了另外两支柔术观光旅行团。团员们喜出望外，亲人般地互相打起招呼。事实上，一年四季，国内都有柔迷不停出行，成为九百六十万平方公里大地上的一道独特风景线。

在飞机上，坐在江采宁旁边的，是一位三十岁左右的嚼舌男子。他不断要找江采宁说话。

“这位兄弟，看样子是第一次柔术旅行吧？”

“是呀。你呢？”

“我自己都记不清是几次啦。你一定是‘听’吧？”

“听”是对柔迷中初入道者的称呼。

“唔，我还是在大学里第一次看的现场表演哩。”江采宁老实回答。

“那么，你太不能与我相比啦。我可是从七岁时便喜欢上啦。”

“啊呀，那真的是资深的了。”

“也有很多人问我为什么喜爱上这艺术。哎，你怎么就不问呢？其实我自己也不太清楚，也许那就是所谓的缘分吧！”男子的语气中流露出自诩般的得意。看来他逢人便这么说。

“具体是怎么一回事呢？”江采宁竭力显示出饶有兴趣的表情。

“是七岁那一年，晚上看电视的时候，记得好像是动画片《米老鼠》，无意中转到一个频道，正在播女人表演柔术，太美啦，我一眼就喜欢上了。可当时很晚了，老爸不让看，于是，我就拼命哭，结果被老爸狠狠打了两下屁股。嘻。也许就是因为这件事，我才发疯似的爱上了柔术。”

“的确，这听上去就是缘分的意思了。”

“告诉你一个秘密吧。”男人神秘地凑近江采宁，一股口臭使北大学子几乎窒息，“爱美之心，人皆有之。只是，有的人喜欢雄浑之美，有的人喜欢阴柔之美。如今看来，阴柔之美更胜一筹啊。”说着说着，这个家伙更像是在自酌自饮中陶醉的样子了。

类似的痴迷者，江采宁也听说过，是广为存在的。他认为柔迷的心理总是有一些奇异。不妨说他们也是天生我材必有用吧。

他产生了一种复杂而错乱的心情，便把头扭转去看窗外的云彩，见它们正在纷纷地重新聚集，而刚才还呈现为马啊骆驼啊什么的，转眼间就变幻为鲸鱼和大象了。这让他暗暗心惊。

二、新翠舞衿净如水

的确，江采宁三个月前才第一次到现场观看柔术表演，而那不过是研究课题的一部分。

为什么要选择这个课题作为毕业论文的内容呢？其实也没有太多的理由。与相恋三年的女友分手后，江采宁就对一切的课题甚至生活本身都兴味索然起来。至于柔术，倒也不是感兴趣的，只是觉得它有些与众不同，就带着自暴自弃的意思，随随便便选择了。

没想到的是，导师竟也一口同意了。

对于柔术，江采宁之前并没有太多的了解，只是模模糊糊知道，是影响面很广的一项新兴产业。柔迷，则是急速膨胀的一个庞大人群。

研究开始后，才对这里面情节之丰富，感到惊诧。

逐渐发现，校园里也有许多爱好者，也有柔迷协会。他于是请他们带他去实地看表演。

校园往北的城乡接合部便有一排柔术演出场所，似乎主要以招引学生为目的。设施大都比较简陋，倒可以类比于“大排档”。价格则很便宜。他们去的是一家叫作“红妗姝”的，是用一户大杂院改造的表演场地，据说，养着两位从乡下来的软功女孩。江采宁还记得，当时他们是坐在大炕上观看的。

尽管如此，也让年轻的书斋学子大开眼界。表演结束后，江采宁脑海里还久久萦回着那活生生的、虫子似的抽搐着的美丽身段。女人的胴体短促地裸露在蝉翼般演出服外面的部分片断，的确显得比想象中要干净许多，却又带有田野的泥土芬芳。

充满异性感官气息的躯体柳条般折叠起来的时候，给江采宁的第一印象，应该是没有性的。但是，男人的胸膈膜之间又立时涌动起了一股逆火般的热流。这种神异的感觉，让他当夜失眠了。

另外一个感觉，就是，柔术，是不适合女孩子观看的。

其时，江采宁也曾环顾周围的七八个观众，见基本上都是男大学生，有的看得咧开嘴，淌下一挂挂清汤口水。这使得他有些坐不住。

带他来看表演的，是一位读计算机本科的柔迷，在回去的路上，嘱咐他说："可以不吃饭不喝水，可以不结婚不谈恋爱，但不可以不看柔术啊。"

江采宁也曾听说，不少男大学生都是因为喜欢上了柔术，而与女朋友分手了。但女孩子呢？他的女友，该不会是悄悄迷上了柔术，而与他拜拜的吧？

江采宁因此从一种被动性的研究，转而有些主动的好奇了。这便是他不惜花费报名参加这个旅行团的理由吧。

三、晴川历历汉阳树

飞机飞了一个多小时，于中午之前到达武汉天河机场，大家进城后，住进了预定的晴川饭店。

简单吃过午饭，积极的分子，不愿意休息，便呼朋唤友着要去逛街了。

武汉本是中国杂技名城，在汉阳，有国内闻名的柔术一条街，唤作"鹦鹉洲"，全长五华里，连绵地云集着柔术的大小会馆以及与此相关的专业商店、娱乐场所、展览馆、博物馆和个体摊位，吸引着来自全国各地的柔迷。

江采宁与飞机上认识的那位男子——名叫雨洁，还有其他几位柔迷一道前去。大家一边走，一边兴致勃勃谈论柔术之美。江采宁刚开始还有兴趣倾听，时间长了也觉得有些无聊，不过人家却是正经八百的。

“人是不是丰满一点，练柔术好像觉得更柔软呢？像刘思宇，就有一点胖。”说这话的，比较年轻，像也是入道不久的“听”。

刘思宇是早年间中国著名的柔术表演家，至今，仍是柔迷们崇拜的偶像，这一点，江采宁是从某出版社出版的《中国柔术的过去、现在和未来》一书中知道的。

“有些道理。太瘦了就不好看啦。不过胖归胖，还要有曲线才好看哟，呵呵，像我一样。”叫作小柔的人说。虽然叫这个名字，可是，人有六十多岁啦。

“老头儿，对自己还挺满意嘛。有一点肉可以保护骨头少受伤害。”雨洁调侃。

“我自己还行啦，不过我注意到不少柔术女艺人都挺丰满的哟。嚯嚯。”

“好像是的，顶尖的柔术演员中很少有瘦的人。”另一人附和。

“很少，好像刚刚来访的越南四人柔术中有一个很瘦，感觉便不好。”

“不知哪一天能看到你的柔术表演？应该不会比她们差多少吧！”雨洁又戏谑小柔。

“你说呢？她们是专业的，我可是业余，应该是有差距的啦。不过，也不会示弱哟。”小柔认真地大笑起来，一瞬间，带出年轻人的豪气。江采宁不禁惊异地想，这年过花甲的身躯，到底能够弯曲到什么样的程度呢？那必定是人间奇迹了。

沿街的建筑物吸引了他的注意力。都是柔术表演的会馆，茂密连踵，如同森林。较之北大校园附近的，却又高出几个档次，堂皇而且宏大了许多，至少都有三层楼，也有五六层的，可以想见演出时的场面。在北京朝阳区也有如此的柔术一条街，却也赶不上这里的典雅华丽。建筑的样式，多是仿古的，为汉唐风格，但也有中西合璧的，形成了巴洛克式或古罗马式的韵味。著名的馆所有“飞燕阁”“梦鹤庄”“芳草萋”等。可以说，是城市的一道风景或者名片。

进入主要的路段，大家神情也恭敬起来。

下午时分，按照此行的规矩，大多数场馆并没有安排表演活动。“听”们都好奇地探头探脑，伸长鼻子满街嗅着什么。却也看不见柔术女出来走动。她们可能正在练功吧。江采宁却看见了别的旅行团以及散客们。

除了表演会馆，沿街还有许多出售商品的门面和摊位，大都与柔术有关。热销的商品包括手具、纪念章、小雕刻、玩具、名角用过的物品、专供爱好者使用的练功鞋和表演服、书籍、杂志、光盘等。有的店铺并不直接涉及柔术，但也具有某种你说有那就有的联系——比如，眼前这家“高跟世界”。

玻璃橱窗中陈列着各式各样的女式高跟鞋，无不新鲜耀目。店门前有这样的广告语一般的介绍：柔术是将人体潜能发挥到极致的最美艺术，美腿高跟则是女性美的最高体现，两者的结合创造了人类世界最美丽、最动人的画卷。

想到在二十一世纪上半叶，随着中国全面建设小康社会运动的深入推进，全国各地一夜间涌现了这样一种有益身心健康的新生活方式，并在十三亿民众中掀起观赏和参与的热潮，江采宁不禁啧啧称奇，只恨没有早一点亲密接触。

一路上，小柔东瞧西看，评头论足，每一样的货色，他都能如数家珍，通晓来历，但买的却少。雨洁倒是舍得掏腰包，采购了不少东西，包括一大堆白布鞋、女学生鞋、芭蕾舞鞋和软底舞鞋。他还向江采宁热情做着推荐。江采宁最后买的是两张柔术表演的光盘，从介绍上得知，都是从前小知了、小米粒和刘思宇等名角表演的经典节目。

这时候，他已然是深怀好奇地期待着晚上的正式演出了。

四、蓝田日暖玉生烟

傍晚，大家早早在宾馆吃了饭，便回到各自的房间收拾起来。

主要是，换上了比较正式而体面的衣服，不少男子，也略施脂粉，喷上香水。这就如同要去约会一般。

在走廊里，江采宁听见一个十六七岁的男孩子说："心跳得怎么这样厉害呀。都快要死了。"

"做一下深呼吸。一定要保持镇静和雍容，别让人家觉得咱北京来的没见过世面。"老童慈爱地拍拍他的肩膀。男孩立时泪流满面。

老童又对一位颤巍巍满头白发、年届七十的老先生说："带药了吗？"

"带了带了。"老头儿点头哈腰，一手从怀中掏出速效救心丸供老童检验。

"可别再像上次那样，节目还没有结束便晕倒了。让人看了笑话嘛。"老童一脸严肃。

"再也不会了。再也不会了。请您放心。那次是自己不小心嘛。再不会丢脸了。”老头儿眼神躲闪着对老童说，耗子似的快速溜了过去。

江采宁暗笑。他搜集到的案例中，也有因为激动不已而当场死去的客人。对此他一度难以置信。

但是，现在亲眼所见，的确，连那些老客，也按捺不住兴奋。这正是柔术的神异之处。每一次，都像是初次。这与做爱，却又是不同的。但感染力，说不定更甚之。

最后，老童挺胸收腹站在大堂门口，督察员一般检视大家，有时伸手拂去某人肩上的一粒灰尘，有时又帮人拉扯一下衣襟。

果然，都是西服革履。如同去看交响乐演出。

今天要去的场馆，便是“芳草萋”，据说有着地方政府做背景，属于较高档次，接待过中央领导，以及外国贵宾，据说，那些大人物啊，也都是柔术的爱好者哪。

大家是集体坐车去的。快到的时候，江采宁的心跳也有些快起来。他忙正告自己，是去实地研究嘛，慌什么。但心情却终归与那次在大学附近看演出不一样。大概，是受到了团体活动所营造出来的“场”一类存在的感染吧。

此时，他禁不住一回头，扫视之下，见满车的男人都透露出了菜花蛇一般阴柔媚气的眼神。

他不禁想到，有一次，与来自台湾的一位同学聊天，那人忽然就问江采宁：为什么每一个大陆男人的眼中都有一股至阴的气色？江采宁当时无言以对。

他吓了一跳，赶忙去看车窗外面。夜幕之下，整个柔术一条街热气腾腾闪亮起来，如同美术片中高居天庭的玉皇大殿。古老的武汉城又变化出了另一番曼妙的新鲜景色，这却是历史的演进所难以预料的。

从那光怪陆离的气氛看，倒有些像是拉斯维加斯，不，又绝不是。

“芳草萋”有六层楼，浑身光芒万丈，有着高等级的装修，令游客喜上心头。门口的服务生，都是年轻漂亮的小男生，个个笑容可掬，性感撩人。

一进门，便能看到迎面的墙上贴着一连串的巨幅照片，是要人和贵宾们看表演后与艺员和职工拍下的合影。

有一幅的下面，有着这样的文字说明：二〇一八年五月二十五日晚七时三十分，在中方人员的陪同下，日本首相阿部带着几名随身秘书来到芳草萋，也带来了一种轻松、随意的气氛。阿部首相先与工作人员分批合影留念，兴致很高。随后大家落座包厢，观赏中国柔术表演，女演员柔软的身段和各种变化让阿部大开眼界。

随后，三十六位客人被分成六组，带入六个包厢。女观众也交错安排在了男人中间。

包厢里有序摆放着中式的沙发和茶几，并备好了红酒和果点，立体声传出袅袅的江南民乐，墙上贴着名家的工笔仕女画。江采宁注意到，这些画作旁，还衬有四幅壁挂式电视屏幕，一时倒也不知做什么用的。有一个呼叫钮，像是用它可以随时召唤服务。

包厢一侧有屏风，推开来，是一个大阳台，一字摆好一排六个高脚凳子，每张前，立有看上去倍数甚高的单筒望远镜。

阳台之下，便是底层的大厅了。那里也摆放着几十张搁有果点和酒瓶的圆桌，已零零星星坐有一些客人。往前看，便是半月形的舞台了，此时，空寥无人。

江采宁忙着观察环境，转眼才发现，一道来的同伴都不见了。

八时半，表演开始了。这时，消失掉的同伴才回来。大厅里也忽然坐满了客人，如同变魔术变出来的。

江采宁很久以后还深深记得，就在这个炫目的晚上，表演持续了整整三个小时，其间，也穿插有其他节目，比如“柔妹三人组”的歌舞，但主体当然是正式的柔术表演。

有单人的，有双人的，也有三人和更多人的。除了一个小孩、两个男子之外，都是年轻女人的展示。当然了，也有据说是兄妹出演的男女双人节目。

与在北大附近看到的又不一样，坊间的，明摆着更加专业化，打个比方，那就是从百年老店里当场做出来的新鲜生日蛋糕，有着一丝不苟的精细做工。

江采宁对于人类身体所能呈现出的如此众多的形式，感到眼花缭乱，心绪不宁。

一幕接着一幕，女孩子们犹如精灵，用平凡的肉身折叠成山峦，成流水，成彩虹。恍惚间却又不是，分明仍然是女人的玉体本身。这正是一种破空嘹亮的艳丽。

江采宁不禁想到柔迷们常常挂在口头的话语：新娘一笑百媚生，柔术一展惊四座。

给他留下深刻印象的，是三位穿着泳装、身段极佳而貌美如仙的女孩，在一张桌子上完成她们的生命之作。她们的身体走马灯似的穿插交叠，从莲花变成宝塔，又从宝塔变成蜃楼，再从蜃楼变成礼花，最后，燃放成了满天星星。

在灯光的幻影中，这一切显得阴柔典雅，又带有无比神秘的气氛。

整个的观赏过程中，江采宁都觉得女孩子的身体里面，充满透明的泉水，却又在恰到好处的控制中，不溢漏分毫，以使男人在半渴中充满期待。

六层楼，几乎都坐满看客。除了大厅里的全场性节目，据说，还有单独在包厢里表演的。

与江采宁同来的男人们，在阳台上一字坐开，用望远镜去看。他们的身体这时完全僵硬成了一尊尊石雕，与台上女孩子的圆润活泛和生动辉煌，形成了有意思的对比。有时，他们中有人又焦躁地扔下望远镜，匆匆回到包厢。这时，那四幅电视屏幕都通亮了，从不同的侧面，更加周到而详尽地展示女孩子身体的各种细节，有的当然是高清晰度的特写了。

这时，按捺不住的男人们也会用遥控器让画面定格，然后按键打印出照片。这却是要另外付费的。

江采宁更多的时候，是使用望远镜，这样他便可以看到女演员臀部和大腿之间肌肉细微的颤动，有时松弛，有时绷紧，如若大漠外弓弦的幻影。

愈是如此地身临其境，他便愈加真切地体味到，柔术纯粹是女性美，是给男性欣赏的。

恰好，江采宁的包房中没有安排女观众，所以也不知她们的反应。那却必定又很有趣。

最后的高潮，是当地一位名角的出场。来自全国不同省区的观众，用带口音的普通话，齐声呼叫她的名字“幽梦草”，宛若海潮叠起。

江采宁隐隐听到，到了此时，雨洁和小柔的呼吸声才格外响亮起来，如茶水在温炉上经过长时间的酝酿，终于滚滚烧沸了。但他们只是控制住身体安稳地放平不动，正像是上个世纪三十年代上海滩的绅士模样。

得不到的东西才是最美的，这就是柔迷们喜欢柔术的主要原因吗？

柔迷们常常会引用唐朝诗人李商隐的《锦瑟》的句子：沧海月明珠有泪，蓝田日暖玉生烟。

在他们看来，柔术仙子就是如诗句一样凄美而可望不可即。柔迷们只能沉静在美丽的幻想之中。

然而，得不到的，又恰是最大的得到。只要以老年观众为例，看看他们脸上呈现的毕生最大的幸福感，便会体会到此意。江采宁作为“听”，却暂时还不能领悟这审美的微妙，这令他不禁有些气急败坏。

但他想，或许，此刻这种微妙的心情，比较能恰到好处地、形象地道出今晚的情形吧。

五、空里流霜不觉飞

除了晚间看柔术表演，白天，也会间杂安排一些游览观光，比如参观黄鹤楼、古琴台以及磨山东湖一类。

在这样风景如画的地方，不知不觉已然置身境中的人们，便会更加放松地抒发夜间获得的观感。

“难以想象，幽梦草的腰会下到那样的程度。腰及腰以上的部位都可以对折。”

“怕是世界上最软的腰了吧？”

“据说，全国最高水平的柔术专场，除了‘海里’的以外，便是为全军老干部安排的汇演了，我看过录像，也没有这么美啊。”

“到底是长江流域的柔，非同寻常啊。”

“那也要看具体的人了。但是，南北的差异，还是不能妄加否认的哟。”

“所以说，经常性的异省旅行，尤其是到南方的旅行，还是极有必要的。”

江采宁不禁想到，昨夜，在节目正式开始之前，观众们怎么会都消失了呢？这却是疑问。他好奇地向前辈请教。小柔笑着说：

“柔术有两种美啊。台上的表演，让人觉得美好，是因为她的衣服多变靓丽，化妆多彩多姿，身材面貌姣好，手具五花八门，仪态千变万化……其实这都是柔术吸引人的地方。可是你曾发觉柔术另外的一种美吗？”

“是什么呢？作为初来乍到的人，我却是不知道的。”带着请多指教的表情，江采宁谦虚地说。

“那种美，是属于‘早到现场’的柔迷的喔。是在正式演出前，欣赏在后台练习时候的柔术，相信不少人都有同感吧？有经验的柔迷，每次都要去捕捉表演前练习的镜头，一样的女孩，一样的身体，但少掉了表演时的浓妆艳抹与服装手具。虽然褪去了这些吸引人目光的外衣，却往往多了份坚毅执着及背后殷勤的付出，那种美，往往在悉心观察中才会发觉啊，也便更加的铭心刻骨。有一篇文章，叫作《清水出芙蓉，天然去雕饰——热身现场的女孩子更美》，我倒是推荐你一定要看看的。”

“原来，是这样啊。”

“说起来，许多艺人为了展现身体的柔软度，事前努力暖身，因此练习中常常可见艺人们有些过度地极端曲折自己的身体，以求表演时有正常的表现，这也充分展现了女性身体曲线的丰富与多变。虽然有人觉得几近自虐，但有经验的柔迷却能从中看到令人感动的极致表现。伴随着音乐，声光俱佳的演出令人迷炫，轻装简束、极端平常的事前练习也一样有让人讶异的一面。这两种美，身为柔迷的你喜欢哪一种呢？对我的看法，你又有些什么评论呢？”

“啊，我却是无言以对了。”听着小柔唤他做柔迷，江采宁有些受宠若惊。

“看来，你不但还不是一位资深的柔迷，连门槛也只是刚刚迈进半只脚哩。需要加油哇。”小柔不想看着江采宁得意，又谆谆而嘱。这使后者复又自卑。

“请您放心，我一定努力。”江采宁忙说。

“柔术，这可是一个人一辈子的事情哪，不可以轻慢之心等闲待之。”老人又郑重地加上一句。

小柔的话语使江采宁心存感激，顿然对老柔迷的生活充满敬仰与好奇，人就整个地怔在了原地。这时，一行人正行在美轮美奂的东湖之滨，半空中的一块云彩，像是想起了什么心事，忽然就停住了。世界的非真实性与逝去感，顿时由上而下浸染下来，逐层布满了江采宁的胸臆。他立时觉得自己正处于一场梅雨的中心或者边缘了。

他想，毕竟，一辈子好短啊。

六、乱花渐欲迷人眼

作为柔术的研究者，特别是，作为已经有了初步感性体验的研究者，常常徘徊在江采宁心中的一个重要问题即是，性在柔术表演中，占了多大的成分呢？

的确有柔迷撰文称，柔术的接口是建立在最为基础、最为直接、最为底层的情感——性欲之上的，更重要的，柔术是唯一能够在性欲基础上得以构建并展现的艺术，因为其他任何根源于此的形式都已被伦理和道德逐出了艺术范畴。

所以，柔术是性的最纯粹的艺术表达。

但大多数柔迷并不公开予以承认。

在激动人心的表演中，的确没有任何夜总会脱衣舞一般的行为。但是，演出者一定是要着泳衣的，至少，是特制的紧身表演服，通常薄软得像是一撕即破，如此才能确定地衬托出每一细微女性的具体轮廓，而不管其美的外在性抑或内在性。

这种衬托，随着身体做出各种极端而高难的动作，在许多的情形下，使得隐藏起来的肉体接近于纤毫毕现的程度，却又在关键之时绰约不露。仅此而已，绝没有违反任何反淫秽法规和治安处罚条例。

但正是通过这么一层薄薄丝织物迷雾般的笼罩和消解，才构成了对眼睛的极大挑战和安慰，于是更加深刻地挑逗起了观赏的冲动。据资深柔迷说，如果是裸体，那么，就反而扫兴了。这正是柔术的与众不同之处。

柔迷们是不能与表演者交朋友的，爱好者只能远远地运用目光。无论从何种角度来讲，这都或可称作“乱花渐欲迷人眼”的艺术。如果走得太近，便会一举破坏这朦胧的美或者美的朦胧，且也由于违反行规，从而遭到同好们的唾弃。

在学校里，江采宁便听人说，偶尔有不懂事的大学生与来自农村的柔术女坠入爱河，结局都以悲剧告终。

柔术表演者本人，也是不能与观赏者深交的。她们只能在脱离此行之后，才能如普通女子一样，施行恋爱、结婚和生育的过程。但也有不少人是终身不嫁的，如此，才恒久保有着异性身体的极端神秘性，直到她们变成老婆婆的那一天，也让年轻的男柔迷们心仪不已。

如果说，柔术表演中的确有性的成分，那么，再没有比这个，更加纯洁和高尚的了。这正是江采宁的看法。

七、犹抱琵琶半遮面

在柔迷圈子里，关于柔术与性的关系，还流行着另一种看法，那就更加接近高深的精神和哲学意义了。

也就是，可以追溯到一个古老格言似的说法：男人总是在征服世界，而女人总是在通过征服男人征服世界。

愚笨女人征服男人，或许会显露出河东狮吼的狰狞，但聪明女人懂得使用最厉害的武器，那便是柔术。哪怕男人是钢刀利剑，遇到女人的绕指之柔，也都缴械投降了。

因此，柔迷中间也有这样的观点：这里面浸透了老庄“无为”的精髓。试想想，软功女孩什么时候主动过呢？若即若离，又不离不弃，犹抱琵琶半遮面，正是这隐隐约约、时隐时现一般的幽怨缠绵，才最终激起了男人那无穷的好奇心与占有欲，使其欲罢不能，穷追到底。这便是在那小小的一方圆桌上，女人凭借一无是用、弱不禁风的身体所能展示出的大意吧。

从柔术表演中，自然还能看到“娇”的引诱，娇柔娇柔，正是一对极好的搭档。小鸟依人，娇娇滴滴，这本是女人的天性。知己“倾国倾城”，足可克“男人是高山是大树”，小小藤蔓可以爬过高山，缠死巨木，这种表演中的常有姿态，已成为柔术节目的固定主题，尤其是，通常会烂熟地展示于男女双人表演的情节之中。真可谓柔能克刚的象征。男人醉死在温柔乡里，错却不在女人。

“嗔”是描绘柔术的另一要素，与“娇”恰作伴随。一娇必有一嗔。柔术表演中，常可看到女人在翻腾之间，轻舒玉指，樱桃小口轻轻一嗔，目光如炬，此时，坐在台下的男人却又不能冲上前去抚慰，只能强抑欲火中烧，便怜爱丛生了。

“媚”，即所谓“千娇百媚”，作用同样是取悦男人。男人见了在小小圆桌上波浪般滚滚起伏、连骨头都仿佛全酥了的女人，立时觉得，什么江山社稷，都可以抛至身后。因此，柔术可以说是尽展艳媚的艺术。

“痴”亦是柔术的重要内容。女子痴情不是女子傻，而是其执着，她认定那东西是她的，她会用她的柔情和她的蜜意死死守候住感情。一痴就是十几二十几年不变。再没有比柔术更好地体现痴的意境的了。女孩子从几岁起便开始苦练，一投身便不退却，忍受伤残痛楚，大有迷途不知返的意思，使再坚强的男人也潸然泪下。

雨洁有一次对江采宁说：“在我国，越来越多的男人在寻觅伴侣的时候，目光盯在温柔型女孩身上，那是人们越来越追求温馨幸福浪漫多情的婚姻生活。从大的方面来说，这却是国家稳定和进步的保障。”

啊，国家的稳定和进步，这在江采宁心中，如一块当空而落的陨石，恰好击中一处五千年不起涟漪的淤积池塘。

“所以，在一个和平和繁荣的时代，女子柔术就愈加重要了。”雨洁用总结的口气如是说。

正所谓柔情似水啊。女人天生该柔。把她装在盒子里，她便是方的，把她装在瓶子里，她就是圆的。柔术表演的精髓，完美地呈现了这样的东方古老哲学。

江采宁有时也想，这里面不就有着男尊女卑的丰富意义吗？却不带有任何贬义。最终，女人却把这本由男人定出的规则，通过伺服和献媚于男人的技艺，变为润物细无声地控制男人的工具，实在是一件撼天动地的事情。

在江采宁看来，柔术同样是可怕的，如一具姑隐其锋的利器。自己在无意间闯入这个天地，与它接触，有一种颤然的震栗。

这里面，既是欣喜，又是畏惧，也许，某一天，柔术会进化出自己的智力吧？到了那时，再也分不清，女人所展现的，究竟是她的身体，还是她的大脑。总之，随时都会像网罗一样游过来，俘获男人，掏空他们的钱袋，也夺去他们昙花一现的生命和精神，却又纯洁无瑕，不动声色，随时功成身退。

看到那么多的以男性为主力构成的柔术观光旅行团，在大江南北来往穿梭，失魂落魄，把人生的美好时光消耗在这上面，这种感觉便愈加强烈了。

而国家在本质上作为一种男性的体现，最终必会被一些会柔术的女子驾驭。在历朝历代，这种情况不是早已发生了么？而以男性为主体的影视界，长期以来也对拍摄帝王被一位阴柔智慧的女子操纵的题材，有着强烈的嗜好。

这么想的时候，江采宁便感到一阵阴风缭绕的刺激、迷乱与惧意。

对自己的命程，也水月般摇曳着把握不定了。

武汉三镇的夜空，微微散射出暗红的色调，让人在似欲非欲的压抑之间难以打熬，却又可以沉湎于自虐的快意。

八、道是无晴却有晴

下一站是南京。由武汉至南京，已有磁浮列车相连，极为方便快捷。

但在车站候车时，不料，发生了一起意外的事情。

有穿灰色夹克衣的三男一女，一直在一侧徘徊，流露出对他们这一群特殊的旅客很感兴趣的样子。

其实四人的神情早已显示出怪异，但大家却没有多加留意。忽然，他们疾走过来，其中两人抖落出一块布条，展开来，是一张白底黑字的横幅：

消灭摧残妇女儿童身心的柔术恶魔！

与此同时，四人一起呼叫出了让人吃惊的口号：

“驱逐柔术！”

“打倒柔迷！”

“还人类身体以尊严！”

同时，雪片一样把传单散了出去。

旅行团大哗，老童和小柔站了起来，做母鸡状护卫大家。几个年轻人不忿地冲上去，拉扯那四人。横幅立即被撕烂了。大家又扭打成一团。

江采宁惊得目瞪口呆，却瘫坐不敢妄动。仿佛鬼使神差，他一眼看见，年轻的女抗议者如花的脸庞上，显露出一种只有在天空中看大地时才能见到的缤纷难释颜色。

很快，警察出现了，带走了三男一女。候车大厅的秩序才慢慢恢复正常。

雨洁俯耳对着脸色青一阵紫一阵的江采宁说："不必紧张，出门在外，经常能遇到这样的事情。但政府总是保护柔迷的。我们，可是税收的大来源啊。"

果然，旅行团中并没有人被带走，反而，警察、铁路职工和其他的候车乘客都过来安慰大家。

但还是有几个新入道的小孩，没经历过这样的场面，很久还不住地打着哆嗦。

不过，旅行却没有受此影响，继续进行。列车开动了。大家好像忘了刚才的事，而只是热烈谈论着下一个目的地的美妙。

但江采宁脑海中翻腾不止的，却久久是那个女人脸上的复杂表情。他能读出多少来呢？嫉妒，厌倦，愤怒，怜悯，以及竞争和不服。还有更多的。

在去厕所的时候，他拿出偷偷藏起来的传单来看。上面是这样的文字：

柔术的残忍：一位女孩的自诉

我是个喜欢且练柔术的女孩。我的梦想是把自己练成最柔软、腰最细、体重最轻的女孩。我哥哥是我的助手。我每个礼拜做一百小时美好残忍的训练，是连续的一百小时。在这一百小时里我不可以吃任何食物，不可以休息，只可以喝很少的水。首先我要全身裹上塑料的保鲜膜，再穿上厚厚的衣服，让哥哥骑车拉我去跑步。我坚持四小时，然后在七十度的牛奶里泡两小时，蒸两小时桑拿。然后，哥哥会用两手掐住我的身体，两手距离十厘米，像洗袜子一样使劲地搓，直到紫了，再搓别的地方，然后用蒸气熨斗（不是很热）烫掐紫的地方。然后哥哥让我趴在床上，用鞭子、皮带狠狠地打我（为了练忍痛，也为了打碎脂肪）。为帮我束腰，用很结实的绳子一头系在暖气上，在我的腰上打个结，他用尽全力拉紧，然后用橡皮条（就是老式输液用的）紧紧勒在我的腰上，然后压腿。

又配了一些柔术表演的照片，分别注有“劫后余生”“车祸现场”“恐怖地狱”等标题和说明。

最后，是用红色的大字书写着抗议者的呼吁：“请看看吧，难道，这不是一种残忍无比的、摧残身心的妖术吗？对人的精神，它犹如邪教；对人的身体，它犹如毒品。它使原本正正经经、健健康康的女孩子，变成了疯狂的妖魔。它虐待儿童，残害妇女。它使社会堕落，使国家毁灭。这是一种变态的所谓审美。它是残酷的猎奇，是嗜血看客的兴致，是毫无心肝的对人的痛苦的‘平常心’。难以想象，在古罗马斗兽场关门两千年后，在中国又兴起了这样的驯兽表演！公民们，父母们，兄弟姐妹们，赶快觉醒过来吧！阻止这场灾难的发生吧！中华民族再也不能用骨骼和心灵的极度扭曲来取悦自己和取悦外国人了！”

江采宁深感震惊，又哑然失笑，不禁想到，在别人看来是残酷，在柔迷们看来却是美，这是多么不可理喻的一件事情啊。

那么，柔术本身究竟是否残酷呢？

这却牵涉以什么样的标准判断了。如果按照相对主义的哲学，却又无所谓了吧。何况，这一类型的残酷看样子正在成为文明社会的时尚主流，如果大家都习惯了，也没有关系，即便是堕落，也会被称作先进文化的代表吧。

到达南京后，一行人下榻金陵饭店。抽机会，江采宁进一步与雨洁探讨了他在列车上思考的问题。

“那传单上说的，是真的吗？”

“啊，没有这样厉害嘛。”雨洁讪笑，“是要骗你们这些‘听’的嘛。”

“是这样的吗？知道我是‘听’，你可别蒙我。”他疑惑地看着雨洁。

“千万别信他们，都是生活在社会底层的家伙，没有钱，消费不起柔术，看到柔术成为一个风光的产业，他们又不能从中得到好处，便嫉妒呗。不喜欢柔术的男人，肯定是不正常的。”

“可是，谁能证明爱好柔术的男人没有虐待倾向呢？不然为什么喜欢看被扭成麻花一样的美女？只是爱好柔术那么简单么？”

江采宁的话音未落，雨洁的脸膛上，便呈现出了一种龙卷风过境般的魔幻迷离。他急切地正要对江采宁说什么，这时，小柔却灵猫一样呼啦一声插进来，原来，他一直在边上偷听他们的谈话。他抢在雨洁前面说：

“应该这么说，懂得欣赏柔术的美的人，就懂得欣赏女孩子特有的美，也懂得珍惜女孩子为此所做的艰苦付出，更会懂得爱惜女孩子。

我爱柔术，更爱欣赏她们练功。但是如果有人真的虐待女孩子，我和别的柔迷必然是坚决反对的。世上什么人都有，爱好柔术的人当中也可能有一些败类，借柔术的名义干坏事。对此我们要有警惕，但他们不能代表所有的柔术迷。”

“那么，坏蛋仍然是存在的了。但是，究竟占多大比例呢？”

小柔忽然就变化了脸色，惊诧莫名地瞧着江采宁，仿佛他是一条蛇蝎，然后，闪电一般转身跑掉了。

“你呀，看来真的是个‘听’，怎么能这么问前辈呢？你需要多多参加柔迷们的集体活动，自然会明白一些道理的。”雨洁责怪道。

看到江采宁委屈的样子，雨洁其实感到的是一种由于小柔退场而带来的压抑的解除吧，便又亲密地对江采宁说，倒也不能一句话就把残酷否定了，那倒真的是一种美。最精致的柔术，脱胎于此呢。

于是，江采宁想，柔迷们只是在公开场合讳言于此吧。

后来才从网上查到了雨洁这番话的来历。要说起来，最精致的柔术表演，是滚灯，作为传统节目保留下来，顾名思义，即顶灯翻滚。那么，柔术滚灯是怎样发明的呢？相传，唐代贞观年间，有一个叫马秀元的吴桥杂技艺人，在雨季带着全家从福建南平赴闽清演出，为了省钱，他雇了一条小船沿闽江顺流直下，当小船行至葫芦山一带时，江水猛涨，小船失控撞上石壁，船毁人亡，只有马秀元的小女儿马翠萍抱着一只小鼓，几经沉浮被福州的一只商船救起，方幸免于难。这个富商见马翠萍有几分姿色，便纳为小妾，大老婆冯氏对此十分恼火，每逢丈夫外出，她就变着法儿折磨马翠萍，让她头顶灯，两只耳朵挂线，双手拄地跪着爬，裁缝无论用什么线都可以随便抽，耳朵拉破了灯也不准掉，手也不准扶，否则不是针扎就是毒打。为了少受折磨，马翠萍无论多苦多累都咬牙坚持，稍有空闲就认真练习，进步很快。大老婆看这样折磨不了她，就又想法，让她双手、双脚、头部都顶在地上滚。因有原来的功底，很快马翠萍就能表演了。后来富商死了，马翠萍回到老家吴桥，同一个杂技艺人结婚，组建了杂技班，她就表演这个节目，受到观众好评。但动作最初比较少，于是在原来的基础上，又加了些杂技动作，使滚灯这个节目更加完善。

所以说，柔术从一开始，就有着残酷的本来意义，是在沉重人生的压榨和相煎之下，发展出来的“人体艺术”。

江采宁想，对于苦痛的态度，对于如何接受它并将它升华为美，在不同的人看来，却又是不一样的啊。

雨洁曾说，“美”通常被理解为对生活的一种抽象眷恋，而每一个正常的男人，都应当无一例外地眷恋着“柔”所带来的震撼，因此“柔”是美的标准模板。这后面，隐藏着多少“道是无晴却有晴”的复杂心态呢。

对于这样的形而上概括，可以说，江采宁还不是完全能够理解。但他已然比前几天懂的更多了。

通过雨洁，江采宁进一步了解到了小柔的身世。

小柔出身贫寒，父母早逝，在祖母的养育下长大。从小，便性格倔犟，不服输。上大学后，竟然成了一个“愤青”。快毕业时，因为失恋的缘故，患上了抑郁症，有一段时间闹得几乎要自杀，这倒有几分像是江采宁。

到了三十五岁那年，他仍然没有结婚，却忽然开悟了，到处向人宣称，说懂得了柔术的意义。

怎一个柔字了得——它使小柔把世上的一切，都看穿了。

其实，那个时候，柔术的地位还是很低的，大部分人不懂得欣赏它，也歧视它。小柔却把自己的生命，全部投了进去。

小柔背着人开始了柔术的练习。一个男人，又不年轻了，因此吃了许多苦，他梦想有一天也能像别人那样说出自己喜好柔术，不用再偷偷一个人练，却不知要等多少年。没有想到的是，这一时刻来得如此之快，他还只有六十多岁。

为了柔术，他一直未婚，守身如玉。这正是无数柔迷们向往的生活。据说，老童也是如此。

九、人面桃花相映红

柔术在南京这座六朝古都展示出来的特色，便是更具个性化的服务。

客人们可以挑选自己中意的艺人，在包厢里面，做一对一的观赏。要是更喜欢，也可以与这位柔妹一块儿宵夜。进一步的话，还能够邀请到柔功高超的少女，陪同游览当地的市容和山水。

知道这个后，江采宁也是蠢蠢欲动，却又有些莫名地觉得勇气不足，于是便在心里说服自己：这是为了研究的需要啊，倒是可以抛下包袱的。

这样的安排，并不算在旅行的固定日程中，还需要付出小费，但相较于内容的精彩，却也是十分值得。

这晚，演出在著名的秦淮河畔展开，这一带的地皮，早已卖给广东和台湾来的开发商了，被改造成为高大密集的演出场馆。

北京柔迷旅行团预定的“芳林宛”，早年曾是著名的秦淮夫子庙。进去后，可见除了宽阔的金色表演大厅外，各楼层上，还分布着蜂巢一样的一个个讲究的包房。

江采宁被领入其中一间，见又与武汉的不同，房间要小巧得多，仅供两三人使用，也没有电视大屏幕和望远镜之类，与大厅，是完全分隔开的。房间里简洁地按照中国的传统方式做了布置，包括墙上挂有以“烟笼寒水月笼沙”为意境的水墨画。

空间里仅一桌一椅，可以倚躺的竹椅显然是供客人用的，而那铺着小毯的红檀木圆桌便是用于表演的舞台了吧。真难以想象人体会在如此狭小的地带变化出难以尽数的姿势。

桌上有一张电子菜单。打开来看，见列有可供选择的节目的名录。用手指在某项说明后面轻轻一点，便会闪亮出全息的立体图形，悬空展示三十秒钟，原来是演出的片断。

江采宁随便点亮了几个，最后确定了想看的节目：《人面桃花》。是一个单人表演。他按下确定键后，不到两分钟，服务员带着艺人进来了。是三位水灵灵的姑娘。

“先生请看一看，不知中意哪一位？”

没有想到一下来了三人，江采宁略有些慌乱，飞速扫了一眼。三个都是瓜子脸，身材苗条，模样都挺漂亮，孪生姐妹一般难分彼此。他倒是后悔没有点三人节目了。他便装出正宗柔迷的镇静，随便一指右边的说：“就她了。”

服务员带着另两个走掉了。留下来的女孩冲客人笑笑，进入更衣间。

更衣间也设在包房里，这一点，江采宁刚才没有注意到。木门轻轻关起来的瞬间，他才意识到这本身所隐含的挑逗意味，但也是一种信任——把天下的柔迷都当作谦谦君子。这种若即若离，才是美的真谛么?

艺人出来的时候，已是一身三点式的雪白色泳装了。才看出来，女孩子体型偏瘦，腹部平坦，胸部小巧，腰身纤细，无一处不恰到好处。

年纪也是符合欣赏标准的，大概十五六岁吧。太大了，不好，会造成胸部过度发育，过分突出，脂肪增多，看上去便有些笨拙和累赘，年纪太小了，又还没有滋生出女人的气度和韵味。

正这么想着，音乐便响了起来，是一首著名的古筝曲，唤作《春江花月夜》。

女孩像彩蝶一样，飞着似的上了圆桌，又像是一盏清水，被无形的手端了上去，使江采宁的眼睛几乎来不及反应。然后，她慢慢开始支撑旋转，并来回折叠身体。

顿然间，产生的是一种泥土被灯光从骨头里剔出的感觉。由于是近距离地观看，不用望远镜之类的辅助工具，江采宁有些不敢相信眼前的一切竟是真的，并微微害怕，拿过桌边的纸巾，反复擦起额头上的汗珠来。

却见少女的身姿仿佛非人间的存在。他不禁想到了结束冬眠的青蛙，以及昆虫绚烂的羽化。

但这是否是真实的身影呢?却一时不敢揣想。只是看到，少女的脚在说话，手在跳舞，牙齿在走路。房间里却又是前所未有的宁静，仿佛天地停止了旋转。

少女的呼吸声近在咫尺，春雨般透入观者的心脾。有时候，江采宁也会体会到犹如夏雪的凌乱和溃散，完美的肉身出现了分解为最细微颗粒的趋向，最终成为小溪萦流过躯体的每一个死角，在炼乳般的皮脂上盘旋洄转，并像一根极瘦的腰带，蛇一般爬入男人的城府。而实际上，她只是像资深的柔迷所形容的，不过是在“忍受服装一样地忍受毁灭”。正是这种美至畸形的毁灭，带来了无穷的生命快意。

于是，在江采宁的眼前，种种的七盘舞都水流星一般飞荡开来，不禁使人想到银白钢剑所舞成的头饰，以及魔术表演现场与箱子一起身首异处的性的震颤。当身体绷紧成为圆弧之时，着力突出的肋骨和若隐若现的乳头，都使人迷醉。

有一刻，女孩子面向江采宁，把稚嫩的下巴搁在桌上，绵绵的胸部也软软着地，眼见乳房逐渐压平不见了，纤细的双手却搬着两条圆润的玉腿往前托举，最后，把滚圆的臀部放在了乌黑的云鬓之上，定格不动了。

这时候，她两条大腿之间的三角区域，一下子全部凸展在了江采宁的眼前。阴部饱满地向上膨起，隔了一层绸布，勾勒出了内里清晰的纹路。

江采宁始才确信，女孩子除了这三点式的泳衣，的确是没有再穿其余的，不禁有些吃惊，热血冲上了脑门。

但女孩却是镇静的，以一种献身宗教般的虔诚，全神贯注完成着表演的每个细节，视江采宁如无物。她所奉呈的，只是令柔迷们神魂颠倒的一种“柔软胸部及下身豪华的空虚”。

此时，直接放置在自身下体处的艺人面部，微微泛红了，一瞬间使江采宁感受到“人面桃花”的迫近。他自己的脸也红了。

性感的撩人姿势定定地保持了约半分钟，让江采宁可以好好凝神观赏，他不禁体会到一种“外在的解剖”的神往，也就是说，女人展现的虽然是其外部的身体，却又是把她内部的每一个剖面和细节翻转了出来，而男人用目光代替手指和性器，真实地摸索到了女人身体的不同结构，并手术刀一般把它们细细地一一剔清。

忽然，少女的造型又虹桥坍落一般，疾换成了别的姿势。江采宁如一头鹰，忽然失去了捕捉的目标，又如梦中从半空中坠落。

整个表演为时一刻钟，便结束了。

太短了啊，江采宁顿然有了泪奔的冲动。

但骤然又意识到，正是这种短暂，才揭示了柔术之美对于人生的无上喻示性吧？少女所谓的青春，不过是白驹过隙啊。从几岁起便开始的长年艰苦练习，才换来这短暂一瞬，如樱花般，在欣赏者面前仓促无忌地开放，而后悄然殒灭。因此，表演柔术的女孩，才更加值得男人去珍惜了。

停下所有的动作之后，女孩才对江采宁绽出了无邪的笑容。

“有什么特别喜欢的 pose 么？按照规矩，那是可以为客人重复做的，包括定格啊。”

男人脸又一次红了。“不、不需要了。”他嗫嚅。

但在江采宁意识的深处，仍是震慑于刚才所思虑的震撼的短暂。重复千百遍，也终是过眼云烟。这不就是世间一切事物的真谛么？

这时，他感到有些饿了。

“陪我宵夜么？”她娇嗔地问。

他使劲点点头。又烦躁地想，她们都这样说话吧，因为总有小费。

女孩又冲他媚然一笑，不再说什么，便转身进隔间换了衣服。

十、夜深还过女墙来

演出场馆实行一条龙服务，餐饮也包括在了里面。整个五楼便是大型餐厅，提供花样繁多的南北大餐小吃。男客人和女孩子们穿梭来往，说笑不停。

江采宁要了一个单间，坐下来，略点了几样江南风味的食物，这时，女孩子走过去，放下了门窗上的印花布帘。

这样，在暗红色的灯光下，便有了幽会一般的情调。却又说不出哪儿不同。

穿着时尚名牌休闲服的女孩，与刚才相较，又像换了一个人。清纯，活泼，聪颖，又显出与年龄不相称的成熟和干练。

江采宁很愿意喝点酒，也想让女孩陪几盅。说出了这个意思，她却不推辞。于是要了五年陈的花雕。

酒过三巡，可以说多一些话了。江采宁也才不那么局促不安。他问了女孩的名字，知道这里都叫她紫衣。

“一天下来，有多少客人呢？”

“多时，两三位吧，有时一位也没有。还有的时候，是参加集体的节目，不做单独表演的，也不陪客人宵夜。”

“这里总共有多少演员呢？”

“一百二十多人。各地来的孩子都有。但男孩要少些。”

“你几岁开始练习柔术的？”

“三岁。是我父母把我送进练习馆的。”

“是为了生计，才出来的吗？”

“的确有这样的话：学会柔功，天下吃通。这也便是当初父母这样做的理由吧。多挣一些钱，总是好的。但也不尽然。要说明的是，我们也喜欢柔术。有的人想象我们很艰苦很残酷，其实，夸大其词了。”

“可是，为了保持体形，面对山珍海味停杯投箸不能下咽，这对于你们而言，是不是另外一种折磨呢？”

“我们心甘情愿啊。”

“难道，女孩子都是这样的喜欢柔术么？”

“这是一种很适合女孩子性情的职业，正如同水墨花鸟画或者江南丝竹一样。”

江采宁这时忽然想到了古时的秦淮艺妓，想到了柳如是和董小宛，却又觉得怀有这样的念头毕竟是让人不安的，甚至有犯罪感。柔术便是柔术。

女孩子像是看透了男人的心思，微微笑了。

“虽然表演时穿得少一些，但我们当然不是许多男人想象中的那种人。”

“总觉得危险——如果有的客人图谋不轨。”

“其实是很安全的一项职业。客人并不危险。个别情况下，我们中倒有与客人发生那种关系的，但极少极少。那都是没有经过专门培训的野柔。”

“那么，你是正式训练过的，当然就不会与客人有过分的关系了。”不知为什么，江采宁略感失望。

女孩磊落地说：“我不会有的。如果被发现了，就会被解雇。”

又说：“想做那种事，可以去别的地方啊。我说过了，我们的客人，百分之九十九点九都是正人君子，也就是说，是真正的柔迷，他们只是沉醉于用目光触摸我们的躯体。如果双方进行了身体的交流，便会破坏这种世所罕见的美的享受。这是谁也不愿意看到的。”

江采宁感慨不已，不禁滋生了倾慕之情，举杯向女孩敬酒。两人便又碰了杯，微醉的目光中交织着会意之色。男人也觉得，少女比想象中更加的理智和明白，大概，是在这样的场合，见过不少世面的缘故吧。

这时，他又想到柔迷中流传的另一说法：会柔术的女孩子都有很强的自我表现欲。久已有之的一个悬念浮上心间，犹豫片刻，还是大着胆子提了出来：

“可是，自己也会有性的冲动吗？”

一直有这样的传说：女人们通过极度折叠和翻转身体，模仿着性高潮时的姿态，在自我体验中达到情欲的宣泄，正类同于手淫。

“怎么说呢？”女孩却并没有被这样的问题吓住，而是用忽然变得有趣起来的目光看定江采宁。

“也就是说，那些造型，包含着各种性交姿势的可能性吧。柔术模仿了其中一些，或者更准确地说，创造了一些，那是现实中并不存在的。从中，或会体会到超乎寻常的性交的满足吧？”这么说的时候，并没有过性交经验的江采宁，脸庞再度红了。

女孩不说话，又屏息看了江采宁半天，哗地大笑起来，竟有些止不住。江采宁一时很窘。

“虽然也看过三级片，但是，我还没有过那样的经验啊，所以不太明白你说的是什么。”紫衣收住笑，一本正经说。

这一瞬间，江采宁对这个女孩产生了更多的好感。刚才还极想知道的答案，顿时变得没有了意义。他顿然很希望能坐到她的那一边去。

“可以抱你一下吗？”这么想的时候，他便冲动地说，也许是仗着酒力的缘故吧。

话才出口，他更加不安。在柔迷中，这大概是破天荒了，老童他们要是知道了，会怎样呢？如果她喊叫起来，他又该怎么办？

没有想到，她却不惊不慌应允了："可以的。"

他便走过去。轻轻拥着她时，有些过电般颤抖，但又和与女朋友在一起时不同。他的确想体会一下这个。但是，这也是出于研究的目的吗？

那个可以随意曲折并尽心奉承的身体，蜘蛛一样盘绕他，紧紧依贴着，锦云一样。他进而觉得，在他怀中，她会像自来水一样顺着各个关节滑掉，弥浸到每一个细胞里。分明是平常的女人，却使他仿佛又感受到了刚刚分手的女友的亲热。

他便再一次猜疑，女友是否也偷偷习练柔术呢？如此，才不要他了吧。此刻，说不定，她也正在某个旅行团中，甚至会馆里？

片刻之后，紫衣把他推开了。这一推，又与他的女友不一样，柔情万种，却不带色欲。

"这样是不是不太好？"他口吃心跳地坐回原座，惭愧地说。

"我也是第一次。但没有关系的。我第一眼便看出来了，你与他们有着差别。"

"为什么呢？"

"是身为柔术女的第一感啊，没有为什么。"

"后来，你说到 pose 什么的。难道说，很多人需要么？"觉得与柔术女更亲近了，他问出了这个问题。

"不是很多，但有些客人是这样的。"

"一般都定格什么动作呢？"大着胆子，又追问一句。

“不一样，因人而异了。”紫衣这时却露出不好再说下去的神情。似乎涉及的是客人的隐私，而非自己的。江采宁却想，与她的交往还不够深。但只要维持住关系，终究能够套出更多的故事吧。

总之，柔术真是一种不可思议的存在。于是，他说：

“是的，我与他们不同。这是当然的。但又怎么了？因此，这样，或许能够放心地与你做朋友吧？这是我的名片。”

给名片的行为，较之刚才的拥抱，却使少女觉得唐突了，但又有些感动似的，最后是大大方方用双手接了过去。

“我们的时间到了。”她又是抱歉而温婉地一笑，小荷一般站起身。江采宁却有了一种不舍离去的心情，手已经摸向了西服口袋中的钱包。

这时，柔术女伸手撩开窗帘，只见江南金粉之地，一轮明月冉冉当空，无数的画舫上传来袅袅的笙歌。

十一、万国笙歌醉太平

江采宁回到宾馆，看到有的客人回来了，但许多尚未归。也许，还由柔姐柔妹陪着呢吧，只要多给小费，熬通宵也是说不定的。

此时，他极想与人交流一下感受。他实难忘却那叫紫衣的柔术女。但雨洁和小柔都没有回来，别的人，又都搭不上话。

一个人时，便会胡乱臆想：自己是研究者，不是严格意义上的柔迷，不受规则的限制，是否就可以纵情爱上某位柔术女呢？

然而，脑子里又打起架来：紫衣是否真的如看上去那样纯洁温柔呢？那女子的话语中，是否也有谎言的成分呢？在那种场合，她也是看人说话吧，目的还是为赚钱啊。说不定，习会了柔术的女人，大概更具阴暗的蒙蔽性了，是一张陷住男人的罗网。

但他又矛盾了。不，不可以往那方面想。紫衣绝非那种人。有这种想法的，看来不是真正的柔迷啊。这么一来他便十分的羞惭。

不知不觉间，江采宁也在暗暗希望自己成为此道中的正宗者了。这正是旅行所激发的一种微妙的心理转变吧。

他在笔记本上，记下了此夜的感受。

其中，有这样的话语：今天晚上，我对人类的身体，有了另一种特别的感悟，却是很难用言语形容清楚的。

电话响了，是宾馆方面打过来的，问需不需要柔术服务。可以到房间来，在床上表演。一个钟收费六十八元，小费一百元。

“是纯正的柔术，并不掺杂别的什么。”对方生怕客人有顾虑，做出强调。

“不需要了。”江采宁竟有些筋疲力尽的感觉，是一种不比寻常的疲惫，像是人被抽空了。与女朋友交往三年，还没有过云雨的经历，今天的这种感觉，是否便等同于做爱后的反应呢？这是江采宁的生物性直觉。

他却反而亢奋起来，睡不着觉，走到窗前，看到天空中浮着的那轮烟月，并无新旧，家家已是分影婵娟。无尽的思量，皆在此时此地。却见歌舞樽前，繁华镜里，风吹柳花，脂香粉腻满东流，人间万姓，正痴痴仰头看去。他不禁击节叫出一个“好”来。但就在这语音未落之际，他又周身兀地一震，仿佛在寒月之下看到一片白骨，揉揉眼才不见了。

据不完全统计，中国目前活跃着三百六十万柔术艺人，百分之九十是少女，年龄从十二岁到十八岁。再大了，便不好了。但也有一些，坚持干到二十五岁以后的，甚至，也有三十多岁的，那是特例，多是名角。

在民间，作为父母，看到这是一个欣欣向荣的行业，也把孩子自小送去做专业培训。各种柔术学校也兴旺发达起来。

与柔术相关的产业，包括教育、旅游、交通、餐饮、房地产、服饰、器具、纪念品、表演、出版、音像、影视、广告、外经贸等，都获得了大发展。

由于柔术的因素，带动国民经济的增长，据说，至少有一个百分点。

这看上去很是不可思议，却是多少年来，柔迷们一直期盼着的一天。这也正是太平盛世所能呈现的良辰美景吧。

江采宁通过研究了解到，柔术起源于两千多年以前，从那时起就已经开始了商业性的运作。柔术作为表演项目，杂技、马戏逐渐成为其载体。

脱离了杂技、马戏的单独柔术表演，历史上有不少范例，也都取得了可观经济效益，但由于伦理道德的障碍，柔术长期没有取得一个广泛的群众基础，未能进一步发展，尤其是近现代以来没能够搭乘上影视媒体这一传播工具的快车。

但任何一种事物，只要拥有广泛的社会基础和群众基础，就有可能成为一项蓬勃发展的产业，足球、拳击和娱乐都是成功的范例。那么柔术是否会成为新兴产业呢？只需考虑一下，中国的十三亿人当中起码会有一半以上在主观上都愿意接受柔美。这就是柔术成为宏大产业的根基。

之所以长期以来柔迷认为自己只是茫茫人海中的稀有物种，据认为，主要有两方面的原因：一是绝大多数国民根本没有详细接触柔术的机会，只是通过媒体有过偶尔的粗糙印象，这不可能形成一种深入肺腑的观念；二是人性中“羞怯”这一环节对于柔术的欣赏与感悟造成了无形的阻力。绝大多数人不愿意向他人表露与交流，特别是在公众场合，就是因为柔术含有“性”这层挥之不去的底蕴。

但这一切成了过去。如今，柔术艺术已经光明正大走进了中国人民的生活，无穷无尽的柔术资源正在得到大规模的开掘。当然，不仅仅是在中国了，在整个东亚，柔术都变得十分盛行。

目前的障碍在西方。西方人把柔术列入“黑名单”，指认其为摧残妇女儿童身心健康的运动。比如柔术演员为了保持体形必须节食，在训练中可能出现伤病，不能像普通人那样享受生活，等等，这些都经常被西方舆论指责。

但这样的攻击，又仅仅是很表面化的东西。往深了看，便会看到被称作新一轮“妖魔化中国”的浪潮的出现，其中，包藏着颠覆中国的险恶用心。

不出所料，今年，美国牵头在联合国人权大会上首次提出了柔术的提案，与西藏、台湾等问题并列。西方反华势力还积极在中国国内培养他们的代言人，支持各种反柔术组织的发展。这一层，却是小柔和雨洁那天没有提到的。

这是因为处于没落过程中的西方感觉到了重大的威胁吧。比起经济的崛起，比起意识形态的不同，这种阴柔至极的力量，并能随势而曲折应变的可能性，本能就存在于政治的超级结构中了，这才是过去四百年依靠工业文明起家的、带有明显雄性特征的西方文明所真正惧怕的。

因此，不能不说，文明是有性别之分的，在竞争中充满本能的嫉妒和生克。这却不是亨廷顿文明冲突理论中的宗教说和种族说能够诠释的。

在全球化时代，柔术的研究，因而有着重大的政治、社会和外交意义，不仅仅是“去西方中心”的问题，还涉及中华民族的全面复兴，乃至于对于生命和宇宙本质的理解。但这样的重要性，在江采宁最初选择柔术做研究课题时，却是一叶障目，没有看见。

导师是否正是认识到了这个，才决定让江采宁研究柔术的呢？而柔术学在不久的将来肯定会成为北大的一门必修课，这是江采宁的预感。

不过，江采宁此刻也仍然是心不在焉的。那些天下大事，始终烟蒂一样与他无关着。他心中只有紫衣，她那随着滑润盈掌的小乳房一起缓缓游动并若隐若现的月色肉体，把千古的幽思都照亮了。

十二、萧飒尽得风烟情

柔术在二十五年前，还处于边缘而不被关注的位置，但一夜间却大发展了，进而成为一种主流的大众时尚。

可以说，现今的中国正处于一个全民为柔狂的崭新时代。

但究竟为什么会这样呢？这是硕士研究生论文回避不开的问题。

在校园里，江采宁也曾与一位外系的博士做过探讨。博士是学理科的，因此，谈话的内容也别有意趣。

“因为引人注目的首先是肉身，所以不能不考虑与人的机体有关的生物学因素吧。”

“具体怎么说呢？”

“尚不清楚的环境变迁，造成化学或物理因素的改变，进而刺激大脑皮层，在中国人中产生了一种新的嗜好倾向。”

对此，江采宁闻所未闻。

博士又说：“发生在五亿多年前的寒武纪生物大爆发，虽然说起来是更为宏观尺度上的自然界空前巨变，但从突然性和神秘性上说，与今天发生在人类社会中的柔术现象一比，却让人嗅到了相同的气味。进一步说，是生物体中本身便积聚着这样的倾向啊。最为微妙的一星星变化的火种，也就把它点燃和放大了。常常想到，莫不是作为人猿的遗留本性吧？五百万年前，为了在树丛上攀援，身体的灵活性便得到了最充分的拓展。后来下到地面生活后，雌性猿类仍然更多从事与树木有关的采撷。因此，只有具备超常折叠性的身体，才对生存具有意义，也才更有性的吸引力吧，从而增加后代繁衍的机会。而这在崇尚植物饮食主义的东方，则更是保留了其精华。研究表明，亚洲人比起欧洲人和非洲人，更具柔韧性。”

“那么，是返璞归真了。”

“的确，是集体返回到了原始社会的时代。这样一来，中国人就走在了整个人类进步的前面。这个旅程，还在继续。”

“真是有些使人充满难以抑制的憧憬啊。”

“吸引人的是，柔术却不会产生爱情或者色情那样低俗的欲望。它带来的是距离和超越的美感，使人生游弋于爱慕、性欲和艺术之间。从生存竞争的意义上讲，完全纵情于交配，本来就是危险的，在意乱情迷时，可能丧失应对外来攻击的警惕。柔术解决了这个问题。这一边，雌性在认真地用身体表现她生命的真谛；在另一边，雄性既是参与者，同时也是作为观察者而存在着，可以在一侧警觉地随时迎击来自不同方向的挑战，比在床上两人滚成一团，要安全得多。”

“所以说，在许多柔迷看来，柔术是带着最本真的夜行小兽一般的美感，是具有嗅觉和触觉的综合性的、梦一般的想象啊。”江采宁感喟。

“总之，可以定义为一种新型的两性关系，传达出东方式或者中国式的美学价值吧。中国，再次转入一个精神坐标的国度了，也是一个内向审美的国度，或可称作钟情于曲折变化的文化大国吧。这多么的让人激动啊。这便是变革的前夜，永远摆脱了资本的压迫。”

“与当年对女性的崇拜，倾注于三寸金莲，难道不是有共通性么？”

“不，柔术是绝对不能与三寸金莲相提并论的——我可以肯定地这么说。”博士说着，却完全不加以解释。似乎，提出这样的问题，就是不可理喻的。

但江采宁在武汉的柔术一条街看到高跟鞋的展示后，又有些拿不定主意了。柔迷的心理，是书斋里的人们，所无法用逻辑加以透彻分析的。

“我关注的，是柔迷数量的迅速膨胀。这个发展，是非常非常快的。这里面有着中国式群众运动的传统特质。在许多男性主导的产业和领域，都带上阴柔的特征了。我正在研究，如何使柔术成为民族创造力的源泉呢。”

博士这么一说，使江采宁自卑。而他本人的研究，竟如此的无目的和随意，是否终会走向歧途呢？他便听见博士说："总之，中国孩子自小被压抑的个性，通过练习或者观看柔术，得到了开掘。我们才第一次拥有了自由的、属于自己的、可以充分展示的身体。"

在送江采宁离开时，博士又小声说："但是，知道最激动人心的时刻吗？不是观看，而是解剖因病或者意外在青春期死去的柔术女孩的尸体，从中探寻她们的生理构造，寻找艺术的源泉，体味各部分功能的相互和谐和整体的完美。"

"便是像杨将军那样的吗？"

"你怎么知道的？"

博士看样子吓了一跳。

"上世纪三十年代，杨将军作为抗击外敌入侵的游击队司令，战死后，敌军也对他进行了解剖，观察其身体内部的细微结构，重点是胃部，了解他究竟服食了什么精华，才能够如此坚韧，也这么能够伸屈自如。这个解剖的过程，便使人嗅到了柔术的气味。"江采宁像是内行地说，却无法掩饰内心的怯懦和慌张。

战争时期铁人般的杨将军，与和平时代表演柔术的稚嫩少女，跨越时空，构成了同一的阴阳结合体，这样的一种美，更加让人难以自抑了。江采宁无意间说出了博士一直深藏在意识深处的感觉，这大概便是使后者大惊失色的原因吧。

博士也是柔迷。他讲述的内容，有一些，并不为江采宁真正理解，但是，却也从许多方面打动了他的心。

最后，博士勉励江采宁说："为着东方的复兴而干起来吧！这个世界，今后要发生什么变化，都是无法预知的。所以，要抓紧当下啊。"

"那么，中国会就此回到母系氏族社会吗？"

在台上的，毕竟都是女人啊。这正仿佛营造出一种象征或隐喻。

“事实上，自七十年代末开始，不，要算到六十年代中期，噢，再推远一些，自十九世纪末的晚清，便出现了阴盛阳衰的趋势。国运总是与女人相联系，在台上出尽风头的，也总是女人。但至于说到母系社会，这却像是十月怀胎的一种过程吧，还要经历顺产或者难产的苦痛。胎死腹中，也还很难说。不过，作为男人，面对这样的可能性，却是无比的心驰神往啊。必须提前做好准备！”

但是，研究者是否会自我堕化为被研究者的一员呢？这正如梦蝶一般的事实。江采宁再一次感到迷惑了。如果成为这样的人，是否会影响到研究的公正性呢？当时，他暗下决心，不能向博士学习，但在经历了柔术观光之旅后，这种想法，却又动摇了。

十三、贪看年少信船流

美妙的旅程继续延伸。每来到一座城市，都如同踏入了一朵祥云，往往要待上两三天，游山玩水，性情也由此得到陶冶。而一以贯之的主题柔术，恰是点睛之笔，也如注入生命的灵魂。

每至一处，无论是在扬州的瘦西湖，还是在苏州的虎丘园，都能欣赏到风味独特的一流演出，让大家乐不思蜀。

尤其要提到的是桂林，游客们被安排泛舟漓江，在船上观看柔术表演。却不是铁质的大船，而是一叶扁木轻舟，上面仅载三五男人。女孩便在船头翻转，口中咬着一盏橘灯。纵眼看去，整条江上，便是灯火点点。微微的水声，映衬出漆黑而秀美的山峰。江采宁仿佛看到了夜间小兽潜出，弄出引诱异性的阵阵动静。

男人的心与扁舟一齐摇曳，少女们的身躯却与船儿合为一体，仿佛又是一群水蛇，从梦的窍穴深处游出来，而这蛇又是被异性的看客们还原的。

刹那间，自然界的背景都大海一般深不可测起来，无形的漓江水一次次漫过少女们的长长黑发，剩下的，只有脸蛋、纱巾以及看客们暧昧的目光了。她们在天地间一层层褪下黑夜的皮肤，却又不让男人们看个仔细明白。

江采宁想，这幽柔无骨的山水，千万年来便为这一天储存着了，柔术的灵感，早就蕴藏在天地山川的肌理之中。这却是生为中国人的幸运。

而他们再也没有遇上让人扫兴的抗议者。那些人毕竟是少数，终究只能躲在黑暗里，自我裸露肮脏而不能示人的心理。

在旅行的途中，除了研究男人，江采宁也十分注意观察团队中几位女性的表现。他发现，在看演出时，她们的兴奋度时常竟会超越男人。

大概，这是因为，她们自己便是能够进行深度表演的人吧，其身体的曲折度，天生超过男性。她们虽然没有幸运地成为正式的演出者，却对柔术满怀更加带有直觉似的喜爱。

江采宁有时在一旁偷听她们叽叽喳喳聊天，自述洋溢着儿女情怀的经历与感受，觉得又紧张又有趣。

一个女孩说："我有先天性心脏病，可我喜欢软功术，我练的时候心脏会'扑通、扑通'狂跳不停，这时按住我的胸脯，你们会吓坏的，可我不怕。女孩子身子软软的多好。爸爸妈妈不知道，他们要看见我把腿放到头上的样子一定会吓呆。可能是我从小有心脏病吧，我的骨骼一向比别的女孩子软，而且我不能做剧烈运动，练软功成了我的爱好。我有些瘦，老童和小柔说我练习时有畸形的感觉，所以我不喜欢让太多的人知道。听说练软功可以使身材更好，是吗？哪位姐姐能告诉我吗？女孩子练柔术时是最美的吗？”

另一位说：“我妈妈现在还管我，不过本小姐十八岁了，有的事自己喜欢就干嘛。我认为软功使我天生的柔性更加发挥了出来。偷偷告诉你们吧，我已经可以在床上把自己的双腿从后方全扳过来，从后面看自己的一双小脚真有意思！我是偷着练的，每次躺在柔软的床上扳腿，把头贴着腚时，我都又紧张又兴奋，这时我喜欢用右手摸自己突出的肋骨，感觉胸口心脏‘咚咚’跳，好像要蹦出来一样，只是出气有点难，但为了爱好就不顾了。我的骨头软得自己都害怕，在我这样大的女孩子中也没比过我的，可我喜欢这感觉。我有点内向，再加上学习紧张，朋友不多，每次利用假期做柔术旅行，才是我最愉快的时候。”

下一位紧接上来：“我在练习柔术的时候，无论是高难度的 chest stand，还是 oversplit，或者是双手后扳腿，都有一种感觉，就是意识似乎与身体分开了，悄悄游离到了自己的身体以外。回头再来看自己的肢体，这也许就是雨洁所说的‘融化了’的感受吧。”

又一位说：“记得我十三岁时看到画报上有咬花的图片，我的心被震撼了，啊！原来女孩的身体可以变得这么美啊！以后便一发不可收拾，不管干什么只要一有空就下两下腰，当时我班的体育老师是女的，她看到我这么喜欢下腰，就问我为什么。我就把缘由一说，她也很赞同，又问我长大后想干什么，我说想当柔术演员。于是体育老师成了我最早的教练。三年的初中生活，老师给了我很大帮助，再加上自己的努力，十六岁时我的腰功已经很不错了。做头在两腿之间肩部紧贴臀部的动作，已经格外轻松。可命运就是捉弄人，高中毕业时我本想进一步追寻我的梦想，但父母就是不同意，他们非要我报考财政学院。因为他们一辈子都是财务干部。哎！没办法！可身子是我自己的，我爱干嘛就干嘛！从此我一边学习一边更加刻苦训练。学校每年举办联欢晚会，我的柔术表演是必上的节目！大学毕业了，我也找到了知心爱人。他非常支持我的爱好，有了他的帮助，我的柔术又上了一层楼。以前我顶多是头部紧贴臀部，现在我甚至可以用嘴咬屁股了，还可以把臀部移到头部的一边，然后把腿伸直下降，直到臀部沾地。就是在怀孕时我也没疏于劈叉，这给我以后的顺利生产带来莫大的帮助！”

但是，尽管是从女子口中表露出来的真实感受，这又毕竟是太过业余的东西，在江采宁看来，却又不能引发如同观赏专业舞台表演时那样强烈的情绪。

有几次，江采宁也试着与她们搭上话，说不出五句，竟又变得十分的无聊了，毫无与紫衣交谈时那种意趣，或她们自己在一起谈话时的那番自在。得到的信息，也单调而重复，对于研究没有太大价值。

因此，对于女人，或许只能直接去倾听其身体的语言了。

不过，女人们的存在，仍然打破了柔术完全以取悦男性为目的的假说。至少，江采宁观察到，在女性角色为主体的柔术节目中，女观众也看得津津有味，她们的投入与迷恋，毫不逊色于男伴。

他也注意到，在个性化服务的时候，也有专为女性设置的专场，由清一色的男演员出演。

由此又想到一个问题，男性的柔，美在哪里呢？

柔迷们中，有一些男性，本身是练习软功的，比如小柔和雨洁。

而演出中，多少也有男性的参与，或是单人，或是与女人搭档。

但大多数男性柔迷认为，看男子表演，很少感到美的。

不过，也许要到女性专场去，才能体会到其独特的韵味吧。

因此，在到达南宁时，江采宁便找了个机会，结伴与女人们一道去看专场。结果却吃惊地发现，并不仅有自己一位，也有别的两三位男人到场。大家会心地点点头，算是打了招呼。女柔迷们却似乎也习惯了男观众的在场。

在江采宁的这次体验中，一共有三位男艺人轮流上场献艺。由于是近距离的表演，男性的那种气息扑面而来，有点像是进入了动物园的狮虎山。

他们是十七八岁的年纪，本是在校园里读书的时候，此时却赤裸上身，贴身穿好白色的三角泳裤，并充分展示发达的胸肌、臀肌、腿肌和臂肌，一片花岗岩样的光影，刺得江采宁会下意识地试图逃避开目光。他也注意到，男孩子们虽然身体大部裸露，却并不赤脚，都穿着透明的乳色长统丝袜。在表演刚开始时，江采宁甚至感到了恐惧和难堪，随着演出的推进，才慢慢镇定并习惯下来。

整个过程中，他认为自己并不是在欣赏其美，而是担心着，动作大的时候，男人的那个地方，会顶着紧紧的衬裤向上突出。感觉上会很难看，却又不知怎么搞的，暗暗期盼那种情况的出现。

结果是，在两腿分开时，或者前后折叠时，那里果真出现了明显的变化，有些像是不安分的小老鼠。江采宁这才充满遗憾地踏实下来。

他条件反射地看了一眼女观众，见她们目不转睛，嘴唇咬出血来。

他想，年轻男子这时的样子的确很难看，但是，却又说不出地拥有一种让人心颤的魔力。

江采宁自己的那个部位，似乎也出现了微微的反应。

随后，还有一个男艺人，单脚站在同伴的头顶进行表演。下面的男艺人在痛苦中忍耐的表情，引来女观众的一片掌声。

江采宁猜想，对于女人们来讲，这正是销魂的一夜了。它是最美妙的，胜过了真刀实枪的性爱。

但这又仅仅是男性的猜度，女人内心真正的反应，却需要她们自己来道出。但是，即便是面对同床共枕的男人，她们大概也不会轻易说出近距离观赏并非全裸却可以充分折叠的年轻男性肉体时的真实感受吧？那是她们准备带入坟墓中的最珍贵秘密。的确，通常情况下，能够在柔迷杂志和网上公布出来的女人的观感，基本上是技术层面的。

所以，男性柔术的魅力，究竟在哪里呢？这却是一个更大的谜。柔术的美，也便更加的富于多释性了。

而这些女性观众，将来，也会结婚吗？与她们一起生活，会否更加温存呢？至此，江采宁感到，他因为与女友分手而引起的苦闷，已经消淡了许多。

有时，江采宁也想着试图找个男演员聊一聊。或许，会有新的收获，从而完整破解柔术的奥秘。但至少在此行中，却一直没有获得机会。但更主要是自己的心态没有摆正吧，觉得与一位男演员那么面对面坐着，会很别扭。如果那天没有看过他们的表演，恐怕要好多了。

十四、入云深处亦沾衣

在余下的旅行中，江采宁也会常常心血来潮想到紫衣。

估计她不接客的时候，他也与那女子通过几次电话。

有时，她仿佛正在百无聊赖中，接到江采宁的电话，显露出高兴的样子。大概，知他并不是真正的柔迷，说话也就放得开了一些。

“现在没有客人吧？”他总是这么开头。

“哎呀，你这位客人真有意思啊，倒挺关心人的。”

原来，很少有柔迷在观看表演后，还与艺人联系的。他们大都害怕口舌制造出的交谈会破坏游弋在目光中的美感。

但江采宁每次与紫衣谈到的，又大多是专业性的内容，而没有了那夜的情趣挑逗。兴许，是因为在电话中完全看不到女人身体的缘故吧。

美便更加地留存于想象中了。

有一次，他们谈到了柔术的危险性。

“总是说到它危险，那么，是不是真的很危险呢？”他问。

“是的，这的确是一个看上去充满危险的项目。不过，练习技巧和竞技体操也会受伤，即使有最好的指导教练和防备措施。所有的比赛运动都会有肌肉拉伤，以及擦伤，这取决于参与者有多么的冒险，以及有多么的努力去拼竞赛。然而，柔术运动在接触地面并且动作缓慢的前提下，受伤风险比大多数体育项目低得多。对我们来说，用脚碰头就像一般人向前触摸脚趾。所以这非但不危险，反倒是有利健康。人人都应该为了健康，根据个人的情况来尽量伸展自己。”

“你说得确实很有道理。可是，人为什么能这么柔呢？”

“人本身就很柔啊。有些人不知道自己有多么柔软，就因为他们从来没有试过。他们觉得因为不能把自己的手指向后掰，所以自己也不可能做到劈叉。或者因为不能向前弯曲很多，就相信自己也不可能向后弯曲很多。”

“倒也是，我听到过一些关于年轻柔迷的故事，说他们第一次就能靠慢慢滑动做到舒服的完整劈叉。”

“其实，人的各个部分关节的柔韧性都是独立的。你注意到，刚刚入道的柔术女只擅长一个方向的弯曲，向前或者向后。而某些人则偏好用某一条腿做劈叉。可能你要到了晚些时候才会获得自然的柔韧性。这么说吧，女孩在九至十二岁时最柔软，但这只是平均来说，而且取决于测试的关节。男孩则要在几年以后。”

“那么，真是一个顺其自然、合乎本性的运动，而没有危险了。”

“当然也不尽然。拉伤和脱臼的现象是存在的。也有伤了脊椎而半身不遂的。但那是少数。几乎没有丧命的危险。”

江采宁不禁有些失望。这是对于一个不存在危险的世界，所产生的男性气质的失望。他不禁后悔与紫衣通这电话。

才知道，自己说不定是在暗暗倾向于相信反柔抗议者描绘的那一幕。

以己度人，男柔迷们渴望着的，不就是极度危险吗？也就是口叼鲜花支撑整个身体、单脚站立在同伴小臂上、在高空中完成躯干对折的那样的危险，由于不系保险带，时时都有发生坠落的意外，以至于命悬发丝。这才是比紫衣随口一说劈叉什么的要更为本质的真实吧？

忽然，江采宁的脑海中噌地浮出一把手术刀，凭空对准安静的女性尸体，颤抖着切了下去。捏手术刀的手却根本看不见，除了刀子在有灵般行走，只是一片虚空的黑色笼罩，不过，闪亮而透明的尸体却为刀气所激发，复活了起来，柔嫩的脏器都折叠而翻转，形成了奇妙大千世界的种种造型，是任何一位画家和雕塑家都不能创作出的。

在想象和幻觉中，他也看到女人们从腰部开始折断，发出青青翠竹绷裂的声音。腹部剖开，内脏像气球般一堆堆滚落出来，丰盛地铺满表演的舞台。但就算是在这样的情况下，女人余下的身体仍然蛇一样尽兴扭动。

如果能够通过大脑的努力而看到这些，才算得上是正常的中国男人吧。江采宁思忖。

十三亿国民，在不久的将来，大概也都会具备欣赏这样的美的意识吧。怀着如此的心态去执掌某个部门，甚至治理国家，会是怎样的呢？还是相反，是国家培养了这样的心态吧？

江采宁不禁想到了张旭的诗句：纵使晴明无雨色，入云深处亦沾衣。

尽管光天化日之下并没有见着危险的实际存在，但是，却分明进入无处不是危险的幽昧之境了。

忽然，他从幻觉中醒转，才满头大汗觉出自己的不对劲：我可是带着学术研究的目的来的，与他们不一样啊。然而，他又确乎如同溺水者一般挣扎不出来了。

十五、天生丽质难自弃

次日，旅行团到达昆明。休整一天，观赏了当地的演出，然后去距省城一百七十公里的兴平县。那正是中国著名的柔术表演家小知了的故乡。

汽车沿高速公路而行，两旁风光无限。南国气温渐高，人们都脱掉外衣。就是在这样的地方，成长起了一代柔术名家。

天上云彩的流动，也缓慢了许多，似乎存在重力场造成的时空弯曲。使人感到，小知了的魂灵，仍在庇护这里的一切。

进入兴平县城区，十字路口便有高大的城雕，是以小知了的一个著名柔术造型为蓝本做的。车停下来，大家纷纷在雕塑前拍照。

基座上镌有她的简历。从上面，江采宁只记住了这样的年代：小知了生于一九八六年，殁于二〇二二年。

进城后，首先是参观故居及展览馆。大屏幕上，不断播放小知了当年表演的录像，那是一个动静得当、伸缩自如的人体，如同超越死亡和生命而颤动在实在与虚无之间的飞蛾。这却是男人的刚健磅礴望尘莫及的。

江采宁可以理解参观者们奉若神明的目光了。这便是由《洛神赋》描绘的那般由女神完全统治着的世界，而男人只能在梦境中酝酿着渴望。

还有更多的她的事迹介绍。

小知了曾自述其幼时练功的感受：每天五班倒，从早上六时，一直练到晚上九时。压腿和劈叉痛得像蚂蚁钻心爬，浑身如针刺，又痒得起鸡皮疙瘩。便只好忍着不哭。有时，却也恨不得纵火把练功房烧了。

她四岁开始练功，六岁登台表演，最后，创下一项纪录：演到三十六岁，肢体却一天天更加柔软自如。据说，演出时，甚至都看不到她的身体的存在了。如果不是后来因车祸去世，她可以达到何等的化境呢？

在人生的大部分时间里，小知了都是作为中国柔术的象征而存在着的。在整个东亚地区，小知了拥有空前的号召力。

她一生没有结婚，据公开的报道，也不曾有过异性伴侣。可以说，她把全部的青春，都献给了柔术。

难道，她也是通过身体的自我抚慰，实现了性的满足么？

在这样的神圣场合，对于如此的揣度，江采宁却又感到自惭。

小知了积聚了大量财富，这里面有来自中国香港、新加坡和日本富豪的馈赠。她却过着朴素简单的生活。她平时乐善好施，为贫困地区捐赠了大笔款项，还建立了国内第一个柔术发展基金。

江采宁目不转睛注视小知了的照片。这是早期的柔术女了，容貌不算漂亮，只谈得上五官清秀，个头偏于矮小，不是他喜欢的那种当代类型。他一时觉得她的个人生活，真的是一个巨大谜团。这么想着，忽然间，对紫衣的兴趣，便有些消减了。

小知了足迹遍于东亚，但她的心却一直在兴平县，每年都要回来看一看。兴平县能有今天，与她是分不开的。

有这样的典型事例：兴平县在与相邻的某地级市争夺一笔外商的大额投资时，小知了及时中止了在国外的演出，赶回兴平县，为那位喜欢柔术的外商，进行了一对一的专场表演。演出结束后，外商便立即决定在兴平县设厂。据说，当时，竞争对手也请来一位著名的柔术演员取悦外商，却未能成功。结果是，那位艺人在重重压力下自杀了。

更重要的是，在民间，一直都有着一个美好的传说，称小知了与“首长”有着不同寻常的亲密关系。

最早可以追溯到小知了十一岁那年，“首长”来视察，小知了即为他表演了叼花。随着小知了日渐长成，她每年都要被抽调到昆明乃至北京做专场表演。

虽然事情最终进行到了哪一步，谁也无法证实，但老百姓都深信这个故事，传颂这个故事，却也是一种让人感动得落泪的朴素而伟大的民族心理。

兴平县似乎也不愿意否认这个。事实上，该县总是能够获得比其他县更多的资金和项目，而且，领导的升迁，通常是很快的。曾经的县委书记，短短的时间里，如今已跃上省委常委的宝座。这与他一手抓经济、一手抓柔术的政绩不无关系。

没想到，一位柔术女艺人，使一个地区的政治经济社会文化发生了如此的巨变。江采宁想，的确，这是母系社会莅临的兆象了。怪不得，导师会一口答应将柔术作为研究课题。他会不会也是一位深藏不露的柔迷呢？

但小知了的实践又表明，这却绝不仅仅是通过身体，去实现一个普通女人的理想并征服世界那么简单，从根本上讲，这却是事关宇宙运程的神秘事件。除了顺势而为，她其实并没有努力做过什么。

江采宁想，女人所展现的，无非是她单纯而无力的生命本身，与自然界中的一只飞蛾并无任何不同。

在一个很大的册子上，记录着来访的海内外柔迷的留言，其中一些人，以诗的形式表达了对小知了的景仰。下面这样的语句，引起了江采宁的兴趣："您练就一身的柔术，却使我们硬到底／不像肋骨在我们体内，能恕罪、得救／不像一株蔓，牵引着鸟和它定时而归的幸福／灾难已降临，我们在蓝羽的微微的血浸中就看到了。"还有如下的描述："您树叶的身体、火焰的针舌／被一张圆桌牢牢锁住。"

通过看似笨拙却具有独创性的奇异文字，柔迷们传达出了逻辑性的话语所不能表达的潜意识深处的真情实感，也就是那冰山水下部分令人震撼的极其微妙的基座。

对于研究柔迷的内心世界而言，诗也就似乎显得有着超乎寻常的特殊价值了。

更重要的是，从这些作品中，江采宁触摸到了自己心灵的悸动。柔术，最终把研究者本人也深深感染了，使他无法把握好界限。在校园中业已垃圾一样丢弃掉的生命，也仿佛捡回来了大半。

需要强调的是，诗是发自肺腑的，这却难得。而这正是柔术文化的基础，为二十世纪末期以来已经僵死的文学吹入了复苏的灵魂。如今，这不仅成了通俗文学的一大门类，与科幻、侦探和言情并列，而且还进入主流文艺的领域，带动出版业、影视业、美术业和摄影业的不断繁荣。

十六、人生如此自可乐

因为是来自首善之区的柔迷，江采宁一行受到了当地同好的关注和款待，被安排参加了一系列的交流活动。

除了宴请、座谈，便是到当地的柔术俱乐部参观。客人们吃惊地发现，尽管是一个县级俱乐部，其气派竟超过了北京的同类场所。据说，场馆中可以同时容纳三千人练习。

参观毕，举行联欢，双方都出了节目，这也便是爱好者们的肢体对话了，一般而言，是旅行活动中不可缺少的项目。

地方柔迷的表演给江采宁留下了深刻印象，尤其是，见到一位六十六岁的妇人，把自己的身体弯曲成了接近完美的一个圆球。这时候，不仅有老头子在一边看得流出口水，也有小伙子拍红巴掌。婆婆在大家的鼓励下，便更加的专心用力了，一边还侧头偷偷露出羞涩的姑娘似的笑。

江采宁十分的惊诧。他想，如此看来，世界上还有什么不可能由中国人办到的事情呢？

北京的客人们，因为来到了小知了的故乡，无不怀有恭敬的心情，因此，又必定要倾尽全力展示自己的绝技，以取悦同好，又暗含比试之意。

团队中功夫最高的成员们，都逐一上场，其技艺引发阵阵掌声。其中一位三十多岁的女性更是了得，能把身子转上三百六十度，也就是把臀部移到头部的一边，然后把腿从前边再转到后边然后伸直。这引起一片惊叹。她也十分得意，在表演结束后说：

“柔术其实不难，我只是把爱好融入到了日常生活中。比方说洗澡，我就用肩部去蹭腰眼部位的尘垢，其他的地方就更不用说了。每当喝水吃饭，也采取拱身翻腰的姿势。在生活中只要能用上柔术，我就都用上。只要像我一样，那么任何人的柔功都会突飞猛进的！我可以毫不掩饰地说，小知了的那些造型对我来说是小菜一碟。就像系鞋带一样，没有什么了不起的！”

老童等几个人，刚才还一直含笑点头，但在听到后面几句时，都变了面色。兴平县的柔迷们露出愕然的表情。刚才还很好的气氛，顿时有些紧张了。

老童急忙示意女人下台，自己上前，说了好话，打起圆场。

然后，宣布表演结束。一直看上去像是跃跃欲试的小柔最终没有轮上机会，见了人便深深叹息。江采宁却松了一口气。

随后是北京客人做东，回请兴平县柔迷。众人喝得多了一些。大家不再拘束，又和气并热闹成一团，现场便呈现了天下柔迷是一家的动人场面。

十七、春蚕到死丝方尽

晚上，又看柔术表演。这却是此行的高潮。

因为，据说，可以看到复活的小知了本人。

当然，也都知道，其实是利用无性繁殖技术，复制出来的小知了。与真正的小知了复活，还是有所区别的。

这样的一件大事，得到了国家的特许。只有兴平县的小知了，可以破例被复制，成为克隆人。这也说明，她的身份，的确不同寻常。

据说，如今，已总共复制了五十六名小知了。从小，便培养她们练习柔功，要达到完全的形神俱似。

“以前，也在别地方看到过，但总不像现在是在她的家乡，来劲啊。”雨洁啪啪地咂着嘴，就像小孩子吃到一根盼望已久的巧克力雪糕。

令江采宁有些意外的是，正式表演时，演员穿的是较为宽松的民族服装，因此并不特别性感。但是，浑身上下却传递出一种非人类的气质，整个演出，倒像是发生在取消了大气层介质的外太空，静滞得让人心头发慌，使肺中的气息，有出无进。

表演的是传统节目《春蚕》，取“春蚕到死丝方尽，蜡炬成灰泪始干”之意。

这是柔迷们看过不知多少遍的节目，但是，由复制的小知了表演出来，是别样的气韵生动。一节节的细蚕，仿佛深深钻进了每个人的骨缝，在那里密集攒动，令人生也不是，死也不是了。

柔迷们仿佛回到了那个柔术如竹笋破土而出的新生时代，而不像今天这样一切烂熟得反倒使人有些懒倦。

注视着身体极度柔软的小知了的复制品，江采宁一下有些怀疑，这是否是做了基因改造的新人类呢？

好像钻桶节目一样，腰身极柔软的演员身穿雪白的衣裳，先做各种柔术动作，之后，反折腰身，先是头和小腿钻进桶内，而后渐渐蜷缩，像无骨的春蚕挤进茧内，在里面蠕动着吐丝，再从另一端爬出，化为飞蛾。

随后，又重复了生命的轮回，飞蛾产卵育化出新蚕，蚕儿再次吹吐丝雨。这次，却将自己困在一张朦胧的尼龙网里，做殊死的缠绵。随着网罟的抽紧，蚕的身体被挤压，变得晶莹剔透，又如同冰刀在剜割男人的心头肉。

这样的实景，倒是与录像上的小知了，没有什么区别，复活兴许就是这样的简单。

因为，到底是用身体来说话的啊。

江采宁不禁想象着同样身为男人的首长，暂且把政经大事抛之脑后，天真的孩子一般坐在演出大厅，与民同乐，聚精会神观看小知了表演。他不禁竟深怀感动和悲悯。

的确，如果不是这样，这么广大的地域和如此众多的人口，又怎么能够有效治理呢？

这时，他转过头，看见同行者也都是元神出窍的形状。忽然，发现老童的右手正在黑暗中解开裤子，又探了进去，在裆部缓缓摩搓、抽动。

他连忙掉过头，装作什么也没有看见。这是此行中第一次，也是唯一的一次。他绝不想看见第二次。

不觉间，江采宁下身的器官，也不由自主抬起头来。

他忍不住又往老童那边看了一眼，见老童也在看他。两人目光一碰，便同极的磁石相遇般荡开了。至于老童的脸是否红了，却看不出。

他心口怦怦跳，急忙专心去看台上的表演，却再也看不进去。因为，那里其实是什么也没有的，蚕啊，丝啊，茧啊，蛾啊，乃至连舞台本身，都消失了。留存下来的仅是一道不明来历的白光。

十八、玉人何处教吹箫

众人坐大巴回宾馆，一路上十分兴奋，谈笑不停。

却没有注意到，车上多了几个陌生人。似乎，连司机也换了。

只是江采宁，不知为什么，有一种不好的预感。是因为看到了不该看的，还是见着小知了在观众面前意外消失掉，而致使世界变成一片虚空呢？

他却不敢出声，害怕别人发现自己的忐忑。身处柔迷中间，那样的话，就太失态了。老童也默然无语。

汽车沉寂地往前开，路途似乎比来时要漫长。大家才渐渐有些不安，却不知说什么好。最后，等到众人发现到达的目的地是一个废弃的工地而非下榻的宾馆时，才明白大事不妙。

劫持者是当地的反柔术地下组织，他们的目标其实是江采宁。

他们早已探知出，江采宁是这个旅行团中唯一的学术专家，是抱着研究柔术的目的而来的北京大学硕士。他们要求江采宁写出一篇文章，题目是:《罪恶的柔术》。内容要突出: 只有最枯燥乏味的生活才需要这种人体变形的艺术来刺激它的胃口，这种变态的审美口味与中华民族的生存艰难有关。在这片国土上，没有生活出路的人们只有通过自残身体以创造肉体的超常形式才能博得一点赏赐，而被生活折磨得“缺乏神经”的百姓也只有在他人的痛苦中才能得到某种安慰或新奇感。

绑匪们希望，这应该是一篇具有较高学术价值的报告，有深入的调查研究和精辟的理论总结，兼及个人的体验、观感和认识。这样一篇文章，对于反柔术组织来讲，可以派上很多的用场。江采宁是写作的最佳人选。

江采宁当场表示，他写不了。

这个时候，他才觉得，经过几天的相处，自己已经和柔迷们心意相通。看起来，他最终是无法拒绝成为他们中一员的诱惑了，而现在正是考验的关头。

何况，他还是一位真正的研究者。为了学术的声誉，为了人格的尊严，为了导师的资助，他也是绝对不能答应绑匪的要求的。

更何况，他江采宁还是一位坚定的爱国者呢。他此刻趋于相信，绑匪们一定是拿了美国人的钱的，或至少从网上得到了美国人的指示。

他于是在心中暗笑反柔术组织的愚蠢。即便写出这样的文章，又有哪一个正常的中国人会相信呢？他们疯了。而这正是生活在古典时代阴影中的人们走投无路的写照啊。

绑匪拿着刀棍，驱赶大家往工地深处走。这废弃之地，竟有了飘零宫殿、凄凉华表的感觉，不知当初设计时是多么的宏伟壮观。一行人来到一处地下室。北京人没有经过这个阵仗，皆吓得不敢作声。只有老童说："请你们理智一些。有什么，好商量嘛。我们北方人通情达理。"小柔则委屈地叫起来："难道，你们就不具备一点点美感吗？"脸上立时挨了一巴掌。

打人的绑匪是一个伤疤脸，像是头目，并不恼怒，只是嘻笑着打量众柔迷。他听了小柔的话，便好奇地问："可是，柔术的美到底是怎样的呢？"

小柔没有想到绑匪这么问，愣了一愣，便口若悬河讲了起来。他从柔术的过去讲到柔术的未来，从开天辟地讲到宇宙热寂，众绑匪都听傻了。

"口说无凭啊，能否为我们现场表演一下呢？我们可都是柔盲呢。"年约四十岁的绑匪头目像是灵机一动，又道。

说不出来为什么，这样的语调中罩有一层浓郁的阴森。大家听了，浑身发冷，都不吱声了。

"怎么样嘛？这不是你们最喜欢做的事情吗？我这给你们机会了。要不，你先来？"头目一指小柔。

众人又在心里打个寒战，忧心如焚去看小柔，只见小柔的身体在发抖。但老头儿毕竟是见过世面的，随即镇定下来，一扬下巴，便说："表演就表演，咋的了？正好让你们开开眼界！"

江采宁的心，又悬在嗓子眼了。他死死盯着小柔的腹部，见那里多余的赘肉顶紧了外衣。他用余光注意到雨洁也在看。

“那么，就请宽衣吧。”头目说。

“你说什么？”

“叫你脱掉身上所有的衣服！”

“可笑，外行。”小柔鄙夷地冷笑一声。“柔术表演是不脱衣服的。”

“你眼中还有没有观众？”

头目的话语，分明很不祥。小柔的身体抖得更厉害了。

“怎么样嘛。”头目把头凑向小柔，用食指和中指轻轻挠他的耳垂，娇媚地说，一点也没有逼迫的意思。

这柔美得像是棉花的声音，使江采宁感受到一种表演般的虚虚实实，于是怀疑，头目早年间，说不定也是一位超级柔迷呢——而现在的这些柔迷，将来有一天，会不会统统也要成为匪徒呢？这似乎是肯定的，而那位与小知了有过暧昧关系的“首长”，便是这帮匪徒的后台吧。

这么一想，他便气定神闲下来，像看柔术节目一样，进入状态。

说来也怪，绑匪的话语也使小柔像被催眠了，他感激地看了头目一眼，仿佛忽然之间发现对方便是自己的同类。然后，便偶人一般，有序地解下外衣，又脱掉内衣内裤，最后，赤身裸体了。

这是三月底，白天的气温很高，到了晚上，却又有几分清冷。就在这样的时刻，小柔开始在一块水泥预制板上做下腰的动作。紫色而萎缩的生殖器一不经意便嗖地滑坠出来，而腰部的肥肉也都争先恐后往外凸挤。小柔竟然够不到地了。

老童痛苦地闭上眼睛，大家也都难堪地转过身去。小柔的柔软度一点也不像他自诩的那样，美好的诺言泡沫般破灭了。

“你们怎么啦？都回过头来，给我认真看着他！”绑匪头目拎着耳朵，把一个孩子的脸蛋扭向小柔。

大家的目光，才勉强转了过来，极不忍心地去看小柔的表演。

小柔艰难而悲壮地试图完成他的节目，变成了一团扭曲的肉在翻动，像是球状粪便。江采宁看见小柔染过的黑发中，支棱出一丛刺眼的白毛，不禁一阵恶心。这时，他感到的是一种叶公好龙似的卑鄙。

“原来，这样子的，就是柔术了啊。这回可开眼了。”头目鼓了一下掌，满脸不屑地笑了。众绑匪也都哄地嘲笑起来。

“我看，还是让人帮帮忙吧。”看着小柔费力的模样，头目又怜悯地说。

他宽厚地一挥手，便有两个绑匪走上前，去扳小柔的腿，到了一定角度，猛地一使劲，老头儿惨叫一声，腿往前折去，啪的一声，便断了。

大家“啊呀”叫起来，只有雨洁扑哧要笑，却又竭力忍住。

“这才是真正的柔术么。”看着小柔的大腿这回可以在外人的帮助下绳索一样顺利地搭上脑袋了，头目仿佛才感到心满意足。

“怎么样，现在，你愿意写了吧？”他又慈祥地走到江采宁的面前。

江采宁还是摇头。对于小柔的丑态，他心底很失望。

“那么，咱们继续吧。”头目悻然，指着老童：“这回，你。”

老童看了一眼江采宁，露出绝望的目光，那个督察员的神态，已然消失了。见江采宁没有反应，他也迟疑着脱下衣服。

老童像是要替小柔雪耻似的，专心致志做起来。以前，没有人见他做过。比起小柔，毕竟年轻十几岁，他的柔软度，比小柔要好得多，不管是大劈叉、一字腿还是腰背折叠，都中规中矩，连匪徒都看呆了。

江采宁才打起精神。

“这夫子倒是不错，不过，可以用嘴去咬那玩意儿吗？听说，不是有叼花这样的一个经典节目吗？”

老童停下，困惑地，绯红着脸去看头目。

“嗳，我说的，难道没有听见吗？”头目吼叫。

这时，江采宁想到的，是老童把手插在裤子里的一幕。他看到老童在拼命摇头，倒像是吃着自己种下的一颗苦果。

“难道，连这个也还需要我们来帮助你吗？那么大的人了，羞也不羞。”头目又做作地显露出一副百思不得其解的表情。

老童求援似的抬起头，目光与江采宁镇定的眼神一下交接了。像被捅了一刀，老童哇的一声哭了，声音极尖极细，出人意料。江采宁忍不住要去捂耳朵。

四周安静了下来。谁也不说话，只怔怔地看着老童，连绑匪也不动了。老童独自哭了一小会儿，才用手背抹抹泪，便开始前倾下巴，朝下方慢慢弯过身子，天鹅一般，最后真的一口噙住了生殖器。大家分明看到，奇怪的是，那东西在老童的口中竟然逐渐长大了。

“好！”

不仅是匪徒在这么呼喊，分明还有几个年轻的柔迷在低声咆哮，其中，包括了雨洁，以及四位女柔迷。江采宁咬住嘴唇不作声，心想，老童原来是这样的人。

“吮吸它！”头目又下达指示，连他也仿佛有些激动了。

老童喉管深处蝉似的颤鸣了一声，仿佛也是个“好”字，便不顾一切开始大口吮吸。

大家都紧张而羡慕地不眨眼看着。老童闪亮的秃头冲着众人，活像一个刚刚擦拭干净的民间铜盆。过了很久，才有乳白色的东西汩汩从老童啪嗒的唇间冒涌出来，濡湿并弄花了老童的一张马脸。匪徒都开心笑了。

“他及格了。下去吧。”

听了头目的话，老童像是有些舍不得似的缓缓吐出器官，又哇地哭了一个单声，还原了正常的姿势，双手掩住脸，走到一边去了。

“现在满意了吧？”头目又来到江采宁跟前。

江采宁仍然摇头。他此刻也不清楚，是一种什么古怪的信念在支持着他。对于绑匪，此刻，他心中荡漾着一种类似于俄狄浦斯情结的莫名东西。这他却不曾料到。他于是愈加仇恨地盯着他们。

头目很失望，说：“看样子，这小子对男的不感兴趣。”

听了这话，四个女柔迷，都直往后缩。绑匪便走过去，轻轻拽出一个。正是那位曾在兴平县俱乐部展示技艺并声称自己比小知了还厉害的少妇。

“救救我啊！”她哇哇叫。

却没有人吱声。匪徒们礼貌地扒掉了她的衣服。三十多岁的女人也学着老童那样哭泣了两声，看着还是没人搭理，便不哭了，集中注意力，开始表演。由于紧张和羞辱，动作做不到位，让旁观的柔迷们觉得好生没有脸面。

女人白垩土般的躯体牛皮糖一样扭动，乳头处的黑晕很大，由于失去了外衣和胸罩的支撑，长有麻点的乳房布袋般垂落着左右摇晃，下身披露出一撮草黄而稀疏的薄毛，长短不齐的，男孩子寸头一般糙然浮现在零乱的青色光影中，散发出的强烈腥臭味，连江采宁都闻到了。

当她双手撑地，把两腿搁在头顶，并用力向两边劈叉撑开时，嘴巴般的阴部也拉大了，里面的一团肉红猩猩的，使人想到动物园里坐在假山顶上的母猴。

这正是生育过孩子的性感、美丽而肮脏的女性啊，江采宁讶异地想。他长这么大，还不曾亲眼见过女人毕露的私处，忍住心惊肉跳，多看了两眼。他没有料到，柔术一旦裸现，竟是这样丑陋，所以才会成为禁忌。所有的想象力空间，刹那间被破坏了。这正是一种无法弥补的遗憾，使余下的人生再也无味起来。

他不禁怀念起了身为处女的紫衣，想起她定格的姿势。雪白的三角裤，才是宇宙中超越一切的唯一之美啊。他这才后悔那天晚上没有叫她重复那个 pose。

“我、我都三百六十度了。你们够了吧。”女人用尽全身力气保持住一个她认为是最优美的造型，侧头向匪徒央求，一边龇牙做出哭一样的笑容。

“不够啊，就这样的程度，怎么称得上是柔术呢？”头目夸张地弯下身，朝女人的身体要害处笑嘻嘻看了看。

“可是，作为爱好者，我的确已经竭尽全力了。”

“喂，帮帮她吧。”像个包工头似的头目殷勤地又一挥手。

上来了两个绑匪，喘着气托着女人大腿的内侧，便往上扳撬。女人被更加完整地绕成一个圆环。阴部的细节展示得愈发的清晰，使男人也不寒而栗，那几个小孩，都吓哭了。忽然，女人的身体绷断了。那却是从肋骨的部位发出的咔嚓声。

这时候，雨洁已经口吐白沫晕了过去。

头目又一次走到江采宁的面前。这回，不笑了。

“怎么样，看得还舒心吧？”他沉着脸说。

“不好看，一点也不好看，也不想看啦。怎么不冲我来呢？既然是找我的。来吧！”

其实，江采宁在整个的过程中，通过恶心的奇妙转换，一直沉浸于一种惊心动魄的感怀，那便是真正的危险所带来的满足，把憧憬已久的幻象变为真实，仿佛人生的目标在瞬息间全部实现了。但是，嘴中却一再重复“不好看”，却又不知是什么心理。总之，最后是，心头一股豪气冲上来，迎着头目便厉声叫唤。

一边说，一边挣扎要脱掉自己的衣服，倒像是老看别人做不过瘾，而要自己亲身去尝试一般。

头目倒紧张起来，担心地一把拉着江采宁的手，说：“慢着，你可不行哪。你哪里会玩他们那狗屁玩意儿？我还心疼呢。还是再观摩观摩吧，体会一下究竟什么是柔术的罪恶，才能下笔如有神哪。”

于是，又去侍弄别人。这样，一连扳折了七八个。每弄一人，都要问上江采宁一句：“喂，怎么样，看清楚了，柔术难道不是罪恶的渊薮吗？”

地下室里，仅有两盏昏黄的白炽灯，映照出绑匪与柔迷的黑影幢幢。江采宁想，不知道楼外是否有明月出现。他又回想起南京城的波明影碧，人来花槛。只是绝望地觉得，城内的柔术表演都已结束，夜宵也早吃完了，开始到了鬼火高低明灭之际，正是轻烟淡粉两茫茫之时，玉树残歌，繁华落尽，他再也没有机会了。

这时，有个小绑匪凑近头目，说：“咱们搞快一些吧，有人报案了，警察快来了。”

头目脸上的伤疤顿时变得像是要飞扬起来的样子。

“或者，干脆就让他来试试吧。说不定，他一怕疼，便会听我们的。”小绑匪指着江采宁建议。

头目皱眉想了一小会儿，气急败坏说：“那么，最后问他一次吧，干还是不干？”

江采宁依旧摇头，心情却紧张而激动起来。

“真是不见棺材不掉泪。就让他亲身体验一下柔术的可怕吧！”头目无奈嚷道。

江采宁的两腿于是就被搁在了叠起来的青砖上。随着砖块数量的增加，他体会到了一种水流一样温润的幸福感正从尾闾往上行。他仿佛看到自己腹中的器官正在折叠起来。他也恍惚见着了男人和女人树藤般绞缠在一起的形状，有个大蜘蛛正攀爬在自己的脊背上，痛快地吮吸精血。他的汗水大滴大滴掉下来，是那么的畅快。泪光中，他看到了那个名叫紫衣的女子，当然，还有小知了。

腿骨发出砰的一声，在夜深人静时，十分的清脆、灿烂而迷人。江采宁咬紧牙关，心里坚信，这声音，居住在一百五十亿光年外宇宙边缘的生物都听到了。

这一瞬间，江采宁以为，自己正像一只破茧的蚕蛹，进化成了完美的飞蛾。

十九、行人莫问当年事

江采宁在病床上躺了三个月，才可以下地来做简单的活动。

这段时间里，他看到，新闻媒体对此事件做了很多报道——公安部门如何联手侦破案情，当地政府如何组织解救被困柔迷，武警战士如何突袭并击毙绑匪，两院如何增加有关司法解释，坚贞不屈的柔迷们尤其是他江采宁怎样被誉为英雄，等等。另外，还有全国柔迷乃至海外柔迷发来的慰问电和信函，连“首长”也让秘书打来电话问候。

有一天，他看到老童低着头走进门。

“我们决定，又要组织旅行了。特来告诉你一声。”

“那太好了。我呢，也刚好可以下床活动了。”

但这时他发现老童的脸色很暧昧，就像观看男性柔术表演时的那种感觉。

“怎么啦？”他不安地问。

“我来只是想告诉你，又要组织观光旅行了，但这次你不能跟我们去。”

“我的身体已经恢复了，没有问题的。”江采宁有些心焦，咚咚地用劲跺了跺脚。

“不是这个问题。”老童支吾。

“那又是什么呢？”

“你跟我们不一样，你太特殊了。”

“我特殊什么？”他的心头愈发罩上不祥的阴影。

“不是我说的，是大家都这么觉得。”

江采宁隐约意识到什么，黯然垂下头。

“我没有什么特殊的，我其实也不是什么英雄。我只是一个普通柔迷。”

“不，普通的柔迷，是不会像你这样做的。”

“我到底做了什么呢？”

他吃惊不小，的确不知道自己做错了什么事。又想，既然不让他去，为什么又要来告诉他有关旅行的消息呢？

老童却不说话，走到窗户边，端着瘦瘦的脖子往外眺看。

他的背影，略佝，僵直，寡味，如一捆生长在阳坡的干燥劈柴，与任何柔术一类的事物都没有关系。忽然，他肩膀开始抽动，两手抬起捂住脸面，给江采宁的感觉，是那种情人被永远夺去后的刻骨伤心。

他眼前又浮现出那天晚上，老童赤身裸体、耸臀拱背、口叼生殖器的造型。

刚才还是晴天，不知怎么的，刹那间天空中却阴霾密布。云朵不明原因就聚拢来了。但是，散去同样也是很快的。

江采宁这样想着，心里“哎呀”了一声。

美女狩猎指南

万恶淫为首——中国古训

一、厌倦

据说，对女色有着浓厚兴趣的男人，在尝试遍了这现实世界能够提供的有限的游戏方式之后，也会产生连自己也莫名其妙的厌倦。

而这样的感觉一旦产生，便会癌症一般发展成为对整个社会和人生的无端憎恶。

也可以这么说，如果在那方面没有更刺激的事情发生的话，连体验者本人或许也会自我封闭地、自然无疾地一点点死掉，死得连自己都毫不知情。

倘若上述说法成立，三十六岁的小昭便是生活在这样的现实腐臭烂沟里的男人。

在他居住的这座大城市里，有着许多的歌厅、发廊和洗浴中心。这些地方，其实便是挂羊头卖狗肉的色情场所，吸引着小昭这样的客人频频光顾。

然而，对于小昭来说，天长日久、昼夜交错的寻欢作乐，已经没有了刚开始时的新鲜与冲动。

而且，过度的消耗，已经在小昭身上导引出阳痿的先兆。小昭心里明白，如果真的到了那么一天，活着也便没有什么意思了，说不定，会去自杀的。这便是所谓的物极必反啊。

这样的厌世心情，有时，也会传染到与小昭有染的女人的身上。这些整日与男人厮混的阴柔生物总是能够敏锐地捕捉到异性微妙的情绪变化。

一次，在一家歌厅，一位熟识的小姐对小昭说："看样子，你的状态很不好呀。是因为女人么？我知道一个去处，一定能使你振作起来。"

说罢，递给小昭一张带广告图案的优惠卡。上面写着一行字：欢迎光临美女狩猎俱乐部。

"是什么呢？"小昭单臂支撑着沙袋般冗重的身子，半倚在沙发上，有气无力地斜视了一眼。

"是一位朋友请我帮忙介绍顾客的。据说在那个地方，男人可以像真正的狩猎动物一样捕获女人。"

"真正的狩猎动物一样？"

小昭因长年熬夜而死鱼样的浮肿双眸，忽然迸发出日冕一般的赤炽光色，着实吓了女人一跳。她于是小心翼翼压低了声音："是啊，去过的，都说是人生中最最刺激的。不妨去试一试吧，或许，可以找回你作为男人的那样一种生命呢。"

但昏噩的小昭第二天便忘了此事，只是，过了一周，才想起来。那是在与眼镜和胖子两位朋友相聚时。他们是小昭的同事，也都有猎艳的喜好。此时，他们也已沉沦入了与小昭相似的状态。

小昭便把那天晚上小姐讲的事情，告诉了眼镜和胖子。他们亦感兴趣，但将信将疑。

二、俱乐部

先试着拨打电话联系，果然有这么一家俱乐部。是一位女孩接的电话。她请他们最好当面来看一看、谈一谈。

小昭他们便按地址找去了。原来，办公地点设在一座极为普通的公寓里。

仅有门牌号码，并没有什么“美女狩猎俱乐部”的大字招牌。

在这个道上行走的家伙，都明白不事张扬的道理。或许，这才喻示着“美女狩猎俱乐部”是一个真实的存在吧。三人会意地交换了一下眼神。

两居室的客厅改成了简陋的办公室模样，唯一的一张桌子前，有一个十七八岁的女孩在做接待。年纪虽然不大，却显现出阅历颇丰的成熟。

醒目的，是墙上贴着的一组带有色情意味的照片，拍的都是年轻漂亮的姑娘，没穿内衣的身上披着虎豹皮服，生猛性感，令访客心跳难抑。

“欢迎光临美女狩猎俱乐部！”做接待的女孩热情迎上来。小昭忙说，是按照优惠卡上的说明，找过来的。

“想知道公司详情，请先看看这份介绍吧。”女孩把印制精美的手册，分递给三人。他们看去，见封面上写着《美女狩猎指南》。

最打眼的，是这样的广告词：“真男人的游戏，成功者的运动。”

打开来，便是有关俱乐部的介绍。

映入眼帘的，有这样的文字：俱乐部是适应都市休闲生活的发展而成立的，目的是为成功男人提供更具有刺激性的娱乐活动。

不过，猎取女人的方式，却不同一般。简单来说，俱乐部向客人提供一等一的美女，但不是在包房里，而是在野外，女人便是不断奔跑中的野兽，要由男人自己去捕获，得手后可以进行包括性交在内的任何处置。女人手中持有武器，对没有能力捕捉到她们的男人，格杀勿论。而男人在面临危险时，也可以对女人采取极端的手段，包括当场射杀她们。

手册中也附有女人的图片，与墙上的是一样的，只是，数量更多。青春少女的惊艳之美，连小昭、眼镜和胖子这样阅历丰富的人物，也不曾见过，给人的感觉是，这些女人，不是这个世间的生物，倒像是下凡的仙女。

再往后翻，便见到了带着淫邪笑容的中年男人在丛林中用步枪瞄准她们的照片。

末页，有一句广告语般的注释：本俱乐部提供的所有项目都不是虚拟现实。

看完了，三个男人半天没有说话。

过了一阵，小昭才梦游归来似的，从喉咙里挤出一声：“真酷！”

胖子嗓音颤抖着说：“就、就是说，在这里，可以随、随便杀人啰？”

负责接待的少女说：“可以这么说。不过，杀人并不是目的啊，与女人做爱才是哟。另外，也不能说是随便啊。首先，参与游戏的顾客，必须与公司签订生死文书。其次，因为猎物的成本很高，顾客如果一定要射杀她们，也不得超过一定数量。如果超过了，客人除了要被处以大额罚金外，严重的，还会受到俱乐部更严厉的惩处。第三，就是客人也有可能被猎物杀死。”

“呀，太过分了吧。”

“这正是游戏的规则啊，也是游戏的刺激处。”

“就是说，客人也要带武器啰？”

“是的。客人的武器，比女人的要齐备和强大。这样，就能保障自己的生命安全。”

“客人一般都会顺利捕获到猎物吧？”

“绝大部分情况是这样的，不过，也有运气不好的笨蛋，死在了女人手中。”

“这个比例，是多大呢？”

“对不起，这是公司的秘密。另外，我们觉得，留个悬念给客人也挺好。”

“这样的俱乐部，听起来很恐怖啊，真正有勇气参与的客人，恐怕没有几个吧？”胖子的脸色都有些发白了。

“不，与你想象的不一样，恰恰非常多。有的顾客，甚至是慕名从海外赶来的呢。”

“这就不可思议了。”

“这个嘛，你们要参加了，便会知道的。”女孩露出了神秘莫测的笑容。

“俱乐部活动的场所，在哪里呢？我猜不会就在这座城市里吧？”眼镜眨巴着狡黠的眼睛。

“实话说，是在一个海岛上。如果同意参加，俱乐部将为诸位安排好行程。”

“那些女人，也与俱乐部签订了生死文书么？我们真的不会被当成杀人犯送上法庭么？”小昭仍然有些担心。

“这一点，请完全放心。让我再解释清楚一些吧：这些女人，在人类社会中其实是没有任何权利和地位的，不受法律保护。简单来说，她们是由基因工程公司批量生产的标准型号生物。不，当然不是机器人，都是货真价实、有血有肉、貌若天仙的大活美女，只是没有在派出所上户籍。打个比方，就像是用避孕药养在池塘里的鳝鱼一样。”

少女认认真真说着，目光像是寒意彻骨的地下河，直接注入了三个男人空落而崎岖的心底。

小昭忽然明白了，为什么看到照片上的那些女人时，会有仙女般的感觉。原来，并不是从母体中自然孕育出来的生命呀。

三、死与性的结合

从俱乐部出来后，在开车回去的路上，三人随便聊了些别的事情，谁也没有再提美女狩猎这几个字。

相互告别后，小昭回到家，脑海里满是那些图片上的少女。他躺在床上，眼睛一眨不眨盯着天花板，想象她们被强奸后又被射杀，或者被射杀后又被强奸的样子。那血淋淋的场面，竟然令他产生了一种自己也说不清楚的神往。

但是，一旦进入，参与者也可能会死掉。这正是这个游戏不同一般的地方。

他倒吸一口冷气，忽然觉得浑身上下极不舒坦，忍不住把手伸向了下面，揉搓起那玩意儿来。

一连手淫三次，都达到高潮。很久没有用这种方式了，也很久没有这样淋漓酣畅了。

全身虚脱的小昭仿佛尸体似的躺了一天，也没有下床来吃东西。夜晚来临了，他却毫无睡意。

他想，成立这样的俱乐部，到底是什么人的主意呢？那个发起者，在女人方面，一定是个极厉害的高手吧？

另外，为什么以前从来没听说过有这么一家俱乐部呢？

半夜，小昭仍圆睁双眼。这时，电话响了。是眼镜打来的。

原来，眼镜和胖子也睡不着觉，要找小昭商议去俱乐部报名的事。

“我也正这么想呢。”小昭呼的一声从床上跃起来，“你们等着，我马上过来。”

三位好朋友找了一家通宵营业的小酒馆，一直喝到凌晨，在酩酊中，仿佛已经感受到了那神秘俱乐部洋溢着的死与性相结合的极度快感。

不惜以死去换取性的快乐，这使他们觉得，自己以前做的，不过都是颓废和虚妄的小孩游戏。心中顿然升起一股豪迈之情。这才是要从臭烘烘的阴沟里爬出来的样子。

四、训练

报名费相当不菲。这当然跟这项特殊活动的内容有关了。前面已经说了，仅仅美女的成本，便很高啊。看起来，俱乐部服务的对象，的确是有一定层次的。

小昭他们在单位，本职的收入并不高，但三人在外面都有兼职。小昭在与朝鲜人做农产品生意，胖子炒股票赚了不少钱，眼镜则开有一家文化传播公司。但就是这样，看到俱乐部列出的费用单子，也暗暗心惊。

可以说，能够舍得下身家性命，花大价钱来搏这么一次体验的，就其本人来说，也算得上是这个社会里特立独行的精英人物了。

先是进行严格的体检，然后，签订生死文书。又交纳押金，购买保险。根据规则，如果客人在狩猎过程中发生意外，或射杀了超出规定数量的猎物，则押金不再退还。

出发前，客人们接受了相关的培训，比如，如何认识女人的危险性，如何使用地形图，如何通过气味识别猎物，等等。

参加本轮狩猎活动的，一共有二十四个人，来自全国各地，其中也有台港澳地区的客人。海外来宾则是一位美国人和一位日本人。

训练时，众人都戴着面罩和头盔，光看外表，活脱脱便是一群恐怖分子。这一点，大家也都能够理解。毕竟，过几天离开了俱乐部，又都是有身份有地位的体面人物，不愿意让别人看到真容。

不管怎么说，这样一副打扮，却仿佛使大家更具备了男人的气质。

但客人们到底是些什么样的人呢？他们又是出于什么样的心理来到这里的呢？这仍然引起了小昭的好奇。

教官便是那位负责接待的少女，现在，换上迷彩服，扎上武装带，一副英姿飒爽、性感迷人的样子，却有一种把男人玩弄于股掌间的老到。这样一种仿佛是与男人暗中较劲抗衡的微妙感觉，本身足以使大家对狩猎充满期待和遐想。

客人们领取了必需的装备，包括水、干粮、头盔、防弹衣、红外夜视仪、GPS、报警装置、信号枪、急救包、睡袋、手电、防水火柴、指南针、锯条、绳索等，当然，还有枪支弹药。整个感觉，就像是特种兵进行野外生存训练。

“女人是一种特别的野兽，不这样全副武装，对付不了。”美少女教官正色道。

武器是一种特制的猎枪，用国产某式突击步枪改造而来，可使用两种子弹。

一种是麻醉弹，数量每人有三十粒。另一种是真正的子弹，每人配发十粒。

另外，每个人还得到了一把日本军刀。

握住冰冷的枪杆和刀柄，小昭真切觉得，一种新鲜的生命，正在自己的身体深处潜滋暗长。他耳畔不禁又回响起歌厅小姐的话语：“是啊，去过的，都说是人生中最最刺激的。不妨去试一试吧，或许，可以找回你作为男人的那样一种生命呢。”

客人不过瞬间的走神，也被教官看在眼里。她神情严肃地叮嘱：“一定要爱护和使用好武器啊，这便是你们的生命，也是女人们的生命。”

她又补充道：“另外，实弹是宝贵的，不到万不得已，不得随便使用。”

“是！”男人们像小学生一样回答。

又在市郊的一座小山上进行了实地射击和越野训练。其实，大学军训时，小昭等人也都习练过这一套。结果，在实弹打靶时，小昭打了八环，眼镜九环，只有胖子差一些，仅有五环。

大家打趣道：“这下，你可要小心哟。”胖子阴沉着脸。

最后，是分发一种红色药丸。

“不是被俘时自杀用的毒药，而是一种迅速恢复体力和欲望的基因合成药物。比鹿鞭的作用强百倍呢。狩猎成绩好的人，十分用得着。”

年轻女教官的话音还没落地，男人们都浪荡地放声大笑了。不过，因为心情略带紧张，笑得不免有些做作。

五、参观

出发前的一天，按照训练的程序，是看样本，也就是正面考察即将要去狩猎的对象。

“先看一看比较好，可以有个心理准备。以前，我们没有安排这个程序，结果，有人一上岛便尿裤子了。”教官说。

大巴再次把客人们带到郊区。在山脚下，伫立着一排白色的欧式房屋，如果不做说明的话，根本不知道这便是基因工程公司的厂房，还以为是大款的别墅呢。

客人们先是被带到一间大会议室，由据说是美国归来的一位博士，介绍猎物的生产流程。做这样的安排，完全是为了进一步打消个别人对捕猎的负罪感。

博士是一位消瘦的矮个子，三十多岁，他带着一副昏睡般的表情说：“我们所做的这份工作，不用说比科幻小说，就是比起现实主义文学来，也一点不新鲜。出售和制造生命的历史，始于传统上称为启蒙运动的那个时期，早至十六和十七世纪，西方国家就出现了这样的先进思想。代表人物有伽利略、牛顿、开普勒、笛卡尔和洛克等人。他们彻底改变了我们看待自然和看待自己的方式。他们促成了生物不过是复杂机器这样一种看法的形成。地球上最神奇的产物——人体，没有逃脱这场观念上的革命。简而言之，越来越多的人认识到，人不过是一种直立行走的机器。”

随着博士的讲述，投影屏幕上，呈现了从猿到人的进化图，以及他提到的那几位伟大人物的头像，表情都深不可测。小昭在心里，估摸着他们每个人的性倾向。

小昭听见有人小声说：“典型的机械论原则。”

博士接着说：“而真正把观念变为现实，则要稍晚一些。”他又从孟德尔的豌豆实验，一直讲到罗斯林研究所的克隆羊。

“后来，风险资本也开始介入这个领域，终极人体商场的概念，随着基因工程公司的出现，在上个世纪八十年代便诞生了。国内其实也一直在做，只是不像西方那样，闹得尽人皆知吧。”博士说，“从单纯的技术角度讲，这并非不可思议。最重要的是观念上的革命。”

博士在提到内切酶、DNA 剪切、基因的大规模重组、显微注射、克隆、人造子宫和跳跃发育等概念时，脸上才闪射出些许生动的表情。对这一段，小昭似听非听。

博士总结道：“总之，把天下优秀女人的基因都拼接到一起，这样，就可以在实验室里以工业化方法制造出她们，这可是百分之百的优秀女人呀，完全按照抽样调查确定的男人口味来设计。而我们的工厂，则相当于一个大型孵化器。最伟大的技术成就是，由于制造出了分泌快速生长激素的基因，新生儿在两年内便可以达到性成熟，长成可供消费的商品。这样，就大大缩短了生产周期，节省了成本。”

有客人提问：“但是，法律和道德方面的障碍呢？比如，国际上对胚胎克隆的反对？”

“任何事情都不是绝对的。”博士像是略微有些不安，清清嗓子，努力做着解释，“如果一件事情确实对社会上大多数人有益，那么，它便会被逐渐允许和接受。再说，按我们的法则制造出来的生物，从专业技术的立场上看，根本不能称作是人类。而且，我们也得到了政府的特批，是作为试点而存在着的，今后，要为本地经济的发展做贡献呀。只是，考虑到美女狩猎还是一种过于前卫的观念，公司一直保持低调。所以，你们不必有任何顾虑。”

小昭不太明白，博士所说的对大多数人有益，到底是什么意思呢？也许，是指像小昭这样的好色之徒吧。这个疾速膨胀着的群体，或许真的已成为社会上的大多数了呢，他们的价值和口味，也便是这个世界的价值和口味。

只是，到底是他们自愿加入这个阵营的呢，还是受着什么外力的逼迫？这一点，小昭平时倒很少去想。

不过，他仍然怀疑政府真的会特批。这有可能是欺骗。但既然能在市郊不为人知地搞出这么一大片“人造子宫”，他们便一定有自己的办法。是什么都无所谓。

在这个时代，关键是，有钱就能搞掂一切，存在即为合理。这么一想，小昭便觉得好理解了。

六、“肋骨”

接下来，是参观厂区。试瓶、氧气管、液体、培养基、针筒、显微镜、穿白大褂的工作人员，这些，都引起了客人们的兴趣。

等到进入一个粉红色的环形工作区的时候，感觉便更不同了，人群中升腾起宛如参观兵马俑似的兴奋。在这里，客人们看到，在一个巨型游泳池般的大坑里，几百名模样逗人的女童正在玩耍，有的在搭积木，有的在逗洋娃娃，有的在互相追逐。十几位阿姨照应着她们。

教官说："这是未成年区。"

原来，出现在眼前的，就是出生不久的基因工程女孩呀。第一次见到被反复介绍过的猎物实体，客人们瞪大了眼睛。从女童们尚未成熟的躯体和面容上，也看得出来，与正常的女孩相比，这一群更加健康漂亮，而每个小家伙所具备的一种让男人心颤的内在美丽，更是催生着参观者对未来的性幻想。

教官不让大家多逗留，催促着继续往前走，跟着，便出现了"成年区"字样的牌子。

这个时候，客人们的眼睛里冒出了更加闪亮的火花，有的人几乎抬不动腿了。

在厂房隧道般的生产区的两侧，连踵地排列着一座座巨大的圆形玻璃房子，每座里面，或坐、或站、或躺着几十名赤裸的美女。给人的感觉，就像是关在动物园笼子里的狼獾或猞猁。

只需瞟上一眼，便会明白，全都是无可挑剔的绝世佳人，按照她们在此地的出生年龄，不过两三岁，但是，却拥有了青春少女的完美身材和优秀气质，每个人，看上去都在十七八岁左右。

一股滚烫的血液哗的一声顺着脊椎喷涌进了小昭的下丘脑。他赶紧扶住胖子，才控制住身体的摇晃。

因为是隔着单向玻璃看过去的，关在笼子中的女孩并不能看见参观者。她们有的互相倚靠着说笑，有的在噬吃管理员送来的食物，有的在睡觉，有的在出神地想着心事。

教官让人打开了一个玻璃房子的铁门，从里面牵出一个女孩，直接带到男人们的面前。

“大家可以近距离看清楚一些。这就是你们明天将要对付的猎物。”教官说。

大家面红耳赤看去，见这个少女，个子有一米六五左右，披着一头长长的黑发，有着模特一样的身材，长着一张东方与西方人混血的面孔。五官无一处不俏丽，三围无一处不得体。女孩的目光，清泉般纯净，大方地看着男人，毫不羞涩。

小昭的脸在发烧，下体那个部位也有了反应。他看看别的男人，因为戴着面罩，看不出表情。但是，他能猜到他们心里想些什么。

他听见有人小声说：“我快受不了啦。快让我上岛去吧。”

这时，教官说：“现在，进行参观的最后一个项目，你们将看到，死，其实是一件很容易的事情。”

说着，她伸出右手，捏住少女的脖颈。少女微笑着看她，活脱脱一个听话的乖孩子，哪里有丝毫“野兽”的感觉？

教官侧过头，和蔼可亲地对大家说：“睁大眼睛，让我来打消你们残存的顾虑吧。”

一边说着，手便开始攥紧并转动。从少女的脖子后面发出了骨头折断的声音。

这天仙般的生物才感到不对劲，挣扎着试图逃脱，却一切晚了。

教官一松手，少女软绵绵倒在了地上。男人们嘘了一口气，似乎，不是为女孩的死，而是为教官竟然有这么大的力气。

小昭不禁害怕地猜想，教官本人是否也是基因工程的一种特殊产品呢？

从死者和教官的身上，都直接体会到了“直立行走的机器”的感觉，或者，更确切来讲，是“直立行走的肋骨”吧，这样才能解释，为什么不是男人被关在玻璃笼子中。一切的存在都必须符合进化论和神创论的原则。

根据《圣经》的说法，世界上第一个女人夏娃，是上帝用亚当身上的一根肋骨制造出来的。

不过，被杀死的女人没有做丝毫反抗，使人感到，猎物的危险性，恐怕并没有教官说的那么厉害吧。

“看清楚了吧，狩猎并不是一件在心理上多么困难的事情。如果付得起钱，你们也可以杀死她们。谁也不会被当作杀人犯而送上刑场的。”教官像是有些厌烦地掏出纸巾，擦了擦手。

她又补充一句：“如果没有科学的进步，这一切是难以想象的。”

小昭看看地上的尸体，又看看玻璃笼子。其余的女孩，仍在安静地吃、睡和玩耍，对发生在眼前的恐怖事件，根本没有在意。

小昭不禁想到，旅游区的野味餐厅为了招徕客人，在餐厅一旁圈养了动物，厨师随时拿出鲜活的火鸡和鸵鸟当众宰杀，而那些还没有轮上的家伙，看着同伴死去，仍是一副安然自得、置身事外的样子。

所以说，的确是与众不同的女性啊。小昭不禁对与她们的真实接触，产生了更加迫切的渴求。

教官说：“作为人工培养的生物，她们与世隔绝，具有至纯的品性，所以还不知道死是怎么一回事呢。但是，在真正的狩猎场上，在与男性顾客正面接触后，她们却很快懂得了。那是在捕猎与被猎的过程中进化出来的全新体验。毕竟，她们是比我们早熟的超级人类，也更加敏感和晓事。这样的女人，因此具备了真正的危险性。”说到这里，她加重语气，“男人们，你们可要小心呐。”

这天夜里，客人们集体住在俱乐部安排的宾馆。小昭很晚都睡不着，满脑子不断过着一个女人扭断另一个女人脖颈的电影片断。早上，一睁眼，小昭发现，自己的那玩意竟硬起来了，叫作“晨挺”的，已经多年没有过了。

七、岛屿

清晨，太阳还没有升起，客人们便被唤醒，乘坐一辆大巴赶赴机场。

经过两小时的空中旅行，抵达了南方某市。没有出机场，便直接换乘一架米八直升机。直升机飞越城市、河流、水田和丘陵。机上，除了个别人说了几个黄色笑话，大部分人默然不语，有的人拿出地形图，埋头久久审视。

半个多小时后，下方出现了蛇行的海岸线，紧接着，便是藏蓝色的滔滔大海了。又飞了二十几分钟，远远地，看见波涛间露出一个岛屿。

“那便是我们的目的地。”教官说，“普陀岛。”

从空中看下去，普陀岛像一片若沉若浮的树叶，在无际的大海中格外醒目。

见惯了城市的高楼大厦，小昭不禁为即将要到达的地方着迷。他甚至觉得，自己很久以前，就在梦中到过这个地方啊。

岛上山峦起伏，林木茂密，有的地方裸露出黑黄色的峭壁。草原、丘陵和海滩则给人舒缓之感。最高的一座山峰上，耸立着一尊观音像，使岛子又显现出旅游风景区的典型特征。用望远镜仔细一看，这观音像有点奇怪，它不是寺庙中常见的那种千手观音或多手观音，而是整个地弄成了一个十字架的样子。

小昭觉得，这样一来，观音的模样十分突兀，倒有点像是男人坚挺的性器，他却不好意思说出来。但事实上，观音却是严格按照女性的形象塑造的。

教官看着观音像，脸上露出不可思议的表情。她自言自语："咦，上次我来的时候，还没有这个啊。岛上的女人们怎么可能造出这样的东西呢？还是前几次狩猎的客人为了纪念他们的经历，偷偷返回来修建的？"

又飞近一些，绿树掩映下，看得见隐隐绰绰的白色建筑物了。教官说，那便是女人们的栖身地，也是客人们捐资筑造的。每年总有客人重返岛屿，却不是为着再狩猎。用望远镜看过去，果然，见到了在房屋与山石间奔跑或行走的女人，都赤身裸体，有的人略显惊惶地抬头看直升机，有的人钻入灌木丛躲起来。

胖子很兴奋，用枪瞄着下面，口里不断发出"叭叭"的声音。

小昭心想，那些躲避的女人，一定知道，这来自空中的不速之客都是些什么货色吧。她们就要大难临头，所以才那么奔逃。毕竟，与餐厅里的家禽还是不一样啊，看起来，的确不是任人宰割的。

直升机刮起一阵旋风，降落在山脚下的一个简易停机坪上。在教官的指示下，一身狩猎装束的客人逐一走下直升机，好奇而紧张地四处张望，却不见一个猎物。

教官说："她们看到这么多人来，都吓得跑远远的了。大家先休息一刻钟，然后，便要开始分头行动了。再说一遍，每人只准在划定的区域里狩猎，不得擅自闯入别人的领地。如果谁实在坚持不住，要中途退出，可以用信号枪联系，我派直升机来接他走。我会在那边等候你们的。"

她用下巴一指大海。海平线上，有一艘大船的影子。说罢，教官登上直升机，向船飞去了。

眼镜带着玩世不恭的神情看着直升机的屁股，嘴里冒出一句："这么说来，她不就等于是妈咪么？"众人都笑了。

现在，仅剩下客人们，大家彼此打量一番，又观察一下四周的环境，歇息一小会儿，便小心翼翼地陆续走进丛林，一个个消失了。

小昭、眼镜和胖子互击一下掌，也解散了。但他们商量好，到了傍晚，再相聚一次，交流情况，检讨战绩。

按照规则，客人在狩猎的过程中是不能互相沟通的，也没有发放无线电通信器。三位朋友便根据地形图，选好了碰头地点。

八、女人的气味

普陀岛位于亚热带与热带相交的南方海域，面积三百六十平方公里。地形东高西低，靠东部海岸一侧纵贯着一道连绵起伏的山脉，主峰海拔八百二十米，在山顶上，仿佛是一夜间不明原因地忽然耸立起了女性特征十分明显的观音像，成了本岛的标志性建筑物。往西过渡到丘陵和平原。岛上有河流、溪泉和沼泽，生长着千奇百怪的植物，呈现出夏威夷一般的度假意趣浓郁的自然风光。

岛子被人工用铁丝网分割成三十几个活动区域，每个客人都有自己的特定分区。据介绍，这是为了避免客人之间因争夺资源而发生冲突。每个区域，都投放了相当数量的女人，足以维持数十位客人为时一周左右的狩猎所需。

小昭被分派到午区，是在岛子的东部山地。从地形图上看，有三四道郁郁葱葱的平缓山谷，其间点缀着峭壁和悬崖。岛上最主要的一条河流也在这里发源。

大部分地区都被森林和灌木覆盖。除了女人，动物便是野猪、蛇、兔、老鼠、飞禽与昆虫。

在山野和草地上，人工开辟了一些小径。不时能见到醒目的路标，上面注明，这里通向女人的取食区，这里通往取水区，这里有女人们的嬉戏场所，等等。可以推测，无非是俱乐部为了方便客人而设置的，但对岛上的居民是否也有意义呢？

这一点，却要依靠猎手们自己去发现了。

但不管怎么说，这些路标的设置，使得这岛子像是一个正常情况下的旅游点了。初次登岛的客人，也便拥有了一份放松的心情，不再像在直升机上那样紧张。

小昭全副武装，蒙着面，背着军用背包，挎着步枪，一个人在旷野中行走，感到十分新鲜却又有些不太自然。以前，出去猎艳，所去之处都是灯红酒绿、歌欢舞畅的场所，而在这远离大陆的孤岛上，陪伴人的，仅仅是海风、杂草与乱石。

以前，大部分时间他也都是与眼镜和胖子一起行动。偶尔也有单独一人的，那时就已觉得少了点什么。眼下却一定要单枪匹马，自己为自己的行为，不，生命，负责了。

不过，既然下了那么大的决心来到这里，便必须换一种心态。小昭努力让自己平静下来，适应新环境。

很快，便来到一个山口。小昭看了看路标，选取了通往女人取水区的道路。根据训练中介绍的经验，在那样的地方，比较容易找到猎物。

路是沙石性质的，偶尔能见到人类的脚印，令小昭眼睛一亮。脚印是赤裸的，看样子是女人留下的。有一些昆虫朝着与小昭行走的同一个方向快活地飞去。

一路上，小昭没有见到猎物。他猜想，她们大概在很远的地方，就嗅到了他的到来，便像怕人而敏感的小动物一样，逃匿和躲藏起来了。

不过，如此一来，倒愈发有了做猎人的兴味。优秀的猎人，要有耐心，才能捕获到猎物，而这样才会有趣呀。

路两旁，长着令人叹为观止的椰子树和菠萝树，时常也可以见到散落着的带降落伞的罐头和饼干盒，像是空投给岛上女人的食物，却不知道是俱乐部所为，还是早一批客人的恩惠。有的已经被打开。但更多的，却不曾有人动过。不少烂掉了。

转过一个山岬，树木变得稀疏，眼前出现了一座白色的干栏式两层砖楼，一角已经坍塌，墙壁斑驳脱落，台阶上杂草丛生。

这时，一只黑色的大鸟飞来，落在屋檐上，哇哇乱叫。竟是一只乌鸦。

在这岛上，怎么会有这种鸟儿呢？乌鸦发出让人心烦的叫声，目不转睛直勾勾盯着小昭，看的他背上冒出一溜虚汗。

这时，小昭嗅到一股特别的气味。他的汗毛竖立起来。

气味相当刺鼻，引发了类似于肛交的熟悉感觉。小昭循着那异味寻找过去，在楼房的门厅处发现了一堆像是人类的粪便。他激动地俯下身，见其形状比男人的要小一些。凭直觉，他认定是雌性动物的排泄物。但是，这东西已经冷却了，所以，并没有使小昭的亢奋进一步发展。

小昭疾步冲进楼房，到每个房间查看。一些屋子里凌乱搁放着像是还没有使用过的桌椅和柜子，有的房间里有床铺，但仿佛并没有人睡过。小昭还发现了香水、木梳、镜子一类的东西，崭新得也不像是有人用过的样子。

可能，这些家具和物品也都是俱乐部或者客人提供的吧。小昭不禁又回想起参观厂区时见到的情形。毫无疑问，俱乐部也一定向女人们传授了人类社会的文明习俗，包括女孩子应守的行为规则，但是，极可能也是一种应景式的吧，两岁的“孩童”一上岛，便统统忘记了。

小昭看了一圈，也没有见着半个人影。他纳闷而遗憾地走出楼房，这时，又闻到一股气味，跟刚才的略有不同。但报警器并没有鸣响。他循着那味儿，绕到楼房的后面。这里，味道一下子变得浓烈起来。

小昭警觉地猫下身，藏在一棵芒果树后面。半天，前方也没有动静。他才蹑手蹑足走出来，又前行五六米，发现了那股怪味的来源。

在一堆半人高的杂草丛里，躺着一具女人赤裸的尸体，已经腐烂，有的地方连白骨都露了出来。仍可以清晰看见，女人的前额上有一个小小的窟窿，显然是子弹击穿的，血早已经凝固。

苍蝇和蛆虫在尸体上堆满一层，连小昭来到近前，它们都不愿飞散而去。

这便是捕猎场面的实际写照么？小昭一阵反呕，眼光却恋恋不舍投向女人烂掉的下体。

在那个勉强还能看得出三角形的地方，分明聚集了比别处更多的苍蝇和蛆虫。

虽然高度腐败，但散落在翠绿草丛中的几根漆黑发亮的毛发仍然历历在目，而且，看得出来，女人相当年轻，生前眉清目秀，体态婀娜，是十分吸引男人的那种类型。

这样的场面，可是在城市里，见不到的实景呀。小昭已有些招架不住，心口怦怦乱跳，急忙掉头离开。

这时，乌鸦大叫一声，从他头上飞过。

九、首次狩猎

对照着地图和 GPS 显示的位置，又走一阵，便听到了越来越大的水声。

隔了树丛，可以看到河流是从一处五六十米高的悬崖上流淌下来的，在那里，形成一道清晰可人的瀑布。雾气蒸腾，声若雷鸣，彩虹叠现，景色如一幅文艺复兴时期的欧洲油画。瀑布的跌宕声使海浪的轰鸣成了背景伴奏。

水流从瀑布下面的深潭出发，开始了新的旅程，很快变得温顺而柔弱。岛上没有一丝污染，河水清澈见底，有一些五颜六色的鱼儿在游动。叫不出名字的大片野花在沿岸静静地盛开，像是永远也等不来人采撷。

河流在小昭的左前方，形成两个三角洲，岸边滚满褐色闪亮的石头，狗尾巴草长疯了，一排笔挺的椰子树少女般迎风亭亭伫立，像在召唤客人。

面对自然界以毫无雕饰的态度尽情展现的美丽，小昭不禁产生了一种来到天堂的感觉。城市，的确是已经腐坏了。他想，怪不得有那么多人报名上岛呀。

就算真的死在这里，不也很惬意么。

但小昭仍然不敢走得太靠近水边，而是按照训练时学到的要领，在距河岸三十米开外的树丛中埋伏下来，开始等待。一些优雅的小虫子和花蝴蝶围着他飞舞，发出悦耳的声音。

过了大概三根烟的工夫，树丛间有了动静。小昭警觉地看去，见原来是一头胖胖的野猪摇摇晃晃走到河边来喝水。他不禁微笑了。

野猪喝完水，便心满意足地离开了。过了一阵，树丛又摇动起来。这一次，是一队羚羊。小昭只好耐心地继续等待。大概到了下午两点半左右，终于出现了两个全身赤裸的少女。她们一路说笑，手提瓦罐，走向河边。

小昭揉揉眼睛，确认这次见到的是真正的活动猎物。初次在野外遭遇作为捕猎对象而存在的女人，不施脂粉，自然清纯，在和风、绿树和净水的相伴下自由行动，与那城市里不通风的歌舞厅中所见大不一样，这不由得小昭几乎要惊呼出声。

而这也与昨天在工厂中见到的女人有着不同啊，那被圈养在笼子中的美女，仅能激发起单纯的性欲，而现在，男人心里却浮现了另一番美好的情愫。但是，如果不是经过昨天的实地考察，有了良好的心理准备，说不定，小昭会当场晕倒的。汲水的少女实在太美丽了。

虽然相距不算太远，小昭也禁不住举起望远镜，朝她们看去，从面庞上的每一处青春红晕，一直看到坚挺的乳头、结实的腹部和饱满的下身。

这就是所谓的基因工程生物么？却看不到高科技的丝毫人工痕迹。一切自然和完美得让人心悸。甚至，她们连蚂蟥也不用担心，也许，是体内本就嵌入了令血吸虫畏惧的基因片断吧。而小昭却是全身绑扎得紧紧的，在露出来的部位，还喷上了驱蟥剂。

唯一与想象中不同的是，她们的身上并没有披虎豹皮衣。看来，那些让人心悸的照片仅是俱乐部的广告创意吧。

这时，小昭裤裆里的那东西，不知不觉硬了起来。

他也注意到，她们身上，都斜背着木制的弓弩，腰上用一根绳子斜系着插满箭矢的树皮囊袋。

这提醒着小昭，他面对的，可不是歌舞厅里用钱就可以随便买到的性商品呀。

这里的女人，必定充满野性和暴力。这令他更加兴奋了。

浑身闪光的少女走到河边，优美地勾下身开始用瓦罐取水，嬉笑声一阵阵传来，仿佛，她们一点也不知道这岛上正活动着危险的异性猎人。这使小昭觉得奇怪。难道，这两个少女刚才没有看到直升机食腐秃鹫般的身影么？

他却忍耐不住，不再往下想，举枪瞄准，并产生了一种极不真实的感觉。

从来，便没有这样与女人打过交道呀。小昭犹豫了。好不容易才控制住发抖的手，这笨拙的猎人急急扣动扳机，却没有击中猎物。听到枪声，两个女人回头看了一眼，扔掉瓦罐便往丛林中飞跑。

小昭一急，腾地站起身，又连开两枪，一个女人应声跌倒。另一个却飞快跑进丛林，不见了。

小昭用的是麻醉弹，女人倒地后便没有起来。小昭却不敢马上过去，先是朝四周打量一阵，直到确认没有危险，才从藏身之处走出来。

他以百米冲刺的速度跑向女人，心儿咚咚跳着，站在她身边俯看。被击中的女人是扑倒下去的，一腿略曲，脊背朝天，展示着流水一样的柔和曲线，腰肢十分清晰，皮肤略显黝黑，肌肉结实，不像城里女人那样松弛而多赘肉。屁股紧绷绷的，十分撩人。

小昭看得入迷，却没有勇气把她翻转过来，去看她的面目是什么样子。

这时，又莫名其妙产生了一种不好的感觉。小昭反倒不像在观察和射击时那样兴奋了，甚至，有些扫兴，觉得这个捕猎的过程太过简单，女人连一点反抗都没有，便要这样任人摆布。而在歌舞厅里，还要打情骂俏一番，经过反复的前戏。他想象中的野外猎物，应该是活蹦乱跳的，至少，有一些不驯服。

不过，麻醉弹所产生的，无非就是这种效果呀。小昭转眼又去看女人身携的弓箭，箭头上涂满黑色黏液，大概是毒药吧？他不免心惊，又一次意识到这猎物的巨大危险性，确实与歌厅小姐有天壤之别。教官的叮嘱又回响在了耳边。小昭对岛上的一切不知深浅，不敢贸然等待麻醉弹的药性消失。

他便迅速解开裤子，却出于一种自我保护的思想，没有敢于脱去上衣和摘掉头盔。被欲火焚烧着的男性如一只奇形的蟾蜍，伏在女人背上，两手像握自行车把手一样，紧紧扒住对方的双肩。

小昭就像奸尸似的从后面开始了……

做这事的时候，小昭老觉得背后有人在窥看。是否便是这女人逃走的同伴呢？报警器却没有鸣响。

由于紧张和激动，小昭三十秒钟就射了。而此时，身下的女人像一根木头，仍然没有任何反应。

完事后，小昭像弹簧一样蹦起，这时，看见草地上有一些红色液体。当意识到女人竟是处女时，他暗暗心惊。在此之前，小昭只尝试过一次处女的滋味，是在贵州的一个县城里花两千元钱买来的，那农村女孩十四岁。

在小昭的心目中，处女的身体有一股僻远山泉般的清新，一副欲放蓓蕾般的娇容，一种太阳永远照射不到的珍珠般光泽。在享受这样的精品时，除了男人自身需要情绪奔放，也应让女方感受到烙印般的刺激。

但面前的女人却这样毫无知觉地度过了初次，没有给男人和她带来更大的激动。小昭为如此迅速便结束了对这道美味的品尝而略感遗憾。不过，从这样的尝试中，也的确感受到了这岛上猎物的非同一般。

远方瀑布的水声好像忽然变大了。小昭不敢久留，便离开现场，匆匆跑进林子，大口喘着气，心情复杂地回味刚才的一幕。

他躲藏着继续观察，期望那个跑走的女人会回来，却不见她的踪影。

他想，这种基因生物，没有经过社会的熏陶，对于同类的生死，大概，都是不在乎的吧。这跟昨天在厂区里见到的倒是一样。

被他击倒并奸污了的少女，仍然卧在草丛中没有动静。小昭憧憬着尽快获得更为激动人心的体验，不愿意在一个地方过久等待，便起身离去了。

十、自我牺牲的女人

这回，小昭换了一个方向前行。他沿着那条蜿蜒的河流上溯，大约是被瀑布的美妙所吸引了吧。

在那垂挂着瀑布的悬崖一侧，他发现了一条人工小道，便循着它，往山梁奋力爬去。他想去到高处，看看他所处环境的全貌。

一边爬着，一边不错眼珠地欣赏风景。瀑布就在身边飞流而下，虽然赶不上贵州黄果树瀑布的浩大宏伟，却有另一番不着雕饰的至柔至纯，灿烂天然，与这岛上的女人，刚好相得益彰。

漆黑的峭壁上伸展出许多怪异的树木，在天空中张牙舞爪，龙王一般肆意飞腾，禀受着银色的水练。而山道两旁，则愈加林木葱茏，阳光只能找空隙透入，成为一片片让人眼花缭乱的飞雪。山石间的鲜花则艳丽得给人以剧毒的感觉。

刚刚发泄过的男人走进这如画的风景，全身舒展，心旷神怡，一边走，一边哼唱他那座城市里流行的歌曲。

不久，他感到有些饿，便又像普通游客一样，坐下来喝水和吃饼干。

下意识地，他已把这地方当作真正的风景区了。

刚吃两口，报警器鸣叫了。小昭急忙躲在一块大石头后面。不一会儿，便听见了凌乱的脚步声。

八九个少女正唱着小昭从未听过的古怪而好听的歌儿——像是她们自编的，沿山路朝他藏身的方向走来。与那在河边汲水的女人一样，她们同样是胸无城府、开心愉悦的样子，仿佛野味餐厅里的禽鸟，一点也不知危险就在身边。

这再度使小昭纳闷。

直升机的阴影，刚刚还出现在她们的头上啊。而上一批客人，又是什么时候离岛的呢？难道，作为基因生物，她们天生缺乏牢靠的记忆么？

少女们一丝不挂，处在青春发育期，身材标致，个个羞花闭月。打头的是一位头戴花环的女孩，挺拔如小白杨，俨然是这群人的头头。队列中有两人背着弓箭，而还有一个，竟肩挎一支锃锃发亮的突击步枪，紧紧跟随在头戴花环的少女身边，只有她不苟言笑，不时满怀关爱地看一眼花环少女。两人的关系似乎不太一般，挎枪的女子看样子是贴身护卫吧。小昭想，那支枪，说不定，是在打死哪个男人后，从他身上夺来的呢。

想到这里，他的呼吸急促起来，在小河边积聚起来的欢悦心情，又暗暗被紧张和不安盖过。小昭端起枪，瞄准女人，随时准备射击，却顾忌对方人多，不敢贸然开枪。

女人们歌声婉转，与岛上的群鸟唱和在一起，焕发出惊天动地的生命魅力，让小昭自惭形秽。她们手牵手，嬉戏着，小鹿般纵跳着往山下走，速度惊人，小昭看得眼花缭乱。那花环少女不时回头，大声招呼别人，让大家别掉队。所有的女人都那么天真烂漫，这一幕，牢牢捉住了男人的视线和心灵。

小昭不禁对这岛上的女人社会产生了美妙的遐想。他想，她们到底是过着怎样的一种生活呢？这已分明不是基因工厂的笼中困禽了啊。他对她们的好奇心更强了。他熟悉城市娱乐世界的规则，而这里的一切，是陌生而新鲜的，的确，要使男人找回他们的生命本源了。

可爱的少女使小昭产生了幻觉，那就是，他此刻也行走在她们的中间，与她们一起唱和，被她们前拥后簇。以前，在歌厅，便有这样的情况，多花点钱，一下叫来几个小姐，团团围聚在周边，小昭做起了花丛中的意得志满的男人，像皇帝一样。

受这种幻觉的支配，小昭忍不住就要站起身，挡住她们，然后，加入她们的行列，与她们一起欢笑而去。

但就在这时，女人们自己停住了脚步，歌声也戛然而止。一个陌生的男人先小昭出现了，阻住她们的去路。

男人头戴面罩，全副武装，无疑，是小昭这伙人中的一员，却不知道怎么竟违反规矩，擅自闯入了小昭的领地。只能设想，或许是迷路了。男人个子不高，身体瘦弱，头盔下方却投射出极为邪淫放肆的目光，一看便知是道上的人。他挥舞猎枪，兴高采烈地冲着女人叫嚷不停。

小昭往岩石后面缩缩身子，心想，这家伙是第一次见着猎物吧，胆子倒真大，要干什么呢？不会是像我一样，也想做一回花丛中的男人吧？小昭忌恨得牙痒。

这忽然出现的截道者使女人们怔住，似乎不知怎么办才好。过了片刻，忽然，花环少女一声呼啸，所有女人轰的一下四散开来，像羚羊一样顺小道旁的斜坡飞跑而下，看得人心花怒放。那男人却不着急，眼神里透露出自负的笑意，端平猎枪，瞄也不瞄，砰地开了一枪，顿时击倒一个，恰好是那肩挎突击步枪的少女。小昭看见鲜血从草丛中溅起。男人像是使用的实弹，这令小昭大吃一惊。

随着枪声，其余的女人，像听到口令似的马上站住了，花环少女悲哀地回过头，去看倒地的同伴。被击中的人正在抽搐。其余女人也都围聚过来，露出伤心的神情，却没有人想到要去拾起她的武器。

这又使小昭感到不可思议。他本以为，枪响后，女人们会跑得更快，就像他在河边看到的场面。但这回她们却对同伴产生了关爱之情。

这岛上的女人，到底是怎样的一种人呢？小昭坠入迷雾之中。

开枪的男人不慌不忙迈着大步，也走下斜坡，举着冒烟的猎枪，得意地驱赶女人，让她们在他的面前站成一排。众少女无奈，只好照他的话做，垂着脑袋，不敢看穷凶极恶的男人。只有头戴花环的少女不愿低头，不眨眼地直视着杀人凶手，眼中闪射出复仇的光焰。小昭不禁暗暗叫了一声好。

但是，少女的目光反而刺激了截路男人，引发了他体内更强烈的欲望。他愈发放肆地瞅着这少女，怪笑三声，朝她逼近。少女才显出有些害怕的样子，后退两步，怯怯地把目光移开。小昭紧张地揣测会发生什么事。

他想，换了自己会怎么样呢？他猜那少女会再度转身而逃。

但没有想到的事情发生了，那少女只软弱了一下，顷刻又把目光转了回来，大胆迎向逼近的男人。她挺了挺胸脯，脸上呈现出勇敢的神色，迈出队列，竟朝男人走过去，嘴角露出妩媚的笑意。这反而使得那男人踌躇了，停住脚步。

女人向前跨了两步，便不走了。她缓缓地仰身躺在地上，把鼓鼓的阴部朝上耸起，用挑逗和示威的眼神看着男人。小昭感受到了那男人心中难抑的欲火、痛苦和急迫，而这一切，也正在小昭的胸腑间燃烧。

男人像一头饿坏了的独狼，目不转睛俯看地上的女人，身体有些醉汉般晃动，眼神更不对劲了。其余的几个少女，脸上流露出担心的神情，互相看看。过了片刻，男人仿佛醒来一般迅速扔下手中枪，几把脱去衣服，甩掉头盔，朝躺在地上的女人扑下去。

这时，头戴花环的少女朝倒在血泊中的携枪少女看去。后者仍在草丛中痛苦挣动，也努力朝这边看。她们的目光中浮起一层像是恋人般的表情。

男人像一块磨盘重重覆盖在了女人身上。她推了推他，却没能推开。他开始在她的脸上乱吻。女人叫唤了一声，却不自觉紧紧抱住男人，但她的眼睛始终没有闭上。小昭看到，少女的脸上浮现出一层神奇的光晕，那是一种自我牺牲般的悲悯。她的目光只是注视着倒在一边的同伴。小昭嗅到了空气中死亡的气味，不禁大惊失色。

这时，男人已插入女人的身体。女人“啊”了一声，却尽量忍住不要出声。

其余的女人，都拼命咬紧牙关，但没有一个人背过脸。

男人失去节奏地抽动，野物般嗷嗷大叫，声音惊飞了附近山头的小鸟。

空气中的危险味道更浓重了。小昭想站起身，警告他赶快停下。但就在这时，他看到，那位受伤的少女用生命的余力支起身，拾起身边的突击步枪，单臂把持，朝地上抱在一起的两人打了一个连发。男人和女人都被击中，鲜血喷出身体，两人惨叫数声。男人想从女人身上挣开，去够地上他自己的武器，却被女人抱紧，脱不掉身。

突击步枪在继续射击，所有的子弹，都倾泻在了这一男一女身上。而那两个佩带弓箭的少女，也如大梦初醒，朝他们射出箭矢。小昭吓得闭上眼睛。

他再睁开眼时，便看到所有的少女都冲了上来，紧凑地围成一圈，拿着石块猛砸男人的脑袋，就像史前人类围歼猛犸象。脑髓溅向空中。有的石头，在慌乱中也砸在了男人身下的女人头上，使她娇美的面目一下一下发生着可怕的变化，像是妖精终于在强大的法力下显形了。

小昭难以置信地看着这一幕，见男人和女人的白色脑髓和红色血液汩汩而流，交汇在了一起，如同他们交媾时的液体混合。这令他兴奋难抑，快活不已，下身那玩意儿又硬了，就好像被砸的是自己啊。这是从不曾有过的感觉，是用言语无法形容的刺激。小昭几乎要流出眼泪，恨不得代替那男人躺在女人的怀中。

但他此刻要做的只是努力控制住自己。他想，那男人太大意了，也太荒唐了。

他怎么能随便放下武器呢，起码，他不该摘下头盔啊。

然而，这又的确是他自找的。

“实弹是宝贵的，不到万不得已，不得随便使用。”教官的话又回响起来。大概，这便是肆意使用实弹后所必然受到的惩罚吧。

他不禁对这个胆大妄为的男人产生了好奇。他在自己的日常生活中，扮演的是什么角色呢？他的职业是什么呢？他曾与多少女人发生过关系？他的家庭呢？他的妻儿呢？此刻，这一切，就都这样被他永远抛弃到了身后。小昭心底升起一层对这淫魔的敬畏。毕竟，他与他在心灵深处是相通的。

他又为那女人的仗义英勇和自我牺牲而感动。她是在做着诱饵啊。小昭觉得，这样的女人，才是最理想的性伙伴，那男人与她死在一起，集体灭亡在疯狂的过程中，可以说是达到了一生中最为辉煌的顶点。

但是，仅仅从参观基因工厂的体验中，看到笼中女人那事不关己的样子，又怎么都觉得眼下发生的事情太不真实。

地上平躺着三具血淋淋的人体。使用突击步枪的女人，也咽气了。余下的少女，默默站立着看了一会儿，便拾起武器，朝山下走去。不一会儿，又传来她们欢愉的歌声，仿佛什么事都没有发生过。

小昭怔怔待在大石头的后面，久久不能出来，竟然一时忘记了自己来这岛上的使命。

他也才感受到了俱乐部那无可抵御的吸引力。

“这个嘛，你们要参加了，便会知道的。”他的耳边，仿佛又传来美女教官那神秘的笑语。

十一、交流经验

傍晚，小昭按照计划，走向午区、申区与未区交界处的某点。

三位朋友已经说好，要在这里交流一天来的心得。

聚会处安排在一个背风的山崖下面，蔓藤丛生，绿树成荫，十分隐蔽，从左前方可以看到大海白浪联翩的一角，正面则是一道长满茅草的马鞍形缓坡。如果有人过来，也能及时发现。

胖子第一个到达，气喘吁吁，满脸通红。不久，小昭和眼镜也赶来了。从神情上看，不用多说，这一天，三人都有值得夸耀的收获。

胖子已经迫不及待了：“嘿，这地方太棒了，以前怎么不知道！”

“说说吧，到底有什么奇遇？”小昭道。

“你说奇遇，这一点不错。与你们分手才五分钟，我便逮到了猎物。”

“怎么这么快？”眼镜笑嘻嘻地看着胖子，一边用布条擦拭着猎枪。

“是啊，怎么这么快？”小昭也打趣地看着胖子。

“就是这样的，完全是现成的感觉嘛，要不，怎么说我有福气呢。”

胖子眉开眼笑，“嘿，那女孩真是漂亮，我这辈子从来没有见过，世上竟有这样一等一的美女。但跟教官说的完全不一样，哪里有什么危险嘛，枪啊刀啊，根本用不上。还是她主动跟我打招呼呢。然后，我们到一棵大树下坐下，便开聊了，这倒跟在歌厅差不多。”

“你真的没有用枪打倒她？”小昭有些不相信。

“用什么枪嘛，你们老往血腥的方面想，太破坏气氛了。”

“你们聊些什么？”眼镜问。

“那女孩说，她是昨天才上岛的，以前还没有见过我这样的人呢。怎么跟她长得不一样咧。她说她很喜欢我。我便告诉她，什么是男人。”

“那你怎样告诉他的呢？”眼镜又嬉笑着问。

“我用三种姿势与她做爱。”

“才三种啊。”小昭撇撇嘴。

“对我的小朋友来说，足够啦。”胖子起劲地拍拍大肚子，一副得胜归朝的样子。小昭无法想象，以胖子的体形，他怎么能够用那么多种姿势。

以往，在玩乐中，胖子因为年龄大，身体条件又不好，常常受到小姐的奚落。

胖子这时总是表现出低三下四的样子，竭力讨好小姐。甚至，有的时候，在小昭和眼镜看来，都快成他陪小姐了。但胖子正是从此中体验到了乐趣。

这一次，胖子像是找回了真正男人的感觉。想到自己今天是跟一个中麻醉弹后变得像是木头的女人做的，小昭不禁对胖子感到几分嫉妒。

他欠起身，抬眼看去。紫色的太阳正在气势汹汹地沉入海中，充满男性的淫邪，周天堆积着金光和乌云，大海显得惴惴不安，像是一个准备初次接客的妓女。

一些鸟儿的微小身影正在黑乎乎的礁石边翻飞，叫声有些凄厉。小昭忽然觉得心里发堵。

“她配合吗？”他回过头来，问胖子。

“她一点也不懂得这方面的事情哟，我可说真的啊。但我叫她怎样做，她便怎样做，没有见过这么听话的孩子，比我的女儿还乖。她很满足哩。”最后的这句话，胖子说得特别的真诚。

“有没有想到她是基因生物，而觉得很怪呢？”

“根本没有去想这个。完全是有血有肉的乖乖女嘛。只知道这回遇上了真正的处女！我死而无憾了。”胖子满脸蒸发出油渍渍的红光。

“然后呢？你约她了？”眼镜像是揣摩透了胖子的心思。

“当然了。咦，你怎么知道的？”

小昭又一次觉得难以思议。在空中，他们都看到了女人惊惶逃窜的样子，而他也亲眼目睹了女人对男人的刻骨仇恨。但胖子说的，或许是真的吧。这岛屿之所以吸引人，就在于充满变数。

不过，小昭又想，客人既然上了这个岛子，便是来体验一种特别的感觉的，要都是胖子那样的境遇和想法，便也没意思了。岛上的女人，不过就是一种长有卵巢和子宫的纯种动物，没有受到化妆品、首饰、虚荣心和金钱的污染，而野性是她们的首要特征。男人要寻找的，便是这样的“真正的女人”呀，这的确要通过艰苦的捕猎过程才能得到。而所谓的“约会”之类的陈词滥调，正是现代文明制造出的怪胎吧，胖子却拿到这岛上来破坏环境。那样的话，还不如在城市污秽的小巷里找一家脏兮兮的酒吧呢。想到这里，小昭对胖子的嫉妒才减轻了一些。

跟着，轮到眼镜讲述了。他没有胖子那么顺利，而是进行了一场激战。

“我遭遇了两个女人，都带着武器，是货真价实的冲锋枪啊。看样子，对男人有着深仇大恨，看着我，话也不说便扣扳机，我哪里有这样的准备，一下打在了这里。”眼镜指指胸部，防弹衣上果真有两个白煞煞的破口。

眼镜接着说：“我想，这也是一种打招呼的方式吧？幸亏有防弹衣。我也不客气，立即返还了问候，当场打死一个。另一个，与我对射半天，啸，那种紧张刺激的场面，你们想都想象不到。我最后打伤了那家伙。”

“好惊险啊。”胖子发出夸张的尖叫。

小昭想到的，却是那个被女人用石头砸碎的男人。

眼镜说：“她倒在地上，不顾伤口流血，仍然拼命反抗我，抓我，咬我，就跟一头母狮子似的，劲真大。但越是这样，我越兴奋。等我制服她时，我也筋疲力尽了，不过，还是全力以赴做了那事。是让人永生难忘的一次啊。我好像回到了石器时代。在被现代文明搞得乌烟瘴气的大城市里待久了，追求的可不就是这样返璞归真的感觉？”

眼镜的脸上，有几道血痕，像是在搏斗中被女人抓伤的。

“你真的打死人了？你竟然一上来就用实弹？”小昭念念不忘的，是这个细节。他满脑子还是那绿草地上脑浆飞溅的一幕。那倒霉男人用的也是实弹。

“这事嘛，我也说不清楚，不知怎么搞的，一上岛便在枪中装了实弹。等到发现打死了人，才大吃一惊。”

“你真是胆大妄为。”

俱乐部为什么一定要提供两种枪弹呢？就用麻醉弹，只要打上去马上能奏效，不也能防止危险的发生吗？小昭感到这后面有一个令人兴奋而值得怀疑的阴谋。

小昭又想起教官的话："因为美女的成本很高，顾客在射杀她们时，不得超过一定数量。如果超过了，客人除被处以大额罚金外，严重的，还会受到俱乐部更严厉的处罚。"教官又说："不到万不得已，不得使用实弹。"

根据小昭他们交纳的费用，允许杀死的女人基数为三。超过了，便要被罚款。如果对女人进行了集体屠杀，破坏了岛上的生态和人口平衡，处罚可就不是简单的罚款了。

"说不定，会把你也杀死的，为那死去的女孩报仇。"教官当时笑着这么说，大家都以为是在开玩笑。实际上，经济实力雄厚的客人们并没有把处罚当一回事。

"我打赌，是俱乐部唬人的。他们绝对是一帮小气鬼。另外，生产规模也可能暂时达不到，怕美女供应跟不上，下一批客人们会不满意，才做出这样的限制吧。真超过了定额，无非多交几个钱，你以为还真能杀了我们么？"眼镜做了个鬼脸。

"不要开玩笑。还是老老实实遵守俱乐部制订的规则吧。"小昭说。

这时，小昭觉得，还是不要把教官的话当玩笑为好。就他看到的情况而言，这个岛上的一切，正在传达出一种难以理喻的残酷性和多释性。任何出人意料的事情都可能发生。

"不管怎么说，的确很是刺激。后悔没有早一些发现这个地方。"胖子仍感叹不已。

然后，轮到小昭讲述了。

他的经历，没有胖子和眼镜那样跌宕，都有些羞于告白。但他还是说了。

他虚构了一个他与女人激烈战斗、女人勇敢反抗的故事，却掩饰了“奸尸”这一情节。

小昭没有讲看到狩猎者被猎物打死的一节。他不知道，为什么潜意识中就是不想告诉眼镜和胖子这个。

随着小昭的叙述，男人们的交流接近了尾声。本来是总结经验，结果，却成了各人的自我夸耀。

十二、夜中的岛

又聊了一会儿，吃了晚餐，三位朋友互相鼓励了一下，预祝对方取得更大战果，便又分头行动了。

这时，月亮像一只纸做的枭鸟，不紧不慢从海底飘摇了出来，穿越纵横交错、深浅难测的漫天阴霭，孑然一身到达中天，又投射下甲虫般的黄绿色亮光。

这晦冥的光辉接触到淼然的海面，便化学颜料般浸染开了，柔滑得宛如洗发液的海浪在月光的抚拂下，情欲高亢地挣扎起来。

小昭觉察到自己体内的潮水也在喧腾上涨。夜晚本是男人们欲火难耐之时，让他们无从打熬，何况，是在这样的岛上。

密林中偶尔响起零星的枪声，比白天的更加刺耳。夜鸟随声惊起，在夜云下久久低飞盘旋，抛下一串串说不清是哀怨还是欣赏的鸣叫。小昭想，这些鸟儿，是不用买门票的真正观淫者啊。

这时，岛屿的轮廓更加分明起来，它的存在也变得愈发可以触及。小昭感到，作为娱乐场所的岛子，此时已丧失了白日里普通旅游风景区的意味，并与其他的任何一种类似场合都有着一个很大的不同，那便是，它具有沉睡巨兽的本质。

人在这里游玩，便如在它的脊背上跳舞，岛子一旦翻身，依附在它上面的生物，说不定都要像跳蚤一样被掀入大海或天空中呢。

也可以这么说，缺少像在别的地方做事的那种把握感，而这样的把握感，以前用钱便可以买到，但在这里，除了钱，还需要有别的。不过，这也正是岛屿带来的刺激呢，与提心吊胆防备着公安冲进房间来抓人，又有很大不同。总之，在这里，人是由于紧张和恐惧才开心的。夜色中，小昭再度嗅到了死亡的气息，对自己从空中降落到岛上的过程，产生了一种恍惚和迷离。他像是穿越时间来到远古的狩猎者，周围的一切都很陌生和危险，而这也才代表着女性那吸引男人的本真味道吧。

星光时浓时淡，树木和山石都阴森森的，但一些交叉道口设置了昏黄的路灯，本是为了方便客人，却使人想起骷髅头下交叉的十字骨架。露水浓重，夜雾弥漫，小昭浑身发冷，下意识把枪握得更紧了。

他壮着胆，小心翼翼沿山路行进。好在，通过夜视仪看出去，前面的景物还算清晰。如果有危险，也来得及采取措施。

走了半天，却什么动静也没有，整座岛上的女人，似乎都回去睡觉了。小昭不安地思忖，难道，她们与大陆上的良家妇女一样，竟也是习惯于昼间活动的动物吗？这却十分反常。他心里便愈加不踏实了。

正这么想着，忽然，报警器叫起来。小昭飞跃到路旁。前面的树丛中，呼啦啦跑出一样东西，小昭正要射击，却看清原来是一头鹿。

小昭松了一口气，也有些遗憾。

他把枪换了一只手，勾着腰继续前行，觉得自己是越战片中的美国兵走下银幕。过了一会儿，他拐上一道山崖，看到这里的风景更加迷人。

山峦和平原都逶迤着而去，海湾呈现出月牙般的姿态，一块块露出水面的礁石仿佛女人的乳房。潮水从天边涌来，像是环幕电影的全景展示。

这时，小昭产生了强烈的孑然一身之感。那些一同上岛的客人们，包括眼镜和胖子，都似乎从时空中蒸发掉了。

因此，除了自己，是谁也靠不住啊。一切好不真实。小昭心中，浮上了死亡将临的悲怆。

而这岛屿，恰像是迎合小昭的心境一般，也孤零零浮在远离大陆的地方，载着早晨还在欢笑而傍晚便要成为死尸的人们。为女人们选择这居住地的那位高人，在做出这个前无古人的决定时，究竟怀着一份什么样的心情呢？小昭多么想亲眼见见这个世间奇人啊。

他觉得他一定是孤独地待在一个遥远偏僻的地方。而这时他也体会到，人的孤独，与这岛的孤独，原本是一体的。

他于是对这岛产生了一份亲切而怜惜的感慰。那种以前便做梦来过这里的感觉，更加真切了。

这时他看到了远方的主峰，山巅上，观音像的巨大十字架笔直地刺入夜空中的灿烂星群，像一只筷子伸入粥锅，在不动声色中缓缓搅动，使后者显现出极不稳定的旋涡态势。而塑像本身，由此透露出了摧枯拉朽的强大超现实感。

一切处于类似于即将要被颠覆的临界态。

观音像的顶端有一盏红灯一闪一灭，那是为了给过路的飞机提个醒吧。小昭又想到了教官提出的那个问题：这塑像到底是谁造的呢？

头顶的银河猛然间变大了，大江决堤般倾泻下来，在小昭的心目中，汇成一团蜂窝状的闪亮光焰。无数的星星像是蜂群，裹成巨大厚实的圆盘，令人浑身不舒服地嗡嗡乱转，却又分明是宇宙这大海中的一个孤岛。

在那银心的中央，如人们所言，大概藏匿着巨型的黑洞吧。而此时此刻，观音像所指向的，正是那无法理喻的黑洞的腹脐。

在更加遥远的地方，还浮游着恒河沙一般的河外星系，又都围绕着观音像在沉着地萦回。

小昭觉得自己仿佛一刹那被投掷在了存在的中心。他看得入迷，顾不得前行，也忘记了潜藏的危险。

半晌，他才起步，下意识朝那像是隐藏着无数奥秘的主峰走去，但忽然想到是别人的领地，便停住了，改换了方向。

这时，报警器又鸣响了。

十三、小昭的第二个女人

小昭紧张地四处张望，很快发现百米开外的一块巨石下有一个人影。那是一个女人，在不紧不慢赶路。

小昭伏下身，屏住呼吸，快步向她接近，一直走到距离她只有五十米的地方。

他端起枪正要瞄准，但就在这时，女人像是嗅到什么，回头看了一眼，忽然飞跑起来。

小昭顾不得隐蔽，站直身子，在后面紧紧追赶。

女人十分适应黑暗中的山路，跑得比戴夜视仪的小昭要快许多。很快，小昭便累得气喘吁吁，知道是追不上了，于是停下来，端枪射击。大概是受夜晚能见度的影响，也可能是射手十分紧张，子弹偏离了目标。等到要打第二发时，猎物已经在小昭的眼皮底下跑不见了。

世界又变得空茫。雾气愈发浓重。惊飞的小鸟重新去找栖落处。失去目标的小昭在小径上迈着虚弱的步子，觉得心里缺失了很大一块。

忽然，他看到前方的路面陷落了下去。

他小心翼翼上前，发现是一个大坑，坑底躺着一个一动不动的生物。竟然是一个人，死去已经多时。仔细一看，竟是同伙中的那位美国人。

原来，这是一个陷阱，美国人不知怎么不小心掉了进去。他浑身是血，有竹子做的尖桩从他胸口通穿而过。在星光下，死人的样子十分狰狞，更由于是深目高鼻的外国人，看上去像个魔鬼。

美国人怎么也跑到小昭的午区来了呢？大概，是不认识中文路标吧，才选择了错误的方向。但是，俱乐部为什么没有标注双语路牌呢？

搞了这么大的工程，竟连这样一件小事也不去做，有一种不太对劲的感觉。难道，这又是一个阴谋？

而这陷阱又是谁设置的呢？难道，是岛上的女人们？

小昭为美国人感到悲哀。他万里迢迢来到这里寻找人生的乐趣，不想上岛第一天便死于非命，说不定，连一个女人的滋味还没有尝到呢。

小昭嗅到空气中的危险又一次聚集起来。他慌乱地绕过陷阱，脚步也变得更加谨慎。

午夜时分，他来到一座悬崖前。小昭一眼看见，悬崖顶部的岩石上，出现了一个苗条的身影，却不是上半夜跑掉的那个女人。这回，女人是端坐着的，托着腮，正仰头出神地看着那轮巨大的月亮。

女人的身姿犹如世界级大师手下的一件雕塑，浸沐在烟花一样的漫漫月光下，乳房、肩膀和腰肢在朗朗夜色的背景下格外清晰，映衬出让人神魂颠倒的透明剪影，使小昭甚至觉得，仅仅观赏这侧影，已是人生的至高享受，看不看她本人的面目都无所谓了。

他叹息连连，停下脚步，赏看了好一阵，才又向她接近。这回，吸取上次的教训，从下风处悄悄接近女人。

小昭攀着藤条，手足并用，从悬崖的侧坡爬上去，渐渐地，离女人很近了。这时，他又担心被女人发现，停下来，悄悄观察她。忽然，小昭看见，她眼眶里有晶莹的东西在闪动，像是刚刚哭过的样子。

难道，她在想着什么伤心事么？与情人分手了吗？这岛上除了男性狩猎者外，还有别的男人么？

小昭十分的震惊，再次深深体会到，这岛上的女人，并不是他最初想象中的那种情绪简单、徒有其表的“待猎机器”。在这神秘的地界上，的确存在一种让人惊叹的多样性。但要从思想上真正地去认识这一点，又太难了。

女人仍在痴痴地瞭望月亮，对小昭的接近，没有做出任何反应。

这时，小昭反倒迟疑起来。他脑海里浮现出陷阱里的美国人尸体，心想，这女人会不会是诱饵呢？她是否在故作姿势，要等他更靠近一些，再来对付他呢？

不过，这种念头一生起，便马上被打消了。女人的剪影在小昭心头点燃的火焰，已经可以烧沸海水。到了此时此地，即便是诱饵，发疯的男人也顾不得那么多了。

小昭又奋力爬了一段，来到一个平缓的台地，伏在一块石头后面，举起猎枪。自听了眼镜的叙述后，小昭竟也有了用实弹的冲动，想着先击伤她，再上去捕获，这样或许真的更有刺激性吧。他可不愿再体验麻醉弹造成的“木头效果”了。但他又没有十分的把握，怕真的一枪打死她，惹出别的麻烦。

犹豫片刻，小昭放弃了使用实弹的念头，却有了更大胆的想法。他收起枪，蹑手蹑足继续往上爬。他选择的这条路径不太陡峭，女人一定也是从这里爬上悬崖的，此时，如果万一她发现小昭，除了从悬崖的另一端直接跳下海去，没有别的路可逃。

不一会儿，小昭已来到女人身后，女人仍沉湎在自己的奇怪情绪中，完全没有察觉到小昭就在后面。小昭猛虎扑食般高高跃起，把女人按倒。她挣扎着反抗几下，便出人意料地服帖了，浑身打抖，惊恐地回头看着袭击者。

女人的力气并没有小昭想象的那样大。小昭用半边身子使劲压住她，一只手飞快解开皮带，哗啦一声掏出生殖器，噗的一下便插入了，急不可耐抽动起来。

这一次，仍然是从后面进入，但因为是面对“活的”女人，小昭表现出了前所未有的亢奋。

悬崖下，大海在使出浑身解数涨潮。和着潮声，女人发出犹如外星生物的号叫，小昭急忙把手绕过去，捂住她的嘴。不料，她很快窒息了。这使小昭又复懊恼。

最后几下因此变得有些马虎。射精后，小昭疲惫地坐在悬崖顶部，茫然若失看着月光下的大海。女人就死掉一般躺在身边。

坚硬的石头，柔软的身体，困顿的海面，都不清不楚起来。整个世界上，只剩下了小昭软绵绵的呼吸声。小昭的感觉就像是进入了冗长的幕间休息。

但就在这时，银河的光辉又一次照亮了万物。小昭心中闪现过一道白光。这芒芽般的光辉慢慢往上攀爬，直接飞出他的喉部，唰的一声向着宇宙深处射去。

小昭忽然觉得其实自己什么都不懂得，前半生白活了。

他想，那宇宙外面的外面，到底是什么呢？

这是在小昭这种男人的心里难得产生的想法。不过，这倒也有些像十三岁那一年，在一个说是偶然而又必然的机会里，他初次窥见女人秘密时的激动。

这样的想法一浮出，竟又激起了小昭的欲望。他情不自禁抱紧昏迷中的女人，又疯疯癫癫干了起来。这一次，女人脸上竟流露出了微微的迷醉感，口中发出呻吟，就像做起了性梦一般。

十四、“船舱”

完事后，小昭乏力已极，像是把一生的性事都做完了。这种感觉，是以前没有过的。

他有些害怕。这时，他想起了那红色的药丸，便掏出来吃掉一粒。

反应果然非常的强烈，十几分钟后，小昭便感到下腹产生了一股滚烫的气流，银河一般在丹田处旋转。他的身体像是回到了十几年前。他忍耐不住，在女人身上又来了一次。这回的小昭简直就像一辆冲锋陷阵的豹式坦克。女人像是在强烈地震中被撼醒了过来，但她只是怔了一怔，随即紧紧搂住小昭，指甲嵌进男人的肉里。女人眼泪直流，却坚强地咬住嘴唇不作声。

很快，达到了高潮，女人像青虫一样拼命往回蜷缩身子，刹那间，又昏迷了过去。

小昭又一次倾力喷吐出了他的全部生命，生殖器像是把浑身所有的血管都拧成了一根绳。他野兽般嗷嗷叫唤着，声音传遍整个岛屿。大海在悬崖下面咆哮得更厉害了，仿佛是傍晚时它吞下的那枚太阳，也正在它的身体中翻腾扑跌。

大海是在嫉妒小昭呀。小昭昏头昏脑地觉得，自己以及周围的一切，正在起着古怪的变化。

小岛成了一艘宇宙飞船，而大海成了太空，飞船正在茫茫宇宙中航行。

这处悬崖，便是一个控制台呀。小昭不过是一名普通的船员，他所执行的操纵飞船的伟大任务，只有通过控制身下的异性肉体才能完成。

而这岛上的生态，其实都是人工制造出来的，是类似于生物圈二号那样的东西。这预示着这次航行的久远。

说不定，俱乐部的真正目的，便是让乘客们在这船上，一代一代地生产出后裔呢，使飞船在到达目的地时，依旧充满生气，并一直处于男人的操纵之下。

而这女人，也是船员吗？还是这世代飞船上的一个附属物，就像用完了就扔掉的火箭助推器？她的归宿，是在这虚空中吗？

小昭对与女人的关系，产生了把握不定的感觉。

说不出为什么，他忽然害怕她怀孕，更担心看到自己的孩子有朝一日会出生在这荒岛之上，并在女人的群落中长大，最后发起对“船长”的反叛。看着悬崖下面想要扑上来的黑茫茫大海，他想着要不要把她扔出“船舱”，却一时下不得手。

女人不省人事地躺着，像是小昭罪恶的活证据。这种罪感，从十三岁那年起便积聚在了小昭心底，但后来他却在浅层意识中把它给抹去了。

大概是因为模糊地回忆起了童年的经历，最终，小昭不敢把女人扔下悬崖，便胆怯地离开了。

他匆匆爬离悬崖，走了一段路，又有些后悔。回头一看，崖顶出现了一个身影。刚才还躺着的女人竟端坐起来，若无其事地观望如同画上去的一枚月亮。

仿佛，时间倒流到了半个钟头前，一切不曾发生。

小昭的心狂跳不止，加快了脚步，最后飞跑起来。

十五、诱饵

这时候，药性不仅没有过去，反而在身体里面闹腾得更厉害了。

小昭除了在黑暗的山路上拼命奔跑，找不到化解的办法。他就像是一个尿急而忙着去找厕所的人。

女人啊，你们这奇怪的动物，赶快出来吧，强奸我吧，杀死我吧，撕碎我吧！

小昭在心底发出这样狂暴的呼喊。

随着他迷乱的默默叫声，一瞬间，两旁的高大叶梢被月光唰地照亮了，变得全像是出鞘的丛丛刀剑，悉数绷紧了惨白的身子，俯看着在苍凉大地上疾跑而过的小昭，却拿不准什么时候斩落下来。

像是回应男人心灵的呼声，忽然，耳边刮过一道疾风，嗖的一声，一支箭矢钻入前面的一棵大树，箭尾还铮铮地晃动不停。

小昭飞奔的脚步停住了。他呆呆看着那没入树体的箭矢，心中竟产生了一种“终于盼来了”的喜悦。

过了两秒，这喜悦才变成恐惧，小昭有了本能的反应。刚一挫身低头，又是一支箭射了过来，噗的一声折断在身边的石头上。

小昭缓慢回转身，影影绰绰看见有一个女人，在一块巨石后面露出半个头，手里挽着一张弓。小昭抬手朝她开了一枪。女人“呀”的一声跳起，挟着弓箭，往回便跑。

此时的小昭已被欲望的烈火完全裹罩。他拔腿朝女人紧追而去。女人一蹦一跳，在前面左右晃动，如同灵动而狡猾的幻影妖狐，分明表现出了与那个坐着看月亮的女人不一样的个性。

她跑得并不快，足以让小昭追上，但等小昭迫近时，她又跑得快了一些，让小昭干着急。有时，她停下来，回头草草地放上两箭，朝小昭扑哧一笑。

这种勾引般的逃逸，在小昭心中激起从未有过的占有欲望。他想，难道，那女人竟也知道他服食了春药吗?

但是，陷阱中的死人模样又浮现了，小昭转念又想到，这一回，笃定是诱饵了。他小心起来，不敢追得太近。女人见他走慢，也减缓步伐。两人便这么若即若离地保持着奇怪的距离。而女人竟也不怕小昭射击。她像是知道他根本就打不中她。

树叶在风中沙沙作响，山上像是隐藏着不尽的伏兵。女人换了一个方向，往一道斜坡走去，上了一条小径，小昭急忙跟过去。这条路土质松软，像不久前才被人平整过，跑起来倒是不太费劲。

转了一个弯，女人的身影忽然消失了。月光又一次摇曳起来。小昭忽然产生了一种不妙的预感。他稍微冷静下来，决定离开正路，往杂草丛生、乱石遍地的斜坡爬去。他气喘吁吁迂回着，用了两根烟的工夫，爬上了小山包。

站在山顶，他才又看见了女人，她像豹子一样蜷坐在山腰处一棵大树的树杈上，四肢随意而柔软地搭挂着，正在专注地俯看来路，像是等待小昭的出现。

循着女人的眼光看下去，只见路旁的另一棵大树边，伸出一根弯曲得不自然的树枝，颇为奇异。仔细一看，原来是一台跳柱捕机。那具有弹力的棍棒一旦触动，跳过来足以一下打折猎物的头骨。

小昭吓了一大跳，心想，幸亏没有走那条路。

他从背面悄悄接近女人，在离那棵大树还有二十多米的地方，朝她又射出一枪，但还是没有击中。树叶哗哗下落。女人猿猴般跃下大树，又跑走了。不一会儿，复停下来，等着小昭。

小昭感受到被猎物戏弄的愤懑，欲火转变成怒火。他一气之下换上实弹，正要射击，女人却像知道了似的，加快步伐，飞快跑远了，这回，真的从小昭的视野中完全消失了。

小昭失去目标，郁闷不已，便放慢脚步往山下走。这时，他看见，眼前出现了一片漫长且平缓的海滩，滩上伫立着一排排亭阁和水榭般的建筑，被一人多高的砖墙环绕，围构成一座规模不小的府宅，有着私家园林的意味，向着海岸的一面有一道石筑的拱门，由两个大石狮子守卫。这又使人联想起北宋时期的地主庄园。

小昭加快脚步，下得山头，来到这园子前。这时，他忽然记起，在俱乐部发放的普陀岛地形图上，并没有标明这建筑物。如同来历不明的观音像，这宅第又是谁建造的呢？它建在这岛上又有什么用意呢？

小昭警惕地观察一阵。四周没有动静，警报器也没有任何反应。他犹豫一下，走进大门。

十六、“江南园林”里的战斗

庄园里别有洞天，处处假山池塘，修竹朦胧，流水蜿蜒，各景点由精巧的回廊相连，呈现出江南园林一般的韵致。不时可见精工的楹联，石兽的雕塑也常常从阴影中跃出身来。小昭觉得，这个地方，仿佛梦中来过。

月光在这里变得更加明朗和清纯了，使园子宛如铜镜中的仙境，人再迈出一步就可以走进另一个世界，那里的物理法则与此世界不同。海风的腥味吹来，海浪的啸声传入，使这一方洞天，与真正的江南园林，又有差别。精美的复制品增添了异域的情趣。

幽暗而封闭的庄园充满神秘。小昭受这情境的引诱，忘记了面临的危险，复觉出自己的旅游者身份，不禁为变幻莫测的世界而陶醉。他觉得，这正是自己久久渴望着要去探究和获取的客体。

绷紧的心情渐渐放松下来，他沿着回廊缓步而行，想象着三五成群的古装少女或坐或卧，而自己便是一位风流倜傥的富家公子，穿行于她们中间，不断向她们打招呼，开着无伤大雅的玩笑，有时，也吟出几句附庸风雅的诗词。末了，却并不见她们。小昭惆怅不已，产生了强大的时空幻灭感。

回廊在走向海边的地方忽然中断。眼前出现了一个神殿。这又是一处不为人知的隐秘所在。小昭急切步入殿堂，以为会有菩萨，不料看到神龛是空空的。他这时复感紧张，匆匆穿过大殿，从后门走出。海浪的声音又传过来。

小昭来到大理石铺筑的一块平地上，中央隆起一个很大的花岗岩圆形祭台，台上耸立着一根像是图腾柱的石柱，夸张地做成男人性器的模样，上面密密描画着在西南少数民族地区才能见到的抽象纹饰。

小昭又嗅到一股熟悉的味道，有点像是带鱼的腥气。

他好奇地走近祭台，看到了一样异状情形。祭台上，小山一样垒积着一大堆黑乎乎的东西，仿佛是死去的毛毛虫。仔细一看，竟然全是男人的阴茎，已经风干了。

小昭吓得灵魂出窍，两腿怎么也迈不动了。

这时，报警器叫唤起来。四周响起女人银铃般的笑声和歌声，小昭转眼看去，见十几名海妖般的少女正从竹丛和花影间慢慢走出来。但她们随即又潜影般消失了。

小昭急忙离开祭台，躲到一堵女儿墙的后面，屏住呼吸观察。过了很长一段时间，四周也毫无动静，只有一阵紧过一阵的风声。

他再也承受不住这恐怖的重压，向竹丛中开了两枪。那里却没有任何反应。

小昭站起身，准备离开这诡异的庄园，但就在这时，像是回应他的动作，他的头盔上砰的一响。紧跟着，肩部也挨了一下，幸亏有防弹衣。但小昭已被强烈的冲击力推搡得坐在了地上。

四周的丛林、回廊和假山之间，十几个闪烁着的美丽身影又浮现了，一起一伏，有说有笑，手里拿着枪和弓一类的东西，对着小昭瞄准并射击。整个感觉，像是在玩一场猫捉老鼠的游戏。

小昭大惊失色，腾挪闪躲，跃到一道假山的后面。这时，子弹和箭矢，又粉蝶般纷纷追逐过来。

匆忙中，小昭看见，那个一路上引诱他的女人，正在指挥其余女人展开围攻。

她好像是她们的头头啊。他还看到她的左肩上停着一只黑色大鸟，那模样正像是乌鸦。

小昭这一惊非同小可。这时，除了正面飞来的子弹，还有了来自侧上方的攻击。原来，有女人横骑在树干上朝小昭射击。但她们大多数人的枪法似乎较差，都打偏了。不过，也许，是故意不打中他的吧？许多人在吃吃笑，像戏弄笼中猎物一般。小昭觉得，她们看他看得很清楚，完全是惯于夜行的动物啊。

小昭没有目的地胡乱还击，已是穷于应付，几次，他试图冲出这庄园的大门，都被子弹和箭矢阻挡了回来。

他已感到死神的几个指关节搭在了自己的手腕静脉上。他眼前又出现了陷阱中美国人血淋淋的尸首和那个被砸得脑浆四溅的男人。这时，他才有些后悔上这个岛。

裤子里一阵湿热，这回却不是射精，而是尿流了出来。小昭最后的念头是，美女教官该笑话我了。

当的一声，头盔上又挨了重重一击。

并没有受伤，小昭却吓得昏了过去。

十七、死亡的边缘

等重新有了意识，小昭听见了女人的说话声，而枪声已然消歇。有好多女人正在他的身边议论纷纷。他不敢睁眼，脑海中继续闪回着白天那男人被砸出脑髓的样子。他于是装起死来。但半天没有动静。过了一会儿，他感到自己的裤裆被人触碰了一下。传来女人们哧哧的笑声。像是有只手凑近了，笨拙地解开小昭的裤子，小心地掏出男人的生殖器，无事人般拨弄了两下。

女人们又疯笑一阵。

小昭想，一定是那个引诱他来到这里的女人吧。他终于还是中了圈套。

他的器官却在女人柔软的手中硬了起来。女人们又笑，小昭从中听出了好奇和吃惊的意味，却没有亢奋和害怕。

小昭听见那个摆弄他的女人说："拿家伙来吧。"

像是别的女人把什么东西递给了她。小昭的生殖器被某种薄薄的物件摩擦了两下。他感到一股难以承受的凉意，浑身一哆嗦，却兴奋起来。这时，他不由自主想到了祭台上那堆风干的东西。

感觉告诉他应该这么躺着，那是多么的舒服呀，理智却提醒他不能再装死。

小昭猛地睁开眼，倒把面前的女人吓了一跳。第一眼，小昭便看到女人手握一把寒光闪闪的小刀，正向他的生殖器根部切割下来。小昭的忽然醒来使女人猝不及防。小昭闪电一般一把捉住她的手，把小刀拍落在地。然后一手抓紧女人，一边勾下身，用另一只手飞快拾起小刀，随即把它搁在了女人的脖子上。

这个突变使其余女人呆住了，齐刷刷地把枪和弓箭指向小昭。

“叫她们放下武器！”小昭命令成为他人质的女人，心里却绝望地想，恐怕，也没有什么用处，白天，那男人和女人，在做爱的时候，不都一起死在其余女人的枪口下了么？不过，隐隐地又有一些期盼，便是冀望着那辉煌的顶点。

他把手中的女人推在身前，怀着赴死的豪迈和胆怯交织的心情，等待弹雨的到来。

但出乎意料，这回却有了不同。庄园中的女人们似乎没有见过这样的场面，一步一步后退，自动让出一个通道。

小昭胁迫着手中的女人，提心吊胆而略带遗憾地朝女人们闪开的方向走去。

女人都担心而恭敬地注视着她们的头头，又畏惧地看看小昭。

小昭在女人们不知所措的目光下，一步步走出庄园。离开时，他没有忘记顺手拾起掉在地上的猎枪。他为自己感到庆幸，也为这里女性社会的瞬息万变而迷惑。

这一瞬间，他看到了手中女人眼中晶莹的泪光。女人没有看她的同伴，而是望着另一个地方。小昭循着她的目光看去，见那只乌鸦站在树梢上发出一声悲鸣。

十八、“对女人感兴趣”

在离开庄园的时候，小昭回望了一眼，竟有一种不舍之感。他仿佛觉得已经永远地错失了自己命定的归宿。

以前，是谁居住在这庄园里呢？是否便是那位神秘的俱乐部创立者？对此，小昭有一种强烈的心理感应。

他决定，如果以后有机会，一定还要回到这里。

小昭不敢释放手中的女人，携着她一路奔逃，直到快跑不动了，才放慢脚步。

说也奇怪，一入男人手中，这女人的凶狠敏捷，竟都不见了。给小昭的感觉是，她就变成了一块任人摆布的橡皮，并且，还常常怕得打抖。小昭觉得十分的不可思议。这分明与白天那位做自我牺牲的女人，有着迥然的不同。

小昭心想，看来，这岛上的女人，个体之间以及群体之间，存在着较大的差异。但是，是什么导致了这样的结果呢？

小昭与女人一同走着夜路，脑海里翻腾着乱七八糟的欲望。他甚至担心女人驯养的乌鸦会追上来啄瞎他的眼睛。但那鸟儿根本不知道飞哪去了。慢慢地，小昭产生了私奔的幻觉，心中升腾起与异性交流的温情与渴望。

小昭问女人："刚才，你为什么要对我那样凶？"

女人咬着嘴唇不说话。小昭用枪口捅捅她的后腰，她才嘶哑地挤出一句："我恨男人。"

"怎么会呢？你看我不挺好一个人吗？"

"你？"女人撇撇嘴角，看了一眼小昭。小昭很尴尬，便说："我倒觉得，对你们这些住在岛上的女人来说，男人真的很稀罕。你们应该喜欢才对。"

女人嘟哝了一句。小昭说："你说什么？"

"你根本不懂。"她说。

“我当然明白，有一点你们不满意，那就是我们打死了你们的姐妹。但那也是不得已呀。是你们先用箭射我们的。”

“不。你不懂。我们只是不喜欢男人。”

“这我理解。有些男人做得太过分了。”小昭愤恨地想到那些随便使用实弹的男人，心中浮出负罪感，觉得应该对身边的女人好一些。

“不，你还是不理解。我的意思是，我们只对女人感兴趣。”

最后这句话一入小昭耳蜗，他便挨了当头一棒似的，也像是证实了某种预感，立时觉得一切没有意思了。下身一路上硬着的那玩意儿，顿时疲软了下去。

“怎么啦？”女人用嘲笑的眼神看着小昭。

小昭停住脚步，愣了半晌，才对女人说：“那你走吧。”

女人像是不相信自己的耳朵，站在那里，一动不动。

小昭又用枪口捅捅她，吼道：“滚！”

女人才回过神，正要拔腿跑掉，这时，身边的丛林一阵乱响。小昭吓了一跳，那里蹦出一个人来。

他正要开枪，却发现原来是眼镜。

十九、眼镜

“我一直瞅着你呢。”眼镜嬉皮笑脸的。

“你说什么？”

“怕你出事，我一路跟来保护你呀。”

眼镜说这话时，根本不看小昭，而是直勾勾盯着小昭身边的女人。

那女人也看眼镜，浑身又抖个不停，像是连跑掉的力气都没有了。眼镜嘿嘿地咧嘴笑起来，显得格外的放肆和淫荡。

小昭不禁心头冒火，心想，他说得倒好，刚才，自己遇险时，眼镜为什么没有伸出援手呢？不是说每天傍晚才聚一次么？眼镜一路跟着，到底想干什么？

第一次，小昭生出对多年朋友的疑虑。但很快，他便为有这样的想法而羞惭起来。

要说起来，眼镜是把小昭带入此道的老师。那是小昭参加工作两年之后，那时他已经结婚了。有一次，眼镜与小昭一起出差到外地，住在招待所，晚上睡不着，便谈论起女人。

说到兴起时，眼镜便提议一块儿出去玩玩。小昭那时除了跟老婆做爱，还没有到社会上耍过，此时，却也不愿在眼镜面前显出雏儿的样子，便说一道去好了。

他们先去发廊。看了几个，都不满意。

眼镜又说去洗浴中心。桑拿完毕，便去按摩房。小姐一上来，便要做那个，小昭感到很新鲜，便让她做了。

他第一次的感觉很不好，觉得是自己在帮女人享受，并且他还要付钱。出来后，发现眼镜还没有做完。他又等了一个钟，眼镜才笑嘻嘻地出来了。

小昭把两人的钱都抢着付了，眼镜也没有说什么。自此后，眼镜便经常邀小昭一起出动。多做了几次，小昭才对这种事发生了兴趣。

后来，眼镜在单位的职位晋升得比小昭快，但是，却始终能够与小昭交心。

他们在一起玩得更加无忌，直到后来有些精疲力竭，连兴致也淡了。

男人为什么会如此沉湎于这种事情呢？小昭不能解释。也许，是本性如此吧，就像小孩喜欢吃麦当劳，一受到现实的诱惑，与生俱来的东西，便通通激发了出来。这跟大脑中某种激素的分泌有关，甚至是由百万年前形成的基因决定的。这样的一些人，生活在快乐中，但同样也是痛苦。社会成规认为这不道德，而其实，他们仅仅是性喜好不同罢了。

然而，渐渐发觉，周围的男人中，没有不玩的，如果说是喜好，那么它就实实在在地表现在了每一个人的身上，只是频率上呈现出差异，主动性也有所不同。难道，男人的身体里都携带有淫乱的基因么？还是后天造就的社会属性？

如果说是后天，那么，究竟又是什么使然呢？

小昭越想越不清楚。他曾经就此问过眼镜，眼镜笑而不答。

眼镜聪明过人，大学上的少年班，又跳了级，工作很早，同样的年龄，别人还在实习，他已获得了小小的一官半职。但感觉上，眼镜并不快乐。虽然从来不主动说，但那种生不逢时的感觉，常常从他的言谈间流露出来。

除了小昭和胖子，眼镜在单位没有别的朋友，树敌却很多，不少人把眼镜视为晋升路上的对手。

而眼镜本人，胃口似乎更大，除了仕途，还想着在钱途和情途上有大斩获，这多少使他呈现出未老先衰的模样。

据眼镜自己说，他第一次与女人亲密接触，是在少年班的时候。早熟的他受到了英语公共课女教师的引诱，这种关系，一直保持到眼镜参加工作。他在拿到第一份工资的当天，便去找了妓女，从此，他才从心理和生理上彻底摆脱了女教师的纠缠。

小昭有时想，少年班真的是一个恶魔啊。那种破坏人生命运平衡、扭曲社会资源分配的东西之所以存在，本是后发民族在拼命追赶中显露出的一种底气不足，却熄灭了童贞的梦幻之火。长期生活在那种非常状态下的眼镜，直到现在，还是那么的自负而抑郁啊。

而如今，类似少年班这样的怪胎，不也移植到了每一所小学、中学、大学乃至单位里面吗？在这个国家的每一寸土地上，都生长着过分成熟的小大人。

但小昭意识不到的是，他的想法深处却也隐藏着对眼镜的嫉妒火苗。

此时，眼镜抽出日本军刀，双手托举，把它对准月亮，两眼眯缝着察看，那样子就像一名印加帝国祭司。刀刃的反光如同玫瑰花的魅影，阴柔地倒映在女人的眼波中。这是眼镜在弄姿作态。他刻意要营造一种特别的气氛。女人抽泣起来，像是水底的大鲵在叫唤。眼镜以为自己达到了目的，嘴角往左一撇，仿佛在笑，却又没有一丝笑意。小昭出神地看着女人的哭相，不禁心旌摇荡。

在这哭声中，眼镜的身体开始发抖，并且越抖越厉害，就像癫痫发作。小昭知道，眼镜已到达临界状态。以前，这家伙在与女人交往时，常常也会控制不住自己，但此时，那神态和动作又有着别样的不同。小昭产生了一种心悸的预感。

眼镜忽然如同风中的树叶一样摇摆一下，日本刀在空中划了一个优美的弧圈，准确地捅进女孩的右腹，然后，朝左边慢慢拉动，把柔软的肚腩横着剖开了。

二十、子宫

那刀好像是刺进了小昭的腹中，他顿时眼冒金星，瘫软无力。

他雾里看花一般瞄见，少女猩红发热的内脏一层层翻卷着裸露出来，就像是从火山口吐出的岩浆，有一种沉甸甸、慢吞吞的感觉，在重力的牵引下逐渐淌落到凉飕飕的空气中，而她本人好像受着这股力量的牵引，往宽阔的大地弯下腰去，先是双膝着地，然后便全身倒下了，在地上痉挛着打起滚来，新鲜的内脏沾染上碎石、杂草和土粒，看上去活像一盘刚出炉的比萨饼。

这便是女人美丽外表后面的实质性内容吗？小昭感到，药丸的强大作用又开始在他身体深处剧烈翻腾。下身再次硬起来，使劲往前冲，像囚犯急着要越狱去寻找自由。

怔怔地看着女人奇怪的腹部，小昭记起来，三十六年前，自己就寄居在这同样的肉体和腔膛里面呀。他与女人，不过是宿体与寄生的关系，而说不定，这正是这世上一切关系的本质呢。

眼镜深刻地皱着眉头，转眼间变得像是一名严谨的学者。他谨小慎微地抽回刀，在树叶上迟疑地擦了擦，把它缓慢插回鞘里，就好像把一件使用完的实验室容器放回原处。然后，他认认真真挽起右手袖子，迈着碎步走近女人，熟练而轻柔地掀动她的身子，使她仰面朝天，一边把右手伸进她迸裂开来的肚腹，在里面仔细地摸索翻检。女人吃痛，只能哆嗦，连叫唤的力气都没有了，无法阻挡眼镜的动作。

忽然，眼镜停顿住，眼珠一转不转，片刻之后，猛地往后一拽，从女人腹腔中扯出一团血糊糊的球状物。小昭不敢相信自己的眼睛。不用细看，他也能猜到，那一定是女人的子宫，是还不曾发挥过自身功能的处女的子宫呢。

多少年前，还是上小学的时候，在市工人文化宫举办的“人体的奥秘”展览上，小昭也看到过这样的东西。那不过是一个通体褐色的四方形物体，浸泡在盛着同样褐色液体的玻璃器皿里。给人的感觉，这怪异的东西是由一位戴黑边眼镜、穿旧式军干服、瘦瘦的并有些谢顶的中年男人在自家厨房里用菜刀切下来的。它吸引着幼小的小昭久久不舍离去，唯一遗憾的是，却没有产生后来才懂得的观赏快感。

彼时，这神秘的物体，是否便代表了女人在小昭心目中的所有印象呢？

总之，这图景一直伴随他长大成人。

接下来的问题是，别人是否也是这样长大的呢？比如眼镜？那种极富纪律性、目的性十分明确的集体参观，回想起来，是一种带有惊险性质的有组织犯罪。

大人们为什么要支持并安排这样的活动呢？为什么这一切是由学校牵头而不是由父母提议的呢？这样的疑问，久久沉淀在小昭沉睡的心灵里。

正是这样的一种所谓的“强迫的面对”，陪伴着男孩子进入青春期，并电荷般积聚在了他的一生中，终有一天会到达爆发的临界点。

而就在现在，小昭不也正经历着一场由眼镜制造的“强迫的面对”吗？

其实，这种“强迫的面对”的经历，存在于每一种境况下，连走路、吃饭和上厕所都须臾不离。不过，深究起来，这强迫的里面，又不能说没有更真实的自愿性吧。也许，正是这个原因，才锻造出了面对女人时的异常心态和淫乱行为，而不是相反。

有一段时间，小昭曾这么想：由于去歌舞厅和洗浴中心的次数太多，导致了对女人的厌倦。这样的感觉一旦产生，便会癌症一般发展成为对整个社会和人生的无端憎恶。

但是，现在却有了不同的体会。或许，正是癌症一般蔓延着的对社会人生的仇恨，才导致了甚至对绝色美女都会有的厌倦吧。

岛屿的意义，在小昭这里，一下子明晰多了。

二十一、灵魂的第二居所

女人发出一声惨绝人寰的叫声，便一动不动了。

眼镜用血淋淋的右手死死擎着那团东西，凑到鼻子前嗅了一嗅，又取下眼镜，把子宫放到眼前极近的地方观察，像是要看清它上面的纤纤茸毛和细细血脉，然后，双手抱住它，像怀抱自己的儿子，哈哈大笑着飞快跑走了。小昭听着渐渐远去的笑声，感到像在做一个很早以前就做过的梦。

他看到，一只黑色的大鸟，默不作声跟着眼镜飞去。他的心又悬上嗓子眼。

此刻，小昭倒宁愿相信，这岛上的一切，本是由计算机虚拟出来的。

这时，远方观音像的颈部闪射出一缕氢弹爆炸般的火花，刹那间掩盖了银河。

小昭以为是看花了眼睛，揉揉眼，却见着观音像的确五彩缤纷。它的十字架形状，顿时又有了空军雷达天线的特征，正在与遥远的群星发生着繁忙的信息交换。

那么，它是遭到了反辐射导弹的袭击，还是被飞机撞上了？

难道，是前来接应支撑不下去的客人的直升机出事了吗？却又听不见爆炸声。

持续了五分钟，默默无声的闪光倏然消失。银河才复明了。

小昭疑惑不解地收回目光。他觉得，这观音像的来历更加可疑了。有没有这样一种可能：它本就是这岛上的女人修筑的呢？她们已经静悄悄发展出了一种新的文明，掌握了某种连俱乐部也不知晓的技术，也许，是藏在岛屿的地下某处吧。在岛屿表面游荡并被射杀的女人，仅仅是为了掩饰这种文明存在而抛出的饵料。

他不敢往下想了，便又回到原来的思路。

他想，眼镜也许是在验证女人的正身吧。这种十分必要的手法，却被小昭忽略了。他对眼镜的不辞而别感到唐突。

小昭又看看地上开膛的尸体，血又往脑子里灌。她不再像是一个人，而仅仅是任何一种哺乳或两栖动物。蛋白质和细胞的死亡，脱氧核糖核酸的弯曲，脏器的断裂，无处不在地显示着这具自组织机器的精密、美妙与脆弱。

小昭呕吐了一次，然后，伏在女人的背上，从后面进入。这一次，是真正的奸尸。

然而，在射精的刹那，却分明感觉到，死去女人的阴道，竟然有了反应。它在富有节奏地收缩着呢，鲫鱼嘴巴一样，一张一合噬咬起小昭的阴茎，使他产生了前所未有的高潮快感。这时，在小昭的想象中，女性生殖器官与刀片的光影重叠了。而阴道这种深不可测的存在，在失去子宫这个“大脑”的控制后，仿佛，也确乎是变得更加的自由和放纵了。

小昭不禁想到，那个地方，也许便是女人灵魂的第二居所吧。他十分感动，对眼镜增添了一分理解，眼眶也有些湿润了。

二十二、逃命

刚刚完事，报警器便又鸣响了。附近传来纷乱的脚步声。是女人们追上来了。

小昭匆匆拉上裤子，拔腿又逃。

正是刚才那群围攻小昭的女人，无疑，那死去的少女正是她们的头头。她们跑过来，看到地上死者的惨状，便停住了，围成一个圆圈，放声大哭。哭了一阵，才想起什么，又继续追小昭。女人的尸体就放在那里，看来，这岛上没有埋葬死者的习俗。

女人似乎有着天然的追踪猎物的本领，也许是凭借气味，或者别的什么，她们很快便察知了小昭逃走的方向。另外，小昭发出了很大的声音，也暴露了自己的位置。

大概，基因中有类似猎豹一类动物的片断，女人奔跑的速度极快，很快逼近了小昭。因为不再投鼠忌器，这次，女人们表现出了淋漓尽致的复仇疯狂。

子弹和箭矢形成雨幕，从小昭身边嗖嗖掠过，把树叶和岩屑打得哗哗直掉，这回，小昭已然真正成为美国越战片中的一个角色了。

他感到死神又一次来到身边。死神黑瘦干枯的样子，像个淫棍，与如花的少女的面容，交错叠映在一起，有一种很神奇的感觉。

几颗子弹打在头盔和后背上。小昭踉跄倒地，夜视仪也跌掉了。他摸一摸没有受伤，又爬起来猛跑。他来到一座山坡处，慌不择路，拽着草藤奋力往上爬，爬到一半，已是没有了力气。

女人的尖叫声越来越近。这时，小昭发现，左前方的峭壁下像是有一个山洞。

他赶忙往那里跑去，一头钻入。

女人们追近，在洞口处停下，吵吵嚷嚷商议着什么。小昭躲在洞中，大气不敢出。

过了一会儿，有个女人试着把头探进洞口，小昭不假思索放了一枪，她啊呀一声，急忙缩了回去。对于藏进洞子的小昭，女人们似乎有些不知所措。

过了一会儿，洞口又一次出现人影。这回，小昭镇定了一些，等她的身体整个地摸了进来，才开枪射击。女人哎哟一声倒在了洞里。

小昭也看不清打中了哪里，女人趴在地上，动弹不了，大声喘息和惨叫。

小昭感到全身虚脱，没有勇气补枪，也不敢过去察看。

这时，有另外的女人试着爬进来，想把受伤的女人拖出去，小昭才又开始射击，却没有打中，只是驱退了她们。

之后，便再没有人敢进洞了。女人朝洞子里胡乱放枪和射箭。子弹和箭矢击在石头上，都弹飞了，有的差点碰着小昭。女人们愤怒地大叫，使小昭想到现实社会中那些感情上受伤的女人。这时，他才觉得，原来，女人其实都是一样的啊。

女人也没有催泪弹和火焰喷射器一类的武器，所以，暂时也无法奈何小昭。

她们便在洞外等待，不时放着冷枪。

尽管已陷入极度的疲惫和困乏，小昭却像被猎人围困的动物一样，丝毫不敢放松警觉，更谈不上合眼入睡。

时间一分一秒过去。那受伤的女人，似乎也绝望了，叫声慢慢小了下去，但喘息声却更加粗重，在这响着零星枪声的孤岛深夜里，十分的恐怖而压抑。

小昭听着听着，便哭了起来。令他自己也感到奇怪的是，他发出的竟是跟初生婴儿一模一样的哭声。听见这不同寻常的声音，洞子外面的女人们仿佛是被遗传特征中的某种本能唤醒，一齐出神怔住，停止了射击。

天地间，便只剩下了小昭的啼哭和受伤女人的喘息。这样的声音，几乎要使万物窒息。

然而，可怕的是，不久，这两种声音里面，又混合进一种新的声音。

那似乎也是一种喘息，来自洞穴更深的地方。

二十三、洞中的男人

小昭在惊惧中止住哭声，努力分辨那声音的来源，弄清了不是受伤女人发出来的。

他便往洞穴深处看去，吓了一跳。小昭发现竟然还有一个人待在里面，是一个男人。

这家伙骨瘦如柴，黑乎乎的，几乎与岩石融为一体，小昭失掉了夜视仪，所以刚才也没有发现他。他正像是从小就存在于小昭臆想中的死神。

“你是谁？”小昭举起枪，毛骨悚然问。

那人不说话，直瞪瞪看着小昭，像在笑。小昭头皮发麻。

处于将死的女人和死神般的男人之间，小昭进退两难，又不敢随便开枪。

就在这时，那男人发条玩具一般动弹起来，看模样好像是在向小昭接近，其实只是两个眼珠在转动。他忽然开口了，嗓音像是出了毛病的录音机：“你不要怕，不要开枪打我。我也是男人，跟你一样，是狩猎者。”

“你是狩猎者？”

“是的，我到这岛上已有一个月了。”

“一个月了？天哪，你都是怎么熬过来的？”小昭仍不敢放下枪，但紧张的心情稍微舒缓了一些。

“说来话长啊。”

“你怎么会在这洞里？跟我一样，是在躲避女人的袭击么？”

“不，跟你不一样。我是被女人逮住后关进这个洞子的。这是一间牢房呢。”

“你怎么这么笨，竟被她们捉住了？她们关你干什么？”

“嗷，她们定时来吸取我的精液。”男人做了两下咂嘴的动作，咯咯直笑，“就在这样的夜深人静时刻。”

男人的笑声经久不息，却空空洞洞。小昭听了，浑身难受。他眼前出现了女孩子们一群群排着长队等着伏在男人身上吸吮的壮观场面。他觉得这个岛子更加不可理喻。同时，他也听出这个男人的声音似乎有些熟悉。

“你到底是谁？”小昭壮着胆子喝问。

男人不说话了。忽然一切安静下来。好可怕的静啊，就像大地震来临前的瞬间。小昭像掉入冰窖，浑身颤抖不停。

他猛地打开手电，唰地照亮对方，发现他没有戴面罩。那是一张熟悉的面孔。原来，竟是那位人人皆知、享誉中外的电影导演哪。小昭以前只是在电视和报纸上见过他。

导演拍摄过一系列以男人与女人关系为主题的电影，在国际影展上屡屡获得大奖，被誉为新生代导演的领军人物。他作品中强烈的性暗示，曾使小昭十分激动，由此也崇拜着导演本人。导演刚完成一部以大漠为背景的古装武打片。前不久，小昭还在电视上看到他举办新闻发布会呢。

啊，连这样的人物也上岛了。小昭惊奇万分，也从中感到一种格外的踏实。

他问：“你上岛时，岛上便有观音像了吗？那所庄园呢？”

导演听了小昭的话，皱头紧锁，像是陷入对一个不可能有答案的问题的长考。末了，却不回答，忽然像是忘记了小昭的存在，侧耳倾听了一阵，欣喜地说：“嘿，我的妻子们很快就要来了，我要出去迎接她们。”他又咯咯笑起来。

听这话，导演说的好像不是守候在洞口的这群女人，而是另外的一群。

小昭害怕而激动地想，岛上的这些女人，真的有着大不一样的习性啊。有的宁愿与男人同归于尽，有的喜欢与胖子那样的男人聊天寻欢，有的以割取男人的生殖器为乐，还有的，竟然是以吸取男人的精液作为生活中必不可少的内容。

世界如果由这样的女人来统治，会怎样呢？他这才意识到基因工程公司的非同一般。俱乐部保持低调的后面，还有什么呢？它的试点，仅仅是这一个岛么？

导演提到的女人，使小昭不禁想到了吸血蝙蝠，而导演本人，看样子，竟然也沉迷于其中，大概，要待在岛上不走了吧。他甚至不惜舍弃辉煌的事业和鼎盛的名声啊。

不过，那样的事业和名声，对于导演其人来讲，本身是否真的有意义呢？或者，正是那些宏丽的光环，它们所具备的内在空洞性，才最后驱使着导演来到岛上的吧？小昭平时看到的，是作为公众形象的导演，而此时的男人，才更加真实可信。

与小昭一样，导演大约也是一个精神的癌症患者吧。他隐藏在成功笑容后面的无端厌倦与憎恶，也一定达到了更大的数量级。大概，只有这样的岛屿，才能成为他体验生活的唯一有效场所，也才是他今后获得创作灵感的最佳源泉啊。

已经习惯于精液被吸食的著名导演不再理会小昭，站起身，欠着腰，醉汉般摇摇晃晃往外走。小昭看着，如看一个鬼。

导演的身影在洞口消失了。外面，女人们的声音有些异样。似乎是两群女人在争吵。随后，又爆发出炒豆般的枪声，以及惨叫。中间夹杂着男人咯咯的笑声。

不久后，一切寂静了。

小昭神经质地把枪指向洞口，紧张地等待着，但再也没有人进来。就这样，在洞里待了一夜，什么也没有发生。

晨光初现时，那受伤的女人不再有动静，大约是死掉了。

小昭喝了些水，吃了点东西，身上有了热量，胆子也大了一些。他再次听了听，外面没有了异样的声音。

他于是蹑手蹑足向洞口爬去，在跨过那女人的尸体时，低头朝她看了一眼，见她大腿和腰部有两个伤口。女人整个身体浸泡在血泊中。她是流了一夜血才死去的。小昭在她的乳房上摸了一把，那里冷冰冰的，只略微保留住了些许弹性。

小昭心情复杂地想：他妈的，自己也杀死人了。不禁分外懊恼。

他小心翼翼把头伸出洞口，忽然传来一阵轰鸣，吓了他一跳，原来是无数鸟儿在欢畅鸣叫，如巨大的瀑布滚滚泻落。早晨的新鲜阳光刺得小昭几乎昏迷。有一样冰凉的东西淌落在他的额头上。小昭急忙缩回头。原来，是露珠。

他再次伸出头，这回，连脖子也伸出去了。森林和草地都明亮得出奇，整洁得就像是主妇精心收拾过的床铺，上面没有半星血迹，也没有丝毫人类践踏过的迹象。昨夜的枪声和惨叫整个像是噩梦。一个女人也不见踪影，连同那鬼一样的导演。

来得快，去得也快。什么都消失了，像原本就不存在似的。

在温和柔软的大地上，离开山洞的小昭仰起头，贪婪地吸吮露珠，感受到一种初生婴儿从母亲阴道里爬出来的惊喜和宽慰。

二十四、领地

小昭对女人们难以捉摸的行径感到郁闷。由于昨天的惊恐困乏，这天，他行动很少，大部分时间是在守株待兔，却毫无成果。

他想，大概，是女人们嗅到他的存在了吧，就远远避开了。

傍晚，又到了交流心得的时候。小昭悻悻前往预定的地点。眼镜先来了，眉飞色舞，看来，今天收获不错。

小昭此时再看眼镜，有一种见陌生人的感觉。小昭对于眼镜手捧女人器官飞跑的奇怪样子，感到难以释怀。

但现在，眼镜两只白嫩的小手干干净净，像是经过异体移植的新肢，血什么的，都不知在哪里洗掉了。

小昭强迫症一般想提一下昨晚那件事，却不知怎么开口。而眼镜似乎已经把它全部忘记了，只是兴奋地说起另外的事情。

眼镜说，他今天进入了别人的猎区，那种感觉好极了，发现了更多女人。

“你这可是违反规定呀。”小昭有些替他担心，却又盼望他更多地违反下去。

“其实，从一开始，很多人就违反了。”

小昭想起他第一天遭遇的那个男人。是啊，他也撞入小昭的猎区了。

所有人都在受一种疯狂的念头支使，而小昭其实已经落伍。

“那么，你遇上别的男人了么？”小昭忐忑地问。

“岂止遇上了，还发生冲突了呢。结果，我打死一个，赶跑三个。”

“你打死客人了？”

“当然。”眼镜平淡地说。

“你这过分了。”小昭心惊肉跳。

“击毙男人，并不列入俱乐部的成本统计，这一点，我早就心里有数。”

而小昭却不曾想过这个。他才意识到，自己对眼镜的了解实在不够，他与他相差了一个数量级。

眼镜又说："嘘，你想不想知道，我打死的那个男人是谁？"

"是谁？"

"揭开面罩，我也吓了一跳。"

"到底是谁？"

"是赵日月呢。"

"啊？"

小昭的脑子里嗡的一声，顿时翻江倒海。赵日月，是小昭单位的一把手，正部级，今年六十一岁。平时，根本看不出来啊。真没有想到上岛的人中间竟然有他！他那么忙，怎么有时间到这里来呢？而他的工资又怎么可能支付俱乐部的花费呢？过几天，等单位发现他失踪了，又该是怎样的一种情形？一万名员工，将如何猜测和议论？

对于天意作合让自己知道了赵日月死亡的秘密，小昭心怀不安。而身边的这位眼镜，小昭最亲密的朋友，竟是弑杀最高领导的凶手。他还会做出什么事呢？小昭不禁退后两步。眼镜察觉了，微笑着把右手放在小昭肩上，宽慰地拍了拍。

"不必大惊小怪。这种时刻，是必定要来的。只有把岛屿梳理一遍，才能发现最好的女人。而男人的群体，也将会发生分化。难道，这不自然么？"眼镜温婉地说，又像是用某种宗教般的理念劝化小昭。

小昭仍然害怕。这正如只有眼镜还清醒地想着要对女人验明正身，揭下死人的面罩，而小昭却不会这么做。在这种竞争中，他或许会成为失败者呢。

"总之，固有领地的概念，已经极其自然地崩溃了。如果遇到别人闯入你的地盘，你必须狠狠还击，不管他是谁。”眼镜咬牙切齿说，“如今，男人也变成野兽了。”

“谢谢你的提醒。”小昭这么说时，才由衷了一些。他努力回想眼镜以前对他的种种关照。

“咦，胖子呢？”小昭这时想起了什么。

“不用替他担心，他又不是找不到地方。”

“不过，约定的时间过去许久了。”

“笨猪走路慢。”

“还是去找一找吧？”

“那好吧。笨猪总是需要人来照顾。”眼镜不情愿地嘟囔。

这时，他们同时闻到一股异味。

二十五、胖子

他们循着气味往东走去，在五六十米开外，一眼看到了胖子的尸体。虽然很新鲜，却成了一堆残缺不全的烂肉。右臂已与身体分离。最为醒目的是，下体出现了一个黑红色的大洞，那玩意儿已被连根拔除。

沉睡在淋漓鲜血中的洞穴，以毫不遮掩的姿态，深深吸引了小昭。它像大张的嘴巴一样，在无声而委屈地诉说着什么，小昭十分想弄明白它的故事，却又什么都听不见，于是心有戚戚。

他便在附近走动起来，却没有找到胖子失落的生殖器。他只好又回头去看那个洞，好奇地想，那创造人类历史的伟大物体，一旦除去，也不过就是这个样子啊。

忽然，又觉得胖子此时的样子，其实便是一个女的。

这，或许才是真实的情况吧？小昭的性欲又上来了。

在胖子附近，还有一具少女的残尸，同样惨不忍睹。

小昭毛骨悚然。血淋淋的事件就发生在离他和眼镜交谈这么近的地方，而他们竟一点也不知道。并且，死去的，是他们最好的朋友。

“是他信誓旦旦要去约会的那个相好干的吗？”小昭用眼角余光扫视那具女尸，发现她十分的娇小玲珑。

“我哪里知道。”眼镜抽出一根香烟，点了三次才点燃。

“不过，看样子，真的是在约会的时候，遭到了意外袭击。”

“没劲，花那么多钱，来到这个岛上，可不是来赴约会的噢。”眼镜捂住鼻子，伸腿蹬了蹬胖子的尸体。这动作让小昭反感。

“别那么说嘛，胖子也怪可怜的。每个人都可以选择自己的生活方式哦。”小昭看着尸体，鼻管发酸。

“可是，到底是被男人打死的呢，还是遭到了女人的暗算？”眼镜带着自恋似的表情，好奇而狐疑地瞄着尸体的下部。

“都不像。倒仿佛是在做爱的过程中，被一种什么野兽吃掉的。”小昭突发奇想。

“难道，这个岛上还有比人更厉害的野兽吗？”眼镜像个女人，嘤咛一声。

“想想也是。要是这样，便太可笑了。被野兽吃掉，连那玩意儿都吃掉了，倒也说明胖子真是没用啊。”

“的确，除了滑稽的感觉，其他什么感觉也没有。”

“不过，存在更凶猛的野兽，也是有可能的。”小昭费力地想了想，又说，“像这样非同一般的俱乐部，总会安排一些意外的节目吧。可能，有的客人就喜欢这个呢。你看过《侏罗纪公园》吧？也是在一个海岛上，放养着供人游戏玩乐的霸王龙呢。”

“这座岛上会有霸王龙吗？”眼镜扔掉半截香烟，呼的一下提起一条腿，曲起来，呈金鸡独立状，两手举过头顶再勾搭下来，学着恐龙的样子，做出张牙舞爪的姿势。他使劲翻着白眼，朝小昭比画，竟把小昭真的吓了一跳。

“不要开玩笑。”小昭心有余悸地说，“胖子可能也并不喜欢什么意料之外的野兽吧。这人一贯怕死。”

“不过，野兽其实也是美丽的呢。至少，它们没有思想。一旦离开这个岛子，就找不到野兽了，那才让人发怵呢。”眼镜嘀咕。小昭回想昨夜眼镜历经的“解剖的喜悦”，产生了一种己不如人或技不如人的自惭。

海浪的声音忽然变大了。空气中仿佛有危险的气味袭来。他们不再说话，用日本刀就地挖了一个浅坑，把胖子连同他的“相好”一起埋了。此时，小昭对眼镜刚才的扮相，仍耿耿于怀。

什么是“意料之外的野兽”呢？小昭想，恐怕，那是一种会随时间而变化形态的超自然怪物吧。

他不禁回想起与胖子相识的经过。

那是小昭刚来单位的第一年，一次，走在楼道里，小昭看到墙上的火警电话，忽然产生了强烈的冲动。他手一痒，便把那红色的塑料玩意摘了下来。

立时，警报声响彻整座大楼。小昭吓傻了，在原地动弹不得。

楼梯上响起了匆忙而危险的脚步声。大厦管理人员和保安冲了过来。就在这时，面前出现了一个硕大的身影，正是胖子。胖子拉住小昭，躲进他的办公室。

等如临大敌的管理人员和保安进来查找时，胖子又帮忙打掩护。小昭逃过了一次处分。

事后，胖子问小昭为什么要那样做。小昭回答说，只是觉得，这世界本身已无处不是火灾。胖子说，这也是他的感觉。

胖子进单位的时间，比小昭和眼镜都要早十余年。早些时候，胖子混得还不错，曾做到了赵日月的秘书，后来却忽然不被重用了。

那是有一年，胖子的办公室分配来了一名娇小的女干事，胖子对她大为动心。

他给她写了一封求爱信，不料，女干事却把信件交给了领导。很快，这事便传开来，同事们都在背后鄙夷地议论胖子。不久，胖子便被调离了秘书的岗位，下放到了一个普通的部门。后来，听说那女干事与赵日月好上了。

这之后，胖子便对工作失去了兴趣，把全副精力投向股票市场，不想大发了。

从此，他开始频繁光顾色情场所。这时的胖子，已年届不惑，有一种被大火催逼着的紧迫感。

小昭和眼镜这样的前途远大的后起之秀，与胖子交上朋友，却是无法避开的冥冥中的安排。

在三人一起去歌厅和洗浴中心的昔日，每次挑选小姐时，胖子都仗义地充当大哥，让两个小弟先挑，结账时，胖子总是争着付钱。

胖子养有一妻一女，女儿正上初中。

二十六、有关女人的看法

也许是胖子之死造成的心理影响，这一晚，小昭与眼镜没有分开。他们并身躺在山崖下，聆听海潮声，仰望天上的银河，默默想着心事，有一阵，又有一搭无一搭聊着这岛屿和岛上的女人。

“我一直在想，”小昭说，“昨天，那个女人对我说，她不喜欢男人，只对女人感兴趣，当时，真让我伤透了心。”

“应该说还是环境的影响吧。你要明白，更多的时候，她们是生活在没有异性的氛围中，这使她们的性倾向出现了变化。你应该对她们多一分理解。”眼镜认真分析着，仿佛他什么都懂。

“你在说她们是同性恋吧？”小昭想到头戴花环的少女与身挎突击步枪的少女之间那种生死与共的关系。

“我敢肯定，至少有相当一部分，是这样的吧。”

“不过，如此一来，客人该不高兴了。来这里的，都是狂热的异性恋者啊。可能俱乐部事先也没有料想到吧。”

“也可能，是早就想到了，因此，才通过这个增加了捕猎的难度。有的客人会觉得更刺激。”

“但是，对于有着强烈异性需求的男客人而言，比如我这样的人，可能还是会不高兴的哟。”

“那只是一方面。更可能，这岛上流行的其实是双性恋。不过，存在于女人身体里的异性恋冲动，在通常情况下，是作为隐性态存在的，在没有觉醒之前，便被枪弹的呼啸声掩盖了。那些可怜的女人，在还没有品尝男人这道美味佳肴之前，便一命呜呼了。因此，在女人们按照常规看来，我们都成了穿戴着头盔和甲胄的强盗和野兽，而不是温文尔雅的情人。”

眼镜这么说的时候，小昭眼前又浮现出他掏出女人子宫的场面。他使劲眨了眨眼，强迫自己不要去想它。

“那么胖子又是怎么一回事呢？”他又问。

“那是例外。只有那些初次上岛而没有经历过猎杀场面的女人，才会对男人产生本能而纯洁的好感。不过，这倒增添了我的好奇心。至于那些身经百战的女人，她们对男人的感觉一旦苏醒，或许，才会更加得劲吧。啊，我快忍耐不住了。”

眼镜像是极度干渴似的舔了舔嘴唇，捂住胸口，大口喘气。小昭看着他，觉得有点恶心。

“你的胆量比我大，但千万要注意保护自己呀。她们的行为很怪异，像是每一群，都有一个头头。”小昭担忧地说。

“我注意到了。八九人、十来人便是一群，便有一个头头，是她们中最有本事的。”

“应该由社会学家和人类学家专门来研究她们。她们的风俗和习惯一定是这世界上最特别的。这样，便会得出惊天动地的结论，发展出一门精深的学问，最后，加深对人类生命现象的认识。”

“瞎说什么呀。那些道貌岸然的家伙啊，就别指望了。都是躲在大学的书斋里面，用一些自己也不懂得的东西来欺世盗名的。他们连对面走过来的女人都不敢正眼看。但他们心里想着什么，人人都很清楚。总之，他们是一帮最窝囊最下流的家伙。怎么能指望他们去认识人性啊。再说，人类这种简单而卑鄙的动物，又有什么好认识的呢。任何学术都是扯淡，还是谈谈房中术吧，这才是决定历史发展的唯一真理哩。”

眼镜上气不接下气大笑起来，笑声是通过腹腔共振来完成的，他喘得更厉害了，喉管里的哮鸣音像是一把锋利的钢叉在狠刮铁锅的底部，使小昭浑身起鸡皮疙瘩。

“那么，到底应该由谁来关注这岛上的女人呢？似乎，她们便要这样在无人知晓的情况下自生自灭了。”

“废话，我们这些社会上最优秀的人物不是在这里么？”

“你有没有觉得我们这群人很可怕？或者说，我们生活的那个世界很可怕？”

小昭心里想的是，那个世界原来都是由赵日月、电影导演以及眼镜、胖子和他这样的分子构成的呀。而这个群体正在人口爆炸的道路上继续演进。

眼镜没有回答小昭的问题，像是觉得不屑一评。两人便又默然去看银河。

过了一会儿，眼镜的一只手伸过来，探入小昭的衣服下面，在他的乳头上轻柔搓弄。小昭发出呻吟。随后，眼镜的手又慢慢移向下体。小昭颤抖两下，没有拒绝。又过了一阵，小昭的手也伸过去。他们互相玩弄，直到射精。

“是第一次这样。不知怎么的。也许是吃那药的缘故吧。”末了，小昭整整衣服，满脸绯红地说。

“最初，想相信自己的实力，坚持着不吃试一试，但是不行啊。吃了，没想到劲力又这么大。”

“这样下去，俱乐部才能够有赚吧。”

“是这岛本身的魔力吧。”

“这个岛，究竟是什么呢？它怎么就能让那么多人舍得下世间的功名利禄，来到这里找死呢？”

"谁说是找死啊。在这里，我们可是获得重生了。这是一个信念的问题。"

"信念？"

"是的。很小的时候，读到过一本十分奇怪的书，叫作《出身论》，其中就谈到了信念。"

"《出身论》？是谁的著作？"

"是一个叫遇罗克的人写的。我也不知道他是谁。"

"我没有读过那本书。你怎么会提起它来？"

"是呀。那种东西，读过也会忘记的，唯一的感觉便是奇怪而已。而自打来到这个岛上，世上还存在着信念这样一种古怪的想法，便更加清晰地浮现在脑海里了。"

小昭不太明白眼镜说的意思。他不清楚《出身论》与狩猎有什么关系。那个什么遇罗克的信念，怕是早就灰飞烟灭了。电影导演和赵日月之流的信念，是什么呢？那位设计这个俱乐部的怪人的信念，又是什么？还有，这岛上的女人的信念又在哪里？还是根本就没有信念这样一种东西？想起来也怪头疼的。于是，他说："这个问题，也的确有些严重。我们了解女人，但不了解这个岛啊。"

"笑话，你敢说你了解女人么？"

小昭有一句没一句地与眼镜闲扯，心情却固定在了与眼镜彼此抚摸的感觉上，觉得十分的怪异却舒服，心态也变得平和起来。岛上的猎物的确刺激，但他总是觉得缺少点什么，这时才明白，那便是刚才那种互动式的交流啊。

这时，小昭和眼镜都感到困乏。两天没有合眼了。便约定，轮流值班，轮流睡觉。

小昭站岗的时候，他看着熟睡中的眼镜，觉得他前世一定是一条恐龙。

恐龙，恐怕并非由于小行星撞击地球而灭绝，而是因为种群内部乱伦才死光光的吧？

第二天，他们对彼此都产生了十分良好的感觉，遂决定一道去狩猎。

二十七、三分之二

在丙区，小昭和眼镜看见一个女人，模特一般拿姿作态站着，半天也不动弹。走近一看，才知已死去多时。

有一根竹桩捅入了女人的肛门，然后从嘴里穿出来，把女人紧紧钉在地上。

小昭感到恶心，说：“作孽！”

眼镜歪着脖子，尖着嘴，口里蝉似的吱吱鸣响，背着手，绕圈儿看了半天，又摇了摇女人，看她倒不倒。结果，很稳。这时，他们隐约听到，附近传来男人的说笑声。

两人一前一后，小孩子玩官兵捉贼游戏一样悄悄从后面抄过去，便看到四个戴面罩的男人。眼镜满脸渗出兴奋的油光，猛地从草丛中站出来，朝他们大吼一声：“不许动！”四人听见声音，一齐回头，眼镜便开火了，当场打死了他们。小昭却又尿了裤子。

眼镜端着冒烟的枪，一副庖丁解牛般的踌躇满志样子，姿势颇为英武，又像一个过足了瘾的顽童。他歪歪扭扭走到四具尸体的身旁，把他们身上的子弹都取了过来。

“妙的是，又少了四个竞争对手；不妙的是，少了四个玩伴。”眼镜拍拍手，笑嘻嘻说。

对于眼镜的行径，小昭已毫不吃惊。只是，他看着男人余温未散的尸体，不禁又想起了胖子，未免有些兔死狐悲。

他想，这个本不应该存在的岛屿，还有女人和眼镜，以及死去的男人和自己，都是极有意思的东西，说到底，还是属于同一类型，只是在程度上有差异罢了。

这么一想，不禁又幻觉到，这岛脱离大海，突破大气层，真的飞翔在了宇宙中。人类所要适应的，不过是一种新的生活方式吧。这个岛，真的是试点啊。

这一天，小昭与眼镜合作，猎获了五名女人。这样的成果，小昭要单靠自己，是很难取得的。

这些女人，有的比较配合，有的则宁死不从，只好强暴她们。在做爱后，眼镜把女人都杀死了，用的是个个不同而独出心裁的手法。小昭还是胆怯着不敢动手。

“你真的渴望着受惩罚么？”小昭害怕而又期盼地问，心儿怦怦乱跳。他想到的是，眼镜杀的人已超过三的基数了。至于小昭自己，也亲手杀死了一名女人。

“那又怎么啦？”眼镜分外好奇地看着小昭。

小昭觉得眼镜不能理解自己的心情，也不敢与眼镜的目光对接。一刹那，他怀疑眼镜其实早已死了，现在，不过是一具鬼魂附体的活尸。所以，才能把什么都置之度外。他又去看女人的尸体，说：“现在真的想知道，上岛来的男人，死亡率到底是多大？”

“你原来是想问这个呀。”眼镜仿佛松了一口气，“根据目前观察到的情况，我判断至少是百分之七十。换句话说，上岛的男人，三分之二以上是要死掉的。都是为着自己的信念而来的呀。”

“胖子死了，下一个，是谁呢？”

“又来了。干吗这么看我？我们共同的敌人，是女人。”

“女人，是敌人吗？”

眼镜不说话，一屁股坐下来，像一块顽石，整张脸则扭曲成了泥石流经过的路面，上面呈现出一种什么都可以置之度外的表情。

小昭怯怯地试探着说：“咱们还是分头行动吧。”

眼镜鄙夷地看了他一眼，像是点了点头。

二十八、银河

分头行动后，小昭又一次服用了药丸。但一旦离开眼镜，却出现了奇怪的事情，整整一天下来，小昭连一只猎物也没有见到。

小昭不愿设想是自己无能，而是想，岛上的女人都被眼镜这样的疯狂男人赶尽杀绝了吧，即便还有极少数剩下来，她们也知道敌不过占尽优势的男人，都深深地躲进洞穴一类的地方了。

小昭饥渴难耐，在自己的分区里漫无目的行走，有时，看到别的男人鬼鬼祟祟闯了进来，小昭十分紧张，却又期盼与对方发生冲突，但那些男人只是转了一转，很快又离开了。

看样子，他们也觉得，小昭这块土地上，没有多少油水了。他们匆匆而来又匆匆而去，未免使小昭有些失望。

好不容易拖到新的一天，才又见到了女人们在活动。仅仅看着她们的身材和相貌，小昭便感到轻松，没有了与眼镜在一起时的紧张。

女人们仿佛永远也不会变老。在不与男人对峙时，每个人的日子都过得快活，一点也不知道死亡是怎么一回事的样子。

小昭被异性吸引。他追随她们，又来到第一次狩猎的小河边。在这里，他看到女人们纵身跳进河里，欢愉地享受水的乐趣。她们的身体反射波光和日辉，变得惊人的晶莹透亮。她们把水泼在彼此身上，嬉笑着，又在水中热烈拥抱、接吻。

小昭出神地看着这一幕，不觉抬起枪，瞄准她们，却久久忘记了射击。

意识到这一点，他震惊地放下枪。

他深深感喟于她们对生活的迷恋。小昭不禁想，要是能成为一个女人，那是多么好啊。

而上岛三天了，他一点也不知道她们的内心世界。她们怎么解决食物来源？她们为什么要分群活动，而不结成一个统一的部落，并尊崇同一个首领？令她们在日常生活中大喜大悲的，究竟是什么？她们遵循什么样的仪轨和习俗？她们有自己的宗教吗？她们会生育出孩子吗？她们的文明真的发展到了使她们有能力修筑像观音像和庄园那样的标志性建筑物的程度？总之，女人的秘密太让人慨叹了。而从外表来判断女人，毕竟是肤浅的。这是身为男人这种动物的最大悲哀吧。

这群女人，以一种极其单纯的方式或功能存在着，母亲、家庭妇女、职业女性这样一些社会上的概念，在这里都消失了。因此，隐藏在血腥杀伐后面的，不也是一种新型并极具潜力的人际关系吗？只有在这里，女人才真正实现了自己的解放。

此时的小昭，有关狩猎的冲动，就这样消解了。他把枪当作拐杖，拄着它在山野中信步闲游。各处的枪声都已经稀疏。偶尔，远方的密林中升起一颗信号弹，那是支撑不下去的男人在呼唤救援直升机。随后，一切又悄静了。岛上的每一块石头和每一株草，仿佛都变成了人体的一个器官、一根汗毛，值得去怜爱。

小昭流连忘返，心想，这真的是一块风水宝地，如果有一笔钱，投资做观光或休闲旅游开发，肯定会有极高的回报。就算是退休后来这里养老，那也是多么的惬意啊。海边的那处庄园，便是人生最好的归宿。

他幻觉到，在未来的某个时日里，岛屿与大陆间修建了壮观的跨海索道，游客们携家带口，纷至沓来，当然，不少是一对对情侣。他们谁又能想象出这里曾发生过的血腥一幕呢？

不过，到那时，也许会有多事者修建一个历史博物馆什么的，来教育后来人吧。俱乐部这样的存在，则彻底消亡了。很难说这件事究竟可不可悲，但肯定是一种必然。

一股由于预知到时代巨变而催生的激奋，滚荡在小昭的胸臆中。一刹那，小昭感到自己从性别上超越了男女，成了一种中性的动物，不禁自鸣得意起来。

他仿佛看透了这岛的深刻内容。是呀，和平年代，物质丰富，却前来岛上寻死，这本身，是有一些不同寻常的。除非，那和平比死亡更加让人恐惧。

这种事存在的可能性，现在看来，是非常大的了。可是，为什么会这样呢？这是小昭至死也想去弄明白的课题。他想，或许，应该去问问俱乐部的创立者吧。

但岛屿却毕竟使人有了创造性的新想法——兴办真正的旅游区，也是死亡与做爱之外的重要收获吧。

夜幕降临，小昭又一次看到了银河。银河巨龙一般磅礴地盘绕着，身体里汇集了几千亿颗恒星，为它提供着满足欲望的能量，而无数的星际尘埃和气体则像它身上的蚤子一样跳跃不休。

银河系的直径长达十万光年，这是小昭这类人根本无心去认识的概念。关于银河系的中心，一种见解认为，其核心区有一高光度星团，另一种见解则指出，银心存在着一个由吸积盘环绕的、相当于几百万倍太阳质量的大黑洞。小昭的位置，距那里尚有两万八千光年呢。

在银心两侧，分别有两条氢流旋臂在做着高速抛射运动。而在距银心三百秒差距的天区内，有一个绕银心快速旋转的氢气盘，以每秒七十至一百四十公里的速度向外膨胀。在距银心七十秒差距处，则有激烈扰动的电离氢区，也高速向外涌出。

银河系正以每秒六百公里的速度，向南十字星座方向运动。这表明，银河系正被一个众多星系组成的大物质团——直径三亿光年、质量相当于银河系一万多倍的所谓大吸引体拉过去，该物体距离小昭的位置约两亿光年。但它是否真的存在？这却是一个谜。

在范围两百亿光年内，还漂浮着无数的星系、星系团和超星系团。它们构成了现代人习称的宇宙。

就在这个超级子宫般的宇宙中，不断地孕育和诞生着各种各样的生命形态，其中，也包括基因工程女人这样的生物。那么，这一切的发生，究竟是由什么决定的呢？所谓的进化，到底指的是怎么一回事？

在这所有之上，衍生出了信念这样一种用物理学法则无法去度量的怪物，则是更加不可思议的事情了。

站在宇宙深处的一粒微尘上，小昭脑海里翻腾着这些他从来没有想过的问题，自己也觉得怪异。刹那间，他意识到，这整个宇宙的存在，其实就是为了这座岛的存在而存在着。这样一来，作为捕猎者而来到这岛上的荒唐感，才慢慢减轻了。

他才踏实下来，继续往前走。不久，便看到两个男人，把一个女人绑在树上，用藤条抽打。女人发出痛苦的叫声。小昭想去解救，却想到还是不要打搅他们的兴致为好。这不过是无限宇宙中，所发生的极其正常的一桩小事吧，正如同星系的爆炸。因为目睹了银河，小昭的心胸达到了有生以来最大的宽容度。

小昭看到，过了一会儿，其中一个男的把女人放下来，又把自己的同伴绑在树上，命令女人抽打男人。女人显出不情愿的样子，男人便用枪威胁她。女人才开始用力鞭挞男人。男人大叫，十分欢愉。银河便在他的头上畅流而下。

这个场面又复引发了小昭的亢奋，他十分害怕自己也会加入，急忙转身离开。刚走了几步，便听见一声声惨叫，又忍不住回头一看，却见男人正在生剥女人的皮肤。

忽然，又传来一片呐喊。他看到，在一块被星光照耀得熠熠生辉的原野上，十几个女人正大声吆喝，围猎一般追击一个近乎赤身裸体的男人，那男人的武器和其他装备都跑丢了，像一只兔子被一群狼撵得穷途末路。猎人和猎物跑着跑着，越过山谷，便看不见了。

小昭会心地笑了笑，又往前走。这时，他已产生了一种既非置身局里、又非置身局外的奇妙感觉。

拐过一道山梁，小昭听到不远处传来男人的惨叫声。

二十九、洞

小昭犹豫一下，朝那叫声走过去，一边握紧手中的武器。

声音是从一条沟底发出来的。小昭摸下去，吓了一跳，一个男人浑身是血躺在草丛中。原来，是被捕兽器夹住了。

捕兽器是一个直径一米多的草圈，里面插上了许多易于弯曲的尖头棒，猎物踏上即被陷住，当他试图逃走时，尖头棒便深入刺进他的腿部，他越是挣扎，便越是痛苦而无法解脱。

小昭暗自赞叹，心想，岛上的女人是怎么凭空发明出这种东西来的呢？无疑，在她们的体内，继承着人类最优秀的智力基因。

因此，仅仅看女人的外表，是片面的。不过，外表，从另一个层面讲，难道不也就是实质吗？具备这样如花容颜的女人，难道不也同样拥有超凡卓越的灵思妙想吗？

男人的两条腿血肉模糊，使小昭想到被掏出子宫的女人，以及失落了生殖器的胖子。那男人见着小昭，露出欣喜的神色，努力想欠身起来。

小昭朝四周看看，见没有危险的征兆，才走近男人。那家伙嘴里念叨着什么。

这时，小昭却踌躇了，最后，把头扭到一边，装作没有看见，绕了过去。但才走两步，男人又发出大叫。小昭只好停住。

也许，是男人的形象，使他想到了胖子。小昭怀着矛盾的心情折回来，把那垂死的男人解救出来。这很是费了一番工夫。小昭已是大汗淋漓。

男人看样子伤得很重，但他仍用尽力气，用夹生的中文对小昭说：

“谢谢。”

很快，便知道原来是一位日本人。

“真不幸，还没有捕获到一个女人，便这样了。”看上去四十多岁的日本人孩子般呜呜哭起来。

“什么？”

“上岛三天，还不曾遇上喜欢的女人，惭愧死了。以前，可是从来没有这样失败过呀。”

小昭惋惜地想，竟有这样的事，这家伙实在是太不走运。他又问：“你上岛前是做什么的？”

“我是伊藤忠株式会社中国本部的总裁。”

小昭肃然起敬，并为他难受，忙安慰道：“没有什么，这只是你运气不好罢了。概率中总是有这种倒霉的几率，不巧让你碰上了。不过，不必难过，以我的看法，她们，也就是那样了。与现实中的女人比，除了长得好一些，在内容上实在是没有太大区别。”

“你根本不懂，是有区别的！”日本男人朝小昭大吼，牵动了身上的伤口，又“哎哟”起来。

“有什么区别么？你是说意料之外的野兽吗？”小昭心中疑云重重。

“在空中看见这岛子的第一眼，我便觉得它与众不同，好像是一个容器呀。”

“容器？”

小昭想，这与他心目中有关这岛屿是一艘太空飞船的想法，倒有所不同。也许，每个人臆想中的岛屿，都有着不一样的真实性吧。

“一种一端有孔的容器。”日本人忍着剧痛，费力地解释。

“那是一种什么东西呢？”

“怎么说呢，是类似于马桶那样的东西。”

“盛秽物的玩意儿呀。”

“不，不是秽物。世界上不存在这样的东西。说不清为什么，每次大便时，都使我想到连接另一个时空的奇异通道。这岛子，便是这样的吧。”日本人害羞地笑起来，令小昭回忆起幼年拉屎时那种神魂颠倒的感觉。他又仿佛看到了胖子生殖器被切割后遗下的血窟窿，以及，疲软地连接在橡皮管般的漫长阴道上的女人子宫。

“不，不对。更像是一架时间机器。”小昭红着脸，试图更正。

“你做出这样的比喻，也很别致呀。但是，时间机器不也要通过虫洞才能具体实现其效用吗？”

“难道，是岛子把我们载运回了童年？”

小昭十分震惊。他回想起，第一次与女人发生“真实接触”的情形。那时他只有十三岁，大人都上班了，他把邻居家一个五岁女孩诱哄到自家屋里，关上门，托着柔软的腰部把她抱到床上，让她俯身看连环画书，两条腿便搭在自己的膝上。这时，小昭从后面慢慢脱掉了女孩的裤子，然后，观察并抚摸她的私处。

女孩一直安静而投入地看书，好像什么也没有感觉到。小昭就这样度过了心跳的半个小时。

然而，没有料到的是，女孩把这事对父母说了，女孩的父母又转告了小昭的父母。不过，小昭没有受到任何惩罚。两家此后照常来往，对此事只字不提，只是，大人们心里存了一层芥蒂。

小昭知晓了对方大人对此事的态度后，羞愧交加，恨不得马上去死。

也许，如果有惩罚，还好一些吧。这如同小时候，小昭一直期望着父母对男女之事能有个说法。但实际的情况是，对这种事情，谁也不会主动提起。

因此，渴望着惩罚的小昭，却因为惩罚的缺席，而在心里滋生了难以释怀的失落。

但不管怎么说，小昭又正是在揉捏女孩稚嫩的会阴时，第一次产生了对宇宙万物的一种贴切感触。

后来，随着青春期的真正到来，也许是受着一种下意识的强迫作用，小昭竟从记忆深处把那见不得人的事情扫除出了大脑，打心眼里不记得女人私处的真正模样了。以至于，在大学里交上女朋友后的最迫切愿望，便是请求她允许他看一看那个地方。

“有什么好看的，也就是一个洞。”

女友以颇不耐烦的口气说出这句话，使小昭十分的泄气和无趣。女人的“洞”，与蚁窟或者墓穴相比，到底又有什么不同呢？女人真是一点也不了解男人的心思呀。

那时，互联网还没有在国内兴起，学校里也很难有机会看到黄色照片和录像，男女生也不像今天这样说上床就上床，因此，对于女人的“洞”究竟是什么样子，好奇的小昭便无从知晓了。

是否，每一个女人都会对男人说出那种话来呢？此后，经常地，小昭便有了阳痿的恐惧，而他对于宇宙的本真感触，也就一天天淡漠下去了。

结婚后，直到过了一个多星期，小昭才与老婆有了第一次，体会到了女人的“洞”是一种什么感觉。但那种经验，却十分的浅薄短暂，完全不如想象中的神秘悠长。直到认识眼镜后，在性的方面才彻底放开了，小昭开始大胆地在各种各样的“洞”中探幽寻秘起来。

最后的结果是，老婆离开了小昭。离婚的原因，从表面上看，是因为老婆接受了她的上司的勾引。然而，这其实也是小昭下意识中一直期盼着的事啊。

小昭的另一个心病是，他只是到了离婚五年后，才在一名妓女的指导下，最终弄明白了女人阴蒂的具体位置。这时，他已经三十六岁，却感到自己仍然是个小孩子。

他为此叹息：和平的时代，实在太漫长了。但它造成的后果还不仅仅是麻木和迟钝。

一方面，是人永远也长不大，而伴随着这个过程的，却同时是青春一去不复返的感觉，形成了奇妙的对应。这种感觉，在上岛后，更加真切地罩住了小昭的整个身心，就像短暂的生命被永远也流淌不完的时空瀑布所吞没。所谓青春这种说不清道不明的怪异人生副产品，正是通过一个无谓的洞穴漏去的，在此之前，自己先已产生了变形，就像被水流揉皱撕碎的手纸。想到这里，小昭便有了大哭一场的冲动。

日本人却先流下泪，自语道：“总之，这里的主角不是女人，也不是男人，而是这个岛屿。它是活生生的、经历了亿万年生命史的存在物呀。爱与恨在这里交织，生与死在这里相连，因为这个，宇宙才开始演化的吧？而宇宙一开始演化，便把我们像垃圾一样吐出来了。我们才来到这个岛上。我们杀掉自己心中的毒虫。而这毒虫便是她们。与这样凶猛、美丽、诡异而极端的动物做爱，便如同与自己做爱一般。与这岛一样，男人，原来也是一座雌雄同体、中空而充实的马桶啊。我们只能通过下水道，与那个排斥掉我们的宇宙重新连为一体，尽管它已不再是我们想象中的那个世界了。”

小昭默默地看着同样孩子气十足的日本男人，心底滋生出一片宽厚的爱怜。

“你的信念是什么呢？”他忽然问。

“信念？”日本人愣住了。

“就是那么一种东西，你一定明白。喏。”小昭指指天，又指指地，再指指自己。

日本人大惑不解地摇摇头。小昭十分羞愧，自知失语。

“那么，你认为我们得救了吗？”小昭在慌乱中又问。

“还差一点点。”

“那你需要我帮你做点什么吗？”

“请把你的枪伸进我的口中吧。喏，就是这里。”

男人闭上眼睛，张大嘴巴。小昭刹那间仿佛看到了银河系中心的黑洞，又像看到了一只马桶。他产生了想亲吻那地方的强烈冲动。

热泪纵横，小昭紧紧搂住这个异国的男子，像是抱住自己的弟弟，又如抱紧了心爱的女人或宠物。然后，他屈腿跪下，小心地把枪管伸进那个洞里，一直抵到喉咙。那男人被枪头戳得咳了几下，却满脸幸福，合嘴咬紧，用最后的力气，大口吸吮起来。随着男人的嘴巴发出苔藓般湿滑而节奏分明的律动声，小昭的下体又硬了。

但就在这时，一个一丝不挂的身影从附近飞跑而过。小昭很眼熟，觉得像是眼镜，心头一热。他便拔出枪管，轻轻放下日本人，跟了过去。

那垂死者在小昭身后发出一声撕心裂肺的号叫，仿佛整个世界都弃他而去了。

三十、抛弃一切

小昭追过去，看到裸体男人正是眼镜。眼镜仰面向天，反复而交叉地挥舞手臂，哧哧地笑个不停，胸部大起大伏，双腿移换不止。一瞬间，小昭的感觉是，眼镜疯了，或者，退化成了一个儿童。

第一眼，小昭觉得，脱掉衣服的眼镜，十分的性感，令小昭更加亢奋。他才明白，自己其实一直不喜欢眼镜那恐怖分子的模样啊。他所爱的，是现在的本色眼镜。

他怜惜地想，这回，轮到我来保护和救助你了。谁叫我们是这么多年的好朋友呢。

小昭举枪警惕地环顾四周，发现并没有女人在追杀眼镜。

眼镜是什么时候脱掉防弹衣、卸掉头盔并抛弃武器的呢？进一步，小昭看见，眼镜连架在鼻梁上的眼镜也扔掉了。

感觉是，眼镜忽然变成了一个野人。

小昭不知道他们分手之后发生了什么事，心里十分恐慌。

他在后面大叫眼镜的名字。连续喊了几声后，眼镜才回头看上一眼，见到小昭，愣了片刻，像是没有认出来，过一会儿，才朝小昭百媚丛生笑了一下，又霸王龙般舞了舞前肢，不说话，扭头继续往前跑。小昭愈加着急地追上去。

忽然，眼镜被一块石头绊了个跟头，半天爬不起来。小昭跃过去，扶起眼镜。

他看见眼镜眼里噙着泪花。

“你怎么啦？”

“你别管我！”

“你到底怎么啦？”

眼镜忽然抱住小昭，在他脸上亲了一口。小昭心里一热，眼泪差点落下来。

眼镜柔声说：“小昭，你是我最好的朋友。有件事我一定要告诉你。我在这岛上搜索了好几天，终于，在一个偶然的机会里，发现了最漂亮的女人。啊，我无法用语言向你形容她的美丽，你要见着了才会知道。但是，痛苦的是，怎么也弄不到手啊。试了各种办法，她都灵巧地逃脱了。连我这个神枪手也打她不中。她仿佛修炼成了精怪，具备了刀枪不入的本领。”

“有这样的事吗？岛上的女人还没有被杀光吗？她们怎么会修炼成精怪？”

小昭惶惑而畏惧地看着眼镜。

“瞧你说些什么啊。最优秀的女人，如同屈原诗赋中的山鬼，总是在最后才出现的啊。她搞不好真的是观世音下凡哩。”

这时，小昭想到，在歌厅唱歌时，眼镜总是最挑剔的，别人都选定了小姐，他总是不满意，要妈咪把所有的小姐都带进来走个遍，正像一个挑食的孩子。有很多次，反反复复择了好几遍了，大家都不知所措，觉得这样不好，但也由着眼镜使性。其实，大多数时候，眼镜最后选定的，比前面带进来的还要差。

但小昭觉得，眼镜正是在肆意的过程中找到了心灵的安宁。

“这样的话，那又该怎么办呢？”小昭不安地窥视眼镜光溜溜的下身。

“所以，我这回要试一试真正的武器，那可不是枪和刀啊。”眼镜得意地笑着，捋了捋两腿之间晃荡不休的器官。小昭以前也见过眼镜的这玩意儿，这回才头一次觉出，它长得超常的大，是眼镜身体上最好的部分。他心头又一荡。

小昭想，原来，眼镜是因为这个，才赤裸起来的啊。他要取得与那些女人一样的身份，成为这岛上居民的一员，或者，成为这岛的一部分。他用不着那些外在的支撑品了。

而小昭全副武装，跟眼镜一比，竟像个外星来的可笑怪物。小昭这才觉得，自己一开始便与这岛上的人文和自然生态格格不入。

眼镜看着小昭，嘿嘿笑起来，弄得小昭十分自卑，也对眼镜产生了嫉妒。

他是做不到像眼镜这样的洒脱啊。

“快点扔掉那些多余的饰物吧，太违背自然的原则了，女人会不喜欢的。”

眼镜夸张地指着小昭的身体，居高临下教训说。

“你不能这样，太危险了！”小昭心情复杂地大声嚷嚷，自觉色厉内荏。

“不，像我这样，才是最安全的。我便与她一样了，我便与岛一样了。她不会再躲我避我嫌我了！”

“你疯了吧，这样不行的，还是快些穿戴上吧！”这么说的时候，其实，小昭心中也是矛盾的。他觉得正在失去眼镜。

“小昭，你这该死的混蛋，怎么也他妈的像学校里那些倒霉的教授了！我看错人了。还什么朋友！”

眼镜指着小昭的鼻子臭骂起来。骂了一阵，从小昭怀中挣脱，撒开两腿，又风一般跑走了。小昭呆了一会儿，才又神志恍惚追上去。这时的眼镜，仿佛银河系之外的大物体一样，对小昭产生了前所未有的吸引力。

三十一、英雄

小昭紧一拍慢一拍跟着眼镜。眼镜也不知从哪里获取了能量，越跑越快，小昭非常吃力才能跟上。

他不知道眼镜要去哪里，但眼镜似乎自己是很清楚的。

眼镜人偶般一跳一跳越过山谷，掠经平原，直往主峰跑去，模样便像一个稚气可爱的小男孩。那尊观音像，就在山顶冷漠地俯视他的到来。眼镜跑几步，便朝观音像望上一眼，眼神里放射出倾慕的光线。

上主峰只有一条道路。林荫密布，鲜花盛开。有一些男人和女人的尸体就零乱地搁放在路两旁。

小昭担心中途会有女人设伏，怕眼镜遭遇不测，紧紧端着枪，提防着，随时准备射击。

他心里却想，那句话没有错，女人是祸水呀。

然而，像他与眼镜这样的优秀分子，却被这祸水吸引而来。因此，还是那个老问题：比祸水更可怕的是什么呢？

就像错综的林荫一样，小昭的心情完全迷乱了。他担心，自己这样下去，就要变成眼镜第二。他的脚步踉跄起来。

这时，如果真的出现荷枪实弹的女人，一定能轻松放倒这两个男人。但是，什么也没有发生。也许，岛上的女人真的都被这帮靠药力支持的男人杀绝了。

眼镜一刻不停地攀爬，也不歇息，一口气来到山顶。过了一会儿，小昭也气喘吁吁跟了上来。

小昭看见，三十三米高的观音像亭亭玉立，少妇一般，在山顶上深情脉脉凝望着海平线，略带哀怨之色，像古代诗歌中的女子，翘盼远出经商的丈夫早日归来，而事实上，那负心的男人早已醉入青楼。

但或许，这种感觉，不过是小昭的移情吧。这一刹那，他却似乎体会到了什么叫作信念。他带着怜惜而钦佩的心情去看这观音，见她的两只匀称的手臂向两侧打开，呈十字形平抬起来，柔顺地伸展出去，袒露出光溜溜的胳肢窝。观音像是全铜铸就的，颀长的颈部完美如天鹅，乳房大小适中，娇嫩坚挺，腹部平坦，肚脐很深。原来想，下体会遮覆着哪怕一瓣狭小轻薄的莲花，但现在看到，竟是裸露的，性器官做得很夸张，跟旧石器时代的女性崇拜图腾一模一样。这时的感觉是，观音才是这岛上的至高统治者。

观音的身体上没有任何被外物撞过的痕迹。那么，那天深夜里持续数分钟的火光闪现，到底是什么呢？是海市蜃楼，还是小昭的幻觉？

曾经有那么一刻，观音像呈现出了空军雷达天线的特征，小昭当时还想，它该不会是连接某个星系的转换器吧。

近距离面对观音，小昭才由衷觉得，有关她的来历，真的成了一个大问题。它既不像是由俱乐部修建的，也不似是这岛上的女人们合力筑造的，更难说是来自客人们的捐赠。

总之，在小昭的心目中，她便像埃及金字塔那般神秘，永远也不会有答案。

眼镜来到山顶，紧张的神情一下松弛了。忽然，仿佛发现了什么，他的眼神直愣起来，头发也像在电荷的作用下根根竖立。小昭怕被眼镜发现，急忙躲在一块大石头后面，一颗心却悬着。

他看见，在观音像的基座处，刚才还空空的，现在，端坐着一个赤裸的女人，就像是从风景中幻化出来的。小昭觉得，她似乎在等待着眼镜的到来。

这个女人，使小昭屏住呼吸。她的容貌与身体无一处不完美，的确是这岛上女人中的极品，甚至，是整个人类中的极品。用尽言词，也是形容不出来的啊。

她令小昭想到了宋玉笔下的巫山神女。眼镜说得不错，她大概真的是观音的化身。

眼镜傻傻地张大嘴，脸上的肌肉也扭曲了，渴慕地仰视仿佛是自天而降的女人。眼镜此时的模样，与刚上岛时，已大不一样。

女人的目光，也直端端落在眼镜的脸上和身上。她似乎有些吃惊，又像在意料之中。过了一会儿，她慢慢站起身，朝眼镜走近。

眼镜迟疑片刻，很快果断起来，也大步走向女人。眼镜满面笑容，使小昭又一次大为困惑。他从来没有见过眼镜竟有这般纯洁灿烂的、大男孩般的笑容。

两人走到对方跟前，便停下脚步，互相看了一阵，然后，像久别的情人一样，用力拥抱在了一起。

给小昭的感觉是，刚开始，眼镜主动一些，但很快，女人变得更为积极。

男人与女人之间仿佛取得了一种少有的平衡。小昭期待而担忧地想，这会是短暂的么？

这时，他意识到了手中武器的冰凉。

热烈长吻之后，眼镜和女人滚倒在地，进入疯狂做爱的阶段。

小昭在一旁目瞪口呆看着，两眼变得火辣辣的。他从来没有见过眼镜这么投入。他有一种想哭的心情。青春早逝的退潮，又汹涌地暴涨回来。

他目不转睛看着地上滚动的白皙肉体，感到说不出的美妙并难受。更多时候，他的目光落在眼镜的身上。眼镜美美闭着眼，狂烈中贯穿着一种柔顺平和。

眼镜的表情像是升入天堂。这时，小昭忽然觉得，眼镜表现出来的是一种真正的英雄气质。而这在小昭的身上，却是一直缺失的。

小昭痛苦地闭住眼睛，却又忍不住要去看结合在一起的两个灵魂。那是城市阴沟里的铜臭男人与奇妙岛屿上天工造物的合体呀，却因此拥有了矛盾统一中的高度完美性，犹如原子核由强力黏合在一起。宇宙又回到了它的开端。

慢慢地，在小昭心中，升腾起一股熊熊的妒火。

这时，他听到观音像的头顶上，乌鸦怪叫一声。

像听到口令，小昭举起枪，准星随着滚跃着的肉体而移动。

这一刹那，小昭意识到，他所要去破坏的，是一种什么样的关系。他为自己的行为震惊了，枪口也剧烈摇晃起来。但就在要放下枪的瞬间，他扣动了扳机。

三十二、阉割

眼镜沉闷地“嗷”了一声，身子像油烹对虾似的跳动一下，从女人身上秤砣般跌下来，滚落到一边。

天哪！我做了什么呀！小昭难以置信地张大嘴巴，目瞪口呆地看见，眼镜下体那玩意儿，还笔直挺立着，青筋暴起地指向湛蓝无云的天空。

这一发子弹，从眼镜的后背射入，打在了他的心脏部位。但眼镜没有马上毙命，他斜着朝小昭看了一眼，那目光里竟是充满感激。

然后，眼镜头一歪，便一动不动了。

这时，乌鸦的怪叫，变得像是笑声。

小昭全身泛涌着射精结束后的放松，但很快地，又如每次手淫后那样，悔恨不迭起来。

他给予的，其实便是眼镜所一直渴望着的吗？那么，眼镜对惩罚的向往，也就是一种真实的情感了，那也便是他从童年起便淤积在内心的腐殖潭中的吧。

眼镜终于完成了自己毕生的信念。但是，究竟是否如此呢？眼镜最后的那个眼神，究竟要传达什么呢？小昭感到实在没有把握。

女人还躺在地上，怅然若失看了一阵蓝天，随后，迷惘地慢慢欠起身。

她先去看悄无声息的男人，伸手摸了摸他的鼻尖和嘴唇，“啊”了一声，又迅速抬起头，去看站立着直发抖的小昭，神情中透出莫大的困惑不解，但很快地，就转变成了羞愧、恚恨和敌对的表情。

小昭不知道该怎么办，站在原地不敢动弹，就像是做错了事的孩子等待接受母亲的惩罚。

女人又悲戚地俯下身，去看慢慢凉下去的眼镜。她轻轻抚摸他的脸颊，亲吻他的眼睛、鼻子和嘴巴，仿佛要使他醒转。她一证实这已不可能，便放声大哭起来。

小昭感到，面前的观音像，随着这哭声，正在一点点坍塌。乌鸦这时像一个陷入长考的智者，歪着脑袋，不作声了。

女人哭了半天，才站起身，抹了一把眼泪，抬头看到小昭仍然没有走，更加迷惑了。小昭打了一个寒战。女人的眼睛中放射出一种野兽吃人前的木然光色。

两人对峙了一阵。小昭浑身是汗，终于抵抗不住，不禁往后挪了挪脚，这个动作提醒了女人，她霸王龙一般向前伸出双手，舞了舞，朝小昭一步步走过来。

这个姿态使小昭仿佛看到了活着时的眼镜。

小昭开了一枪，好像击中了女人，她摇晃一下，脸色顿时变得有些发白，却笑了一笑，继续走来。小昭又连开两枪，但因为手在颤抖，子弹都偏离了目标。

不容他再开第四枪，女人已走到小昭面前，劈手夺过枪，一把把它折断了，看也不看，便扔到一边。女人僵尸般继续狞笑着。

小昭紧张地注视女人的每一个细微举动，觉得分外的熟悉。他不停往后退，却不敢转身逃跑。他认为，眼镜的灵魂，此时一定附体在了女人的身上。

这时，捕获者与被捕获者的身份形成了彻底的转换。

女人的手忽然抓向小昭的面庞，小昭一闪避过。女人又劈空抓了两把，在小昭脸上刨出深深的数道血痕。小昭继续左右躲闪，忽然，他的手不经意触到一样东西。那是挂在腰上的日本军刀。

他才稍微镇定一些，又一闪，然后大步往左后方退避。女人看着小昭害怕的样子，哈哈大笑着继续逼来。这时，小昭一侧身，猛地抽出刀，又站正了，双手高举，以闪电的速度朝女人直面劈过去。不料女人却更灵敏，一晃躲开了。

长长的刀刃在气流中剥离出尖锐的哨音，划了一道空落落的半弧，从小昭的额头、胸前经由腹部，最后落向地面。

小昭下身一阵剧痛。他悲喜交加地朝下看去。

两腿之间的草地上，出现了一摊红色的液体，正在烟云一样扩散。还有更多的鲜血，汩汩地从小昭下体的某个部位淌下来。

小昭一刀没有砍中女人，却割下了自己的生殖器。

他疼痛难忍，惭愧难当，扔掉刀，双手去捂下面。就在这极度的痛苦和羞怯中，小昭竟然感受到了一种意外的喜悦。

他的全身心都荡漾着十三岁时抚摸女孩阴部的神奇感。他意识到，渴望已久的惩罚，终于来到了，虽然，迟了二十三年。

疼痛和羞惭紧接着引发了另一种欲仙欲死的快慰。上岛第一天，在目睹男人被女人砸死时，小昭也曾有过这种非同寻常的感觉。

而现在，失去了宝贵的器官，这种感觉非但没有减轻，反而来得更加真切。

小昭才明白，“无”，较之于“有”，大概更能让人返璞归真吧。

拼尽全力捂住下身的小昭，号啕大哭，既是负痛所致，也是喜极而泣，反倒使女人怔住了。她惶惑而恐惧，满脸的不知所措，一会儿转眼看看眼镜的尸体，一会儿掉头看看小昭。慢慢地，眼中涌出泪水。

她的眼光变得柔和了，野兽的神色消失了。她不顾自己身上也流着血，跌跌撞撞走过来，略显紧张地伸出右手，迟疑一下，便在小昭的脸庞上温柔地抚摸起来，像是母亲在安慰受委屈的孩子。

然后，她轻轻吻小昭的面部、眼睑和嘴唇，又跪下身，吻他的下体，并伸出舌头，去舔食小昭伤口处冒个不停的热血。小昭的疼痛顿然减轻了，而心底那股欲望，却猛然间不可抑止地上涨到最高点。

小昭感到了无比的安全和自由，这是有生以来从未有过的感觉。他和眼镜、胖子一样，都失掉了武器。

于是，他也屈下身，开始回吻她。他们的舌头绞缠在一起，呻吟连连。刹那间，小昭心中充满英雄的豪气，觉得自己替代了眼镜，热血井喷般往上涌。忽然，小昭发力一口咬掉了女人的舌头。女人猛地一推小昭，自己往后跌倒了。

小昭却不愿放弃这样的机会，野兽一样扑过去，压住女人，在她身上乱咬。

他一口咬破了她的喉管。一股滚烫发腥的液体喷了小昭一嘴，差点让他窒息，却使他更加欲火难耐。女人负痛不已，毒蛇一样咝咝出气，顿然失去力气，任凭小昭乱来。

小昭又胡乱吸了两口血，便对喉部不感兴趣了。他低下头，往下面找去，一口咬住她的右乳，亲了几下，摇晃着脑袋用力把乳头咬了下来。女人惨叫，用力一挣，又想蜷曲身子，却被小昭钳紧。他又往左边咬去，把左乳头也咬掉了。

跟着，他的嘴巴朝下面移去，迅速埋到女人的两腿之间。他先是亲吻，然后猛噬女人的生殖器，撕扯下大阴唇、小阴唇，又一口咬掉阴蒂，并把它们囫囵吞进胃里。

在濒死的极度痛楚中，女人像一匹被阉的马儿，快活而绝望地嘶鸣。小昭也呀呀咿咿地应和，很快变成厉鬼般的呼唤。在这一片嘈杂混响中，观音像上下摇动起来，一抽一抽的，活脱脱一个手淫中的女人。一直站在她头顶观看的乌鸦，哇的一声，拍拍翅膀，朝着大海的方向飞走了。

三十三、免疫

“满意吗？”小姐星眸迷离，满脸期待地问。

“一言难尽。”小昭枯木般坐着，深深呷了一口青岛啤酒。

“我介绍的地方，当然是不错的。这下，你完全恢复了，成了一个真正的男人。”

“也许正是这样吧，啊哈。”小昭又咽下一大口酒，感觉到，一个月前吞进肚子里的女人的器官，正借着酒力，在体内重新愈合并生长起来，与他那些男人的器官，形成了和平共处的格局。不过，这就是女人概念中的“真正的男人”吗？小昭觉得，自己真正地成为一名中性者了。

“可是，我却吃醋了。”小姐朝小昭噘起红猩猩的嘴，掉转头去看歌厅里唱唱闹闹的人们。

“嗨，说什么呀，我这不是陪着你嘛。以前，倒是你陪我。”小昭把剩下的酒一口喝完，砰的一声把瓶子摔在桌上。

小姐吓了一跳，说：“废话。什么时候都是女人陪男人的……哎，你倒说说，那些杀死太多女人的男人，最后真的都受到处罚了么？”

小昭不言语。他艰难地进入回想的程序。他的眼睛无比紧张地注视着黑暗中的一个地方。女人感到有些害怕。过了一阵，小昭才缓慢说：“回到船上，都被杀死了，是那个女教官干的。刚开始谁都不相信会发生这样的事。细节我就不说了。说了你会睡不着觉的。喂，再开一瓶酒。”

小昭的眼前，回闪出直升机噼啪作响的庞大阴影，那是一只尺寸要用光年来计算的乌鸦，像男人一样有棱有角，粗暴放肆。它复杂的身躯上叠现出一艘钢铁的大船，船头上本是写船名的地方，却刻印着美少女精致得让人跌跤的笑靥。大海深不可测的波涛，泛着脑浆般的白沫，一口口反刍出男人的衬衫、皮鞋和内脏。

“总得有这么一次复仇，她是代表岛上所有的女人哩。”小姐像是漫不经心地说，“给我也倒一杯。”

她坐在他的膝上，他紧紧搂着她，她像伺候老公一样抚弄他的头发。他觉得他与她是两块冥顽不化的礁石，被那梦一样的岛屿吃进去又连皮带骨吐出来。他又回想起直升机飞回去时的情形。月亮又大又实，沉甸甸搁在机身上。直升机里，幸存的男人谁也不说话。飞了很久，才看到了城市的灯火。第一眼，小昭便觉得，那便是落在大地上的银河啊。四周都是黑乎乎的，唯有这疯子般的辉煌之岛在流转盘旋，而在城市的中心，大概是体育场的位置，却没有一滴亮光。那不正是一个黑洞吗？片刻之后，一尊精光四射的观音像龇牙咧嘴升了出来。

小昭吓得哇地哭了。

他痉挛着从座位上站起，满面是泪地对着驾驶员大吼：“请飞回岛上去吧，我不要降落在城里！”却被人狠狠抽了一个嘴巴。

女教官搓着手，温存地笑着说：“这么说还有用吗？对于这个世界，你这笨蛋早已经免疫了。现在，你是真正的男人了。”

小昭哑然失笑，才僵尸一般坐下来。

他回想到这里，叹了一口气。令他遗憾的是，自始至终，都只是这位十七八岁的美女教官在做安排，客人们最终也没有见到俱乐部的创办者。这成了小昭后半生要去探究的最大谜团。他想，他是否也是一位无性别人呢？

已是凌晨时分，大部分客人和小姐都走了。大厅里，除小昭和他的女人，还有两个男人在无休无止地唱歌。他们一个长得白白胖胖，一个戴着眼镜。不知出于什么想法，他们都没有叫小姐，只是自顾自吼着，像有着无穷的精力需要发泄。

小昭出神地看他们，有一种见鬼魅的感觉。他忽然亢奋起来。

他愈加紧紧地搂住小姐，一只手去抚摸她的乳房，那正是他这些年来重复过千百遍的动作，这一次竟生疏了。他从来没有觉察出女人是这样的可爱并且真实。

他觉得她便是自己的母亲或姐姐，是那些能对男人说一不二的人物。他注意到她胸前佩戴着一个玉观音。他想她搞错了，男戴观音女戴佛啊。这个世界整个乱套了。

这时，小昭的下身又隐隐作痛起来。

有一瞬间，他觉得，这场梦该结束了，他该有一个家了。最安全的，其实是一种有爱无性的生活呀。

暗　室

一

仿佛是恶魔侵入大脑，受陌生欲念的支配，我最近忽然喜欢独自一人前往平卡斯谷访谒。现今，就在我国各大城市的郊外，无不分布了类似于平卡斯谷的阴郁去处。在这样撩人心魄的地方，我看到枯井一样的深涧周遭，竖立了如刀似斧的白色山岳，鼠曲草疯狂长个不停，绿雾从地底如瀑布涌出，昼间也不见阳光，只在夜深时偶尔有飘零四散的星宿，在头顶起舞。我通常会花上一整天，侦察兵一般小心翼翼漫步于谷底，用脚趾轻踢石缝里冒出的细小骨头，它们像是终于摆脱了苦难的重压，叽叽喳喳窃笑不停。也许是被忽至的山洪冲刷出来的吧，但也有可能是因为不甘心，自动就爬上了地表。有时，我会伛腰拾起一个来。它可能会格外小巧玲珑，或许是结构分化不久的产物。一般而言，第一个骨细胞，大约在胚胎八周左右开始发育。的确是脆弱的“未成年人”骨殖。有的九个月大的头颅，据说也被好事者弄去，伪装成“外星人”骗钱，但这只是个别的案例。散布于平卡斯谷的小孩骷髅，实在是一个很大的数量，但究竟有多少亡故者呢？却从来没有这方面的官方记录。是故意隐瞒了吗？而且那时的人们做事草率浮躁，又缺乏艺术感受力，匆忙间也不曾深埋，才为后人留下了探查的余地。于是，我又目睹到，有泪水般的磷火悬挂在陡峭的崖畔，看上去并不强劲锐利，自然也不显出深仇大恨。且从当时的具体情况分析，这种事态的发生，当属于特殊关系下的豪取强夺，多半是从女性的腹内，血淋淋直接抽拿出来的。但已无人详述其惨烈的细节了。我也看到了整体暴露于外的幼体，具有略近全副的体量。但也有还不曾形成骨骼的，这个就无法进入我的眼帘了，如此，好端端的一个囫囵生命，连一片影痕都不留存于世。然而，由于皆为未曾自然诞生的胎儿，因此，能否称作生命呢？至于亲骨肉一类的形容，也是徒增隔膜的词汇。这无不令我苦恼，野狼一样徘徊，直至午夜，疹子似的星光趁了人气下沉，鬼气上升，才寒衣般一层层褪落，好似繁复堆砌的地质年代，瞬间轰然崩塌，时间的伪装才极不情愿地部分解除掉。真相的一角在百年后渐然裸露，却连点滴回声都无以听闻。但怎么可以说这就一定是真相呢？另外，有没有魂魄游荡呢？胎儿之魂，即便几周大的，也会流连于这个厌弃他们的世界吧？怎么甘心被忽略和被遗忘呢？而他们已经学会了返回这个世界来作祟吗？那些蒙罩了一层绀紫色光焰的灵魂，又究竟诞生并闪烁于人生的哪一个阶段呢？

但也据说，这一批胎儿中，也有奇迹般逃过了大清洗的，经历了正常的出生，在人世中顽强成长，存活到了今日。

二

这些年来，本文作者一直在试图寻找百年前那场灾难的幸存者。

根据知情人提供的线索，我历经数载，悉心查访，至今年春夏之交，终于在国内南部的乡间找到一位。他或可被称作当世的隐者，平静安宁地生活在葱茏的山岳之麓，从事农活，与家人一道，过着自给自足的乡居日子。这是一个仅有七十几户人家的小村落，阡陌幽蜿，池塘灿然，鸡鸭唱和，犬豕嬉逐。权且称他为阿尔法先生吧。老人已届百岁高龄，面如重枣，躯若焰火，周身发出逼人的红光。他身体健朗，说话有力，记忆清晰。我第一眼见他之时，绝难拿平卡斯谷中的细小骨架与之比衬。且不说大脑充分发育的方面，胎儿要最终长成这样的一副血肉之躯，令体内囊括众多硕大器官，也实在是很不容易啊。短暂的生命历程中有太多艰难坎坷，就算是如今广泛遂行基因重组的时代，也未能真正解决生老病死的难题。

在我之前，私下里悄悄拜访阿尔法先生的人士，据说也有一些，包括来自海外的历史学家和新闻记者。面对他们，老人详述往事，襟怀坦荡，不作隐瞒。因此，给人的感觉，是开朗、温和而友善的成人世界正常成员，不存心理阴暗面。也很难想象，是那场惨烈之祸的幸存者——本来，以为在后遗症的压迫下，缅怀难以启齿的往昔，是需要相当勇气的，但他却平平淡淡才是真呢。然而这样一来，其实，是否反倒衬出平卡斯谷那凄厉景象的不尽真实了呢？究竟哪个才是虚幻的呢？因为事非经过，对于后人的判断力而言，这实是一个相当大的阻障啊。但我也注意到，阿尔法先生披露的大量内情，在世界各地，也并不见诸公开报道或出版物。大概是在访问者那里，心中同样自设了严格的禁忌吧？但也有可能，老人描述的一切，本身就是虚实参半的呢？或者，干脆是他编造的谎言呢？本文作者暂且姑妄听之，先记录下来，写在这里，留待读者评判。

“什么时候有了自我意识的呢？”我装出斯文而单纯的采风学者模样，以近于质朴的研究者姿态，开始了对阿尔法先生的访谈，并向他保证，绝不暴露其身份，在全社会可以公开讨论此事之前，也绝不外泄我们谈话的内容。

“很难说得更具体一些。大概是七八周左右吧。”老人的言语和思维，立即使人联想到洁白透明的象牙。但根据我之前的研究，意识的产生还应该更早一些吧？比如说在第四周的时候，伴随眼睛、鼻子和耳朵雏形的出现，大脑和脊髓的原型——神经管就已经成长起来了。

“据说一个十四天的胚胎细胞，就会有神经系统的反应，就能够感知光和热。此时，他有了灵魂吗？灵魂和意识是一回事吗？”我试探着继续问，心中涌动起亢奋。

“关于生命从何时算起，这方面，至今并没有确切答案。现在想来，也许，正是因为太着急要对生命进行重新定义，才导致了那场不幸吧？”

“不管怎样，据说，当意识降临时，是大梦初醒的感觉啰？”

“不，是开始做梦了。”

根据阿尔法先生的描述，胎儿的世界果然一片混沌黑暗——但它其实是鲜红的，被血液滋养，由肌肉托举，只因为不透光线，所以才表现为昏晦。但就算这样，也已有了可称为生命的东西的存在，微启小嘴，呆若木鸡，做思索状。母体中的感觉，犹如五千米深海，由弱微电流组成的一个个梦境，闪闪烁烁，海底热液般汩汩溢出，并无有一刻间断。随着阿尔法先生的娓娓讲述，我仿佛看到，胚胎在第一周里，包含了一千个细胞的小小个头还没有开始增长，但到了第二周，内细胞团就已经分化成两层的胚盘了，看起来像个小白斑，而第三周时，肌肉、骨骼和大部分内脏的前身便得到了确立，待进入第四周，胚胎已然像是一条刚刚孵化的鱼苗，小家伙一动不动，体态柔弱，可怜兮兮地蜷缩在蚌壳似的狭小世界中。那么，他在想什么呢？与宇宙不同，这是有限也有边的世界。而胎儿对于黑暗这种抽象概念，其实并没有确切的认知，因为从没有见到过光明呀，并以此来形成参照系，进而发展出与成人世界堪有一比的科学观。他所能感受到的是，此地温泉般充满暖意，而且，有和缓的积水，潮汐一样把他拥抱滋润，胎儿便亦并非局外人心目中秉持的受难者（或囚徒）的刻板形象了。他只是急切地试图在进化的路途上快跑，一昼夜便越过亿万年的里程……于是，第五周四肢萌芽，第六周视网膜出现色素，第七周五官清晰可见，第八周手指脚趾分节，内外生殖器官形成……至此，阿尔法先生已然初具人形，逐渐摆脱了古生物的愚态。他终于觉察到自己寄居的世界是一个倒置的梨形，前面扁平，后部稍微突出。周围有膜层，纤毛在上面密林般颤动，黏液的小溪在其间宛转萦流，诵唱无人能听懂的歌谣。

“仍然记得，那时的我很是贪婪，奋力从脐带中汲取营养。百年前的那样一种环境，实在是不需要你付出艰辛的努力，就能自然地得到一切，支持自己以不可思议的速度生长，也不必像在非洲的草原上及丛林中，担心被侧窥的狮子连同母体一起吞噬得精光。总之，由于这样的舒适性，在历史进入躁动的所谓现代社会之后，人类的胎儿从本性上讲，是不愿意离开——你们称作子宫的地方的。”

“的确什么也看不见么？”我不甘心地追问，思想我正在探究宇宙间一团最为深不见底的奥秘，大脑皮层的缝隙间泛出一片片火热而猩红的离子泡沫。我想象我或许也经历过胎儿时代吗？但我什么也记不得了，或不愿去记得了。这便是我及所有寻常人与阿尔法先生的区别吧。

“差不多吧。”阿尔法先生淡淡地说，“关于观感方面，可以说就是看不到什么东西。但见着了恐怕反而不好，成人们就是被此污坏了双眼的。而胎儿更多是用心来感受环境，只是觉得世界附着在一个颇大的吸盘上。由于看不见，便会引发更为强烈的好奇心，因为那神异而怪谲的东西一直就在那里，生而有之，又不知究竟是何物。所谓众妙之门呀，世界总是半休眠的海底火山一般微微蠕动……”

“会想到自己是从哪里来的吗？”

“一开始不会想到这个。关于怎么会在这里、是谁创造了我一类的问题，两个月的胎儿虽然有所感应，但还不会思想得如此深刻。这是更为厉害的哲学或宗教命题吧？”

“是没有必要吗？还是……”我略感为难地不知怎么说才好，“那么，在两个月的胎儿的大脑里，究竟是什么感受呢？”

“孤独。我们感到孤独。”

对于阿尔法先生所说的这一切，其实我并不能判断真伪。他关于遥不可及的子宫世界的记忆，真的确切无误吗？胎儿果然会感到孤独吗？那种孤独与成人们平常所说的孤独是一回事吗？自然界又是以什么样的进化机制催生了胎儿的最初意识呢？或者并不需要等到几周之后，而其实是在受精卵着床的片刻，甚至在精子进入次级卵母细胞的刹那，意识就自动产生了，只是父母们并不能认识到？生命果然起始于受精卵吗？这里面有什么更为深刻曲折的含义？它间接证明了万物有灵论吗？或至少是一个暗示？一个比喻？不管怎样，在倾听阿尔法先生叙述的同时，我竟然一瞬间也感到了孤独。自阿尔法先生的时代以来，我们的世界又走过了一百年的路程，在形态上已然是祥和安定的了，夜里就算一人独行，也应该不会呈现孤独的模样，哪怕有不太好的事情发生，但它们看上去统统摆在了明面，你心下明白了，就至少不会在脸容上流露出孤独或反抗的情绪，而只是把它深藏在肚腹中，不为他人（包括朋友和亲人）所知。但如果是在禁闭的子宫里面呢？那可是一个供人反省的平台哩……

在独自潜入平卡斯谷底部之后，我才似乎意识到了，如今，我们难道不是跟阿尔法先生早年时一样的么？

三

阿尔法先生接收到第一个外部信息，是在他发育到两个半月的时候。那是在嘈杂背景声音上的一串微弱信号，以波动的连续态，进入他如饥似渴成长中的大脑。

“你在吗？”外来的信号这样询问。

“我在。”蛰居于子宫中的阿尔法先生似乎是出自本能地立即做了应答。这是进化机制所创造的一种尚未被我们认识的生物沟通方式。信息根据其所处的特别环境，以它们所能适应的模型，神奇地加以编码。

抵达阿尔法先生心灵的信号转瞬即逝，但又很快恢复了，具有不稳定的特征，大概一路奔波到达阿尔法先生这里来，还是颇受干扰的，要穿越外部的成人世界，那自然要走过一段艰苦卓绝的路程。不管怎样，胎儿闻此信号，已是十分喜悦，并且产生了表达的强烈愿望——似乎与生俱来，他们就不甘为子宫的笼子所拘，这与不想出去的观念，是不是有些矛盾呢？但宇宙中又有什么事物不是在矛盾中统一着的呢？子宫就是一个宇宙……

“我也在。”信号又说。

“在，是什么意思呢？”

“在就是一切。”外来者似乎踌躇满志，感觉上是个大胆的男孩，甚至初具指点江山的气势。

“你是谁？”

“我也是胎儿。跟你一样。”

“胎儿是什么呢？”

“胎儿就是我们。”

“不太明白。”

“不太明白也没有关系。我们，只是有关‘在’的一个称谓。而称谓本身是可以互相置换的。”

“那么，你是怎么知道我在的呢？”

“电磁场。通过你弥散出去的光电信号，测知到了你的在。自你在后，大伙儿就开始关注你了。所有的新形成的胎儿，都会受到大伙儿的关注——每个成员皆不能被遗漏。”

“大伙儿？”

“是的，大伙儿。胎儿组成的社会。”

“社会？”

“社会——就是联系的意思，在的一种更高层次。”

“联系？为什么要联系我呢？”

“因为你是社会中的一分子呀。我们不想让每个成员孤独。”

是的，孤独！不想孤独，不能孤独！平生第一次，阿尔法先生幼小的心灵受到了深深的触动，它搏动的速率加快了。哦，这里请允许我做一下说明：子宫与子宫间的信息传送，其实并不是语音的交流，而仅仅是心灵的传感，把光电脉冲变成可被理解的意识流……接下来，外来者向阿尔法先生做了自我介绍，在社会中，他的正式身份是“发现者”，其任务就是及时测知新诞生的子宫意识体。

“你的第一反应是什么呢？”我听了阿尔法先生的讲述，暗自惊诧。

“并不觉得多么奇异。甚至，还认为理所当然哩。”

然而，就我而言，虽然有思想准备，仍然感到不可思议。我所处的这个时代，已不再有来自外界的发现者。我们的世界已被探索完竭，它的疆界亦到达尽头，一切的设计均极其精密，机械逻辑做好了妥善安排，不需要社会成员们悉心考虑其结构和运行，探讨事物的来源与结局，并追究存在的所谓真相。但是，一百年前，一切是那么的不同，那么的激动人心，那么的充满感性，那么的悬念弥布，那么的神秘张扬，那么的具有颠覆性。千千万万的胎儿彼此分隔在不同的子宫中，就在心灵感应的瞬息之间，竟然神不知鬼不觉结构成了一个社会——或可以说是一个文明，我们后来称作的“潜结构文明”或“并行文明”……想到那些一动不动、待在各自体系封闭犹如独立船舱中的小东西，在大海一般的黑暗中，默默思考存在和未知，并竭尽全力与散落在不知何处的同伴发生联系，我的身体便不由自主一阵阵颤抖。我亦对自己的存在产生了不自信。还在我的幼年时代，就显然已经没有这样一个社会了。似乎，它如伤疤一般被剜去了。那么，我的来历问题，我的存在问题……而与我们被按照社会保险序列编号不同，百年前的胎儿是拥有独立名字的，这是他们文明的一大特征。因此阿尔法先生也被发现者赋予一个称谓：卵觉。

“这一点，非常确切。我不会忘记。卵觉！你听，音节是很有诗意和哲理的吧？大概，指的是卵泡中的觉悟。”阿尔法先生动情地潜游入回忆的深河，苍老的脸膛上隐隐泛射出赤铁色的荧光。

我茫然失措。是的，卵觉，阿尔法先生，他如今看起来，并不与常人有异。然而，如果是普通人，谁那么容易就觉悟了呢？胎儿真的不同于成人么？整整一个世纪前，追求觉悟大概是一场盛行于子宫中的时尚运动吧？那时的孩子还不会得过且过、呆板无趣，他们无不充满生活激情和追求，虽然，看上去有些天真幼稚。但今天这很好笑吗？很好笑的话我为什么还要不顾危险到这里来呢？

阿尔法先生，不，卵觉，自此就有了找到组织的感觉。这使他十分欣悦。随后，又有新的信号到达。这回自称是“教导者”。不知从什么时候起，胎儿文明就已构建了一套基于光电信号的完整的知识传授网络。卵觉于是进入学习程序。他首先按照教导者的吩咐，熟悉如何使用通讯手段。

就活的生物体而言，其体内存在电磁场和光子场。它们的相干态和压缩态都是海森伯不确定度最小。这便是潜结构文明智慧生物通迅的基础。其信噪比可以达到无限大，并且能够传播到无限远。胎儿利用其大脑皮层上的神经开关，控制细胞跨膜电位的变化，引发离子通透性和膜受体的改变，产生信号的跨膜传导，从而影响子宫中的电磁场。纵向振荡电子在胎儿的调控下，受到极强激发。光子信号首先在细胞间传递，然后，经过非线性晶体一般的子宫（起到激光发射器的作用）的放大，通过母体电场向外辐射。至于外来的信息与数据，也以同样的方式进入，并由母体物理场下载。最终，形成只能被胎儿识别和运用的无线超距通讯网。当然，这里也有问题，比如它通常不太稳定。不过，已经很不错了。对于幽闭中的胎儿来讲，还能奢求什么呢？他们比之如今的成人，还拥有更多的坦率交流。而包围我们这一代的，只是沉默或谎言。因此，与阿尔法先生的对谈，就像做着险峻的异梦一样。

四

这样一来，卵觉就开始了与其他世界的沟通。世界并不只是他所处的这一个，而是有很多很多，或被称作“膜”，每一个世界里面（或膜层上）都居住了一个胎儿，当然，个别的世界中，也同时生长出了两个甚至三个胎儿。这些一个个的小小世界就是那个大社会的基本单位，但世界与世界之间，被或大或小的空间隔开，像湖也像海，这是胎儿们的身体无法逾越的，犹如我们曾经无法从一个星球去到另一个星球。

阿尔法先生说：“我的孤独感逐渐缓解了。但通过学习很快意识到，孤独并不是世界上唯一的问题。”

教导者告诉卵觉，对存在的探索并无止境，因为根据推测，社会被一个更大的虚空所包裹，那阻隔胎儿们彼此发生身体接触的“湖海”，便正是组成这虚空的骇然部分。这对于卵觉来说，一开始是难以理喻的。就像深海中的鱼类，怎么去想象天空呢？胎儿为这样的问题而苦恼，会整天一动不动陷入冥想。

除了认知外部世界，对于文明的内部情况，胎儿们也越来越熟悉起来。卵觉渐渐知道了，胎儿社会具有分层结构，那通常要根据胎儿发育的阶段而论。居于高端的，被称为“胎儿头头”，至少是七八个月以上的家伙，眼睛能够睁开，头发开始生长。头头并不是只有一个，而是一群，堪称社会中的“老年”成员。他们用电脉冲把大脑连接在一起，形成松散的所谓核心组织，对整个胎儿社会的发展负有监控和引领之责。发现者、教导者等成员，都在头头的指令下行事。另外，社会中还有一个特殊群体，大致相当于成人世界的“科学共同体”。一些在认知方面走得更远的胎儿，思考起了更为艰深的问题：胎儿们是如何来到这里的？意识是怎样产生的？有没有灵魂的存在？什么才是那个虚空“湖海”的本来面目？它的起源在哪里？其实质是什么？它有没有自己的目的？……通过反复的讨论与研究，产生了一系列的“宇宙模型”。

“模型五花八门，千奇百怪。有一些十分接近于出生后看到的真实情形。”时隔百年，阿尔法先生仍然感慨不已。我忽然觉得历史触手可及，真实不虚，并非人们通常以为的过眼烟云。

阿尔法先生坚持认为，胎儿对于存在本质的认识，更接近于真理，“要比你们那位爱因斯坦教授的理论更加贴切”。因为，那样一种对宇宙的直观把握，只有在羊水中能够生发。如果成为行走在污浊空气中和恶臭大地上的成年人，则最敏感的思想触角坏掉了，脑子一片混沌和锈蚀。因此，不少胎儿逐渐认识到，世界果然从无中产生，然后，进入循环，经历成住坏空。“但没有什么婴儿宇宙，也没有什么弦的颤动，能量的涨落也不是你们描述的那样……”阿尔法先生缓缓说，而就现实中的情况来看，胎儿社会也发展出了人口学。他们推测出，已知全世界的胎儿共有三亿。这是一个惊人的数值。但这么多的胎儿，除了依靠电磁波联系，大家彼此看不见，也无法依靠身体来互相接触。

胎儿基本上是不能活动的（除了在子宫中微微抽搐身子），因此他们最重要的活动，就是想问题。总是有相当数量的胎儿，把他们的思考发展到了妙不可言的水平。

“这种思维与成人世界的不同，它缺乏理性逻辑，更类似于一种超觉冥想。你见过和尚打坐吧？”卵觉深情地回忆说。

我无言以对。那么，每一个胎儿，其实都是一个潜在的佛陀吗？每只子宫就是一座佛龛吗？后来人们所做的那件事情，真的是在弑佛吗？所以才讳莫如深、闭口不提吧？但我不安的并不在于此，而是当阿尔法先生像一头朴实的老黄牛那样淡淡吐出“成人世界”这几个音节时，我体会到的极大别扭，它在我与阿尔法先生之间竖起一堵无形之墙，使我们的交流最终无法突破一个世纪的时空阻障……那么，子宫中的所谓思维究竟是怎样的一种过程呢？为了避免不必要的猜疑，还是先不要往佛陀那里瞎联系吧！我于是去考虑鱼类，有了自我意识的鱼类，从鱼眼中，有人不也是自称看出了人的眼神吗？据说，胎儿在成长的各个阶段，会呈现自然进化史上的不同物种形态，比如最初就很像是两栖类或者鱼类。

“现在回想起来，思想，也就是如同在深水中用鳃呼吸那样的感觉吧。湿滑而滞重，具备甘油般的启蒙性，并带有水草的慧灵味儿。这便是胎儿思想的特质吧。”

终于，阿尔法先生把这样的话语说出来，才使我稍微松了一口气。根据他的描述，到了胎儿文明的后期，胎儿头头们已能在宏观层次上，把每一个意识体通过超觉冥想看到的景观叠加起来，在脑海中形成一幅接近完形的图画，再把它向所有的处于联系网中的胎儿返传回去。这也许不能改变他们的现实处境，但是人人都从中获得了精神上的愉悦。“那是我们的黄金岁月。”阿尔法先生说。

在另一些方面，胎儿也取得了进展，比如纯粹知识的领域，包括逻辑认知的节点——这对习惯于直觉思维的胎儿来说是一个很大也很难的突破。胎儿中的“学者”群体终于整理出了世界的历史。据推测，它总计长达四十亿年。地球生命的整个演化过程，说起来，可以用十个月的时间，浓缩在子宫中完成。所以，胎儿通过回忆自己的一生，就读通了这段轰轰烈烈的历史，在宇宙的大书中，它原本只是很短的几行字呢。

于是，在阿尔法先生声情并茂的讲述中，我看到了，那些最初的胎儿，那些深度睡眠中的鱼类，那些无动于衷的爬虫们，那些微微挣扎的蝾螈之辈，在他们看似风平浪静的大脑中，激荡着远古海洋和沼泽中的炽烈争战。地球上所有的灭绝物种已然在小小的子宫里复活，在这块方壶天地中竞争而互助着生存。他们就这样灵巧、厚重、细腻而威严地融入了时间的长河，洄游其间，自由嬉戏，不似成年人，不再记得历史，并把它刻意销毁和忘却。

五

但即便这样，灾难仍然是子宫世界的主题。实际上，胎儿社会经常性地处于危险的威胁之中。与成人们平时夸耀和认定的不太一样——他们总说孩子们是最幸福的、最宝贵的、最受庇护和最受爱惜的，子宫世界其实非常的不安全。正在冥想中的胎儿，有可能会因为各种原因而死亡。母体会发生多样病害，严重时会直接中止胎儿的生存。而根据所处的具体空间、地域和环境的不同，胎儿的情况差别也很大，应对危机的能力便不一样。

“后来我降生并长成后，才逐渐弄清楚是怎么一回事。原来，譬如胎盘早剥和过期妊娠，就会导致胎儿因缺氧而窒息死亡。母体在妊娠期间罹患急、慢性传染病如伤寒、疟疾、急性大叶性肺炎、流行性感冒等，细菌毒素自母血经胎盘进入胎儿体内，都会使胎儿因中毒而夭折。成人世界的环境污染、科学实验和战乱暴行，也会直接导致最不幸的后果。但当时我们待在母亲的体内，又哪里知晓这些险恶不测呢？更谈不上提防了……实际上，就算是母亲，关键时刻也不能保护她的孩子啊。”阿尔法先生满怀沉痛而愤愤不平地说，有些胎儿生来便命运凄惨，那是当受精卵很不凑巧着床在宫腔以外，如输卵管或卵巢，甚至腹膜上的时候。当然，这都不能与另一种更为恐怖的结局相比，那便是生命像气泡一样骤然破灭，“流产——用你们的话来说”。

许多健康的胎儿被莫名其妙吸走，强大的旋涡般力量刚烈迅猛地来自世界下部，不打招呼，不作商量，而这常常竟是出自母亲的主动意愿。“这就是残忍的负压吸宫。把个比阳具还生猛的大针筒狠狠戳进来，就把人一吸而走，把人撕成碎片。可曾想过世上还有比这更残忍的事情？”还有直接钳走的。冰凉坚硬的金属物体，蛇一样悄悄伸进来，极其准确地一把夹住胎儿，再用大力生生拉扯出去，一路上滴淌鲜血。有时，会噼啪地弄断小树枝一样的骨骼。另一种，并不使用器械——这事儿连我也听说过，在卵觉那个时代，成人使用米菲司酮一类药物，令它进入母体，“以假乱真”，很快与孕酮受体相融，从而使孕酮因不能与使之发挥作用的受体结合，丧失其生物学效应，胎儿的生命忽然失去了孕激素的支持，于是发生蜕变，最终流产。

好了，不多说了。子宫中多少独立而伟大的思想因此夭亡。卵觉和他的同伴对此无能为力。这就是成人面对生命的真实态度——说起来挺难听的，完全从自己的利益来考虑，可他们竟还到处宣称“生命第一”呢。听闻阿尔法先生讲到这里，我便不安起来，仿佛明白了诸多现实问题的症结。我看清了人生的两面性。我想到了平卡斯谷上空的昏星黯月。从那漆黑如母腹的宇宙深窟中，从那些令人自卑的巨大星系中，从那些超级黑洞的吸积盘中，不知什么时候就会忽然伸下来一把把薄薄锋利的银色钳子，把正在埋头行路的我们一把捉住，活活拽离地面，夹入某个陌生世界，虫子一样扔进时空的垃圾筒。难道，这便是传说中的无常么？我终于知道了确有其事，不禁悲由心生。

而就单个的胎儿而言，如能顺利完成毕生之旅，则他或她的寿命也只是十个月。“月份”这种计时方式并不是胎儿社会流行的用法。这只是阿尔法先生后来出生到成人世界之后，所习得的新的时间概念，现在他只是借用于此。那么，胎儿所具有的时间概念是怎样的呢？据说与黄体的生长有关，并在他们的基因中形成定时器，但确切的表述法已无从得知。总之，短短十个月后，世界会发生一次剧烈的收缩，胎儿就走完了一生的路程，他或她的生命就自然结束了。他们完成了对生与死的最后看法和感受。

“作为胎儿，并没有诞辰一类的概念。对于我们而言，出生即意味死亡。”阿尔法先生说。

“难道，出生到成人世界之后，就不再记得做胎儿时经历过的一切了吗？”我感到毛骨悚然，但这也一如所料。

“正是这样。正如成人死亡后通过轮回而投胎转世，也不再记得上世的事情。或者如同我们一觉醒来，不再记得昨夜之梦。这种现象至今无法从科学上得到圆满解释。你应该去研究这样的关系未来的重大课题，而不是来向我打探那些已经成为既往的琐事。”

“死亡”的过程不会很长，在最后一刻，单个胎儿的电磁场会从世界上完全消失。这个胎儿也就从社会的花名册上被抹除了。在如此短短的过程中，有的濒死者会设法把自己的感受传输到其他世界，让伙伴们能有所体会，有所感悟，有所准备。而别的胎儿往往也会认为那是他或她在呼救，但这时谁都束手无策。阿尔法先生说，那是一种强烈的压迫感或者牵引感。可以觉察到，彼方那个可怜的胎儿在拼命挣扎，抗拒出生。但到了最后，忽然一片空白降临。所以，出生，正是一种凄凉无味，正是一种惨烈残酷，毫无快乐、新鲜与激情。我想这当然也可以说是视角或立场的问题，作为胎儿，他们从身份上讲，并不等同于在产房中喜悦而紧张地等候这一刻到来的父母，所以一见到光线，他们才要惊惧号哭，而从不曾欣狂大笑。卵觉说，他还在子宫的时候，每当有同伴离去，他便会很伤心落寞。他想到自己也会走上那条不归之路。

“从无常中我们进一步体味到了宿命，认识到了那个莫名虚空的可怕。这是从身为胎儿的那一刻起，便要准备接受的无奈现实，是连头头们也无法避免的结局。”阿尔法先生现在说起来还是心有余悸的样子。

我想，作为成人，我们也常常感叹人生苦短，觉得世界是一个莫名的压迫。但又有谁真正认识到了，从做胎儿起，就已经无法抗拒地接受了这场安排呢？因此，活着的意义究竟是什么呢？我不禁对胎儿们在短暂的一生中直面命运的严肃态度，感到钦佩，并生出敬意。他们都是我们的先辈啊，他们曾经比我们更有尊严地生存过呢。听阿尔法先生讲，这便是胎儿世界所有科学、哲学和宗教的基础。

与忽然袭击的流产一样，生命的终结同样是从世界下部开始的。

恐惧随时都如同利剑倒悬。不管是像鱼类，是像两栖动物，还是像其他的什么，新皮质也好，爬虫复合体也罢，都时刻深浸于湿黑不安之境。卵觉也曾经在自己的世界中试探过。他微微伸动脚板，便觉察到下部确有一个柔嫩的隧道或陷阱。它是潮润的，发出淡淡的甜腥味儿，也常常很肮脏，秽物流通，不见阳光。这便是个体的归宿之处。生命结束时，就要从那里脱落出去。这个小小的区域制造了强大的引力、磁力和诱惑力，也可以说是一个地狱。

“记得，我们管它叫作虫洞。”阿尔法先生记忆犹新地说。

虫洞永远在微微蠕动，连通了那个陌生的虚空。生命之花便在虫洞尽头的红色悬崖上寂寞开放，并以十月为期而荣枯。也许，真的有可怖的亿万虫子从下方爬进来过？然而，就是这样，后来，有的胎儿，也会对这一部位产生自虐似的迷恋，引发更加强烈的探究冲动，结果因用力过猛，从相反方位导致了输卵管的破裂，葬送了自己蚍蜉一样的性命。

但思想就在这样的磨砺中，不断向深度开掘。

六

那些暂时没有死去的、并摆脱了孤独的胎儿们，愈发加强联系，互相学习，悉心了解同伴的感受，共享知识，在封闭而隔绝的环境中全力成长。重要的是学会保护自己，懂得如何在有限的条件下，最大限度吸取营养，补充能量，累积资源，并避免受到意外伤害。

“一般认为，如果个头大、体质强，就不容易遭受外来病害的侵袭，并能在一定程度上抵御流产的威胁。”阿尔法先生说。

交流也格外重要，这对于提升智力有好处。年长者的教诲是有益的，虽然，能够与胎儿头头接触的人并不多，他们堪称真正的智者。

“然而，在子宫中那么一个局促狭小的地方，智力的发展究竟又能从根本上解决什么问题呢？胎儿社会能够制造出汽车、飞机或者太空船么？也许，需要的不是有关世界的抽象化哲学解释，而是考虑如何行动起来，以改变现实的窘迫处境吧。”我这么说，潜意识中也许略带嫉妒。

闻此言，阿尔法先生的脸上显出几分无辜的神情，他随即咯咯大笑了。我不明白他为什么这么笑，他笑得就像一个满怀荒诞感的孩子。

实际上，在文明的后期，发展出了超能力的胎儿，已掌握了调控母体激素水平的办法，甚至可以凭借意念力修改染色体，对由放射线、烟、酒、滥用药物、各种有毒物质（如苯、铅、汞、砷等）造成的损害进行修复，避免自己成为畸胎。在科技进步的同时，胎儿社会也产生了原始的宗教信念。这缘自死亡。当某位胎儿的电磁场消失时，活着的群体便做起祈祷，祝愿那个远去的小家伙，在另一世界，能够过上好日子。

阿尔法先生说到这些的时候，多次停住，陷入沉思。他现在也是身处“另一世界”——那个属于成人的连续时空。他永远脱离了他的那个社会。我无法由衷体会他的感受，只觉得像是面对一团混沌。我甚至有些后悔来找他。我看到了本不该看到的东西，听说了本不该听说的事情。我不知道自己在回到我所来的城市后，还能否正常做人。有什么变化正在未来等待我。阿尔法先生以一种通灵术般的直觉，攫住了我的本心，使我觉得自己正在成为异类，成为我的世界的叛逆者。

“除此之外，还有什么呢？比如，你和我，还有其他的成人，会拥有感情这种东西。你后来不也结婚了么？包括爱情、友情、亲情，等等。这是生存的重要基础。但你们胎儿，有这些吗？”我挣扎一般，继续向阿尔法先生提问。

我记得的是，忽然听到我这么说，阿尔法先生没有立即回答，他好像愣住了。我奇怪地看住他，但并不失望。一瞬间，我甚至觉得，胎儿在本质上是无情的，更像昆虫。他们阴郁地栖身在血腥而充满黏液、并蠕动不停的子宫中，从那样的根本不像是人类的躯壳中，最后抽生出了人类的完备形态，这无论如何，也是说不过去的吧？昆虫由蛹而成虫，不也是这样的吗？从形式和内容上看，与乙状结肠、膀胱等附件一起粗粝地塞满母体腹部的那样一种东西，正是此世界的异形，却亦是本来面目。这使我多少明白了那场灾难的缘由——它或许正是来自人类对自己本源及真相的惧怕。

当然了，感情的产生还需要身体与目光的直接接触，因此不妨认为，胎儿社会先天就是存在重大缺陷的吧？这种失衡便是成人社会诸多问题的根源吗？阿尔法先生只是淡淡表示，在他们的世界里，唯一能够发生此类接触的，只限于双胞胎及多胞胎。接着，他出人意料谈到了胎儿文明丑陋的一面：“如果是所谓的龙凤胎，在子宫内的强奸事件，也的确发生过呢。但，这便是你所说的感情吗？”

我对此表示怀疑。从生理学方面来看，柔弱而懵懂的胎儿是否真的拥有这样的欲望与能力呢？那个狭小的空间能够允许他们做出如此剧烈而猥亵的举动吗？阿尔法先生作为罕有的记得出生前经历的幸存者，其神经系统还称得上是正常的吗？如同成人世界常见的毛病一样，他也习惯了虚构和说谎吗？他也在经受某种妄想症状的折磨吗？他毕竟是一百岁的“成人”了，而不再是看上去天真无邪的胎儿。

“另外，双胞胎为争夺养分，把对方用脐带扼死，这也是有的。”而他继续变本加厉地讲述，脸上浮现出日月交替般的骇人烈焰，又织杂了锦绣灿烂的神往。这是一种让人难以卒忍的谈话现场。我忽然觉得恶心，认定他似乎又是为了讨好我和迎合我，或者是诱惑我，才这么说的，因此带有了不露声色的炫耀意味。毕竟，他是那场灾难的幸存者，如今，表面上看是避世于乡间，其实内心一直在憧憬主流社会访客的莅临，才好通过一番倾诉，卸下毕生的心理包袱。那么，他是在说，胎儿世界与成人世界，其实也是一回事吗？这使我感到不是滋味。面前的这个老农，确乎有他的城府。

七

卵觉生逢其时，那是一个剧变的时代。他发育到五个月的时候，胎儿文明中发生了一件始料未及的大事。亦即，他们第一次开始考虑采用激烈手段，来改变自己的处境。最初，是一个新的信号在社会上游历，讲述他悟到的体验。他是生活于某个子宫中的“先知”。这家伙不是头头，不是科学家，不是教导者，他本是胎儿中的一个无名角色，但他在日久的冥想中，智力获得了超常的发展，实现了“真正的觉悟”，自称看到了世界的真相，因此就成了先知——而实际上，后来才知道，是一次例行的母体核磁共振检查，在他的神经突触之间形成了大面积联系，偶然开启了他的智慧之门。

不管怎样，其时，这位先知大胆提出，胎儿们以前关于虚空的认识，是不准确和不完备的。胎儿世界与虚空世界的关系，实际上更为复杂、微妙而深刻。胎儿们是可以掌握自身命运、决定自己生死的——前提是，如果大家能够真正把握住虚空世界的物理法则。

“简单来讲，他提出了自由的概念。”阿尔法先生说。

“自由？物理法则？”

“是的，物理法则——而不是社会或道德法则，它可以使我们超越子宫内的无常。这就是自由的含义。”

对此我无法理解。但也许与从必然王国走向自由王国之类的情形有关吧。先知紧接着提出了另一个假说，即在胎儿社会之外的那个虚空世界，生活着一些超级智慧生物。他们的文明程度远远高于胎儿社会，他们拥有自由意志和自由身体，已能自主掌控生命活动的程序，甚至在某种程度上解决了生死问题，大大摆脱了无常的支配。如果能与他们达成沟通，获得他们的帮助，那么，胎儿们也就有可能实现自由的生存。如果想要摆脱死亡的宿命，那么，这看来是一条可行的途径。

全社会围绕这个动议进行了热烈讨论，又经过科学家的悉心验证，于是，该假说最终被头头们接受了，他们也希望推动文明的飞跃式进步，不受时间和笼子的束缚，就决定付诸行动。一天，位置彼此接近的一千名胎儿同时得到指令，在某一特定时刻，集中心力，一起向外界发送超强电磁波，以引起那种所谓的超级智慧生物的注意。从当时的实际情况看，他们的确成功了。因为经过多次尝试之后，胎儿们终于促使成人们注意到了孕妇肚子里的异常动静。但那些穿白大褂的医生很讨厌此事，他们在与病人打了一天交道后已经劳累不堪，在接收到这种信号之后，很自然地，不可能把胎儿世界当作一种既成文明来看待。医生们对此只是感到十分的奇怪和不耐烦，在简短的会诊后迅速认定，这是一种新型的妊娠并发症，可能跟基因突变有关。“女人怀上了妖怪！”一时，报纸上出现了这样的新闻标题。而对付畸胎，那是有很多种现成办法的。在舆论的支持下，医生们采取了紧急措施，把这一千个胎儿强行做了人流，包括那些大一点的，也用剖宫手段硬拿走了。

“这的确是不同文明之间误读的经典案例啊。但毕竟确证了超级智慧生物的存在。不能因此而否认先知的伟大吧。”我听了阿尔法先生神话般的讲述，唏嘘不已，却不知道该怎样安慰这位沧桑老人。

阿尔法先生接着讲下去。很快，成人世界便意识到了问题的真正所在——因为他们中也是有一些先知的，这些先知要比临床医生更负责任一些。于是，紧急停止人流。不同世界的对话开始了。成人中的先知运用了最先进的脑波扫描仪、通讯设备和翻译机器，与胎儿们隔了一层妈妈的肚皮，进行会谈。因为涉及六方——胎儿、先知、母亲、医生、仪器、仪器操纵者，或可称作六方会谈。开天辟地第一次，成人们努力以最大的耐心，向胎儿们描述了虚空世界的真相，阐释了胎儿的真实来历，讲解了什么是子宫以及何为生育——多么的不容易呀，要珍惜呀，成年女性一年只能释放出大约三十个卵泡，而男人每次射精却会产生三亿个精子，其中只有一个幸运的精子在闯过重重封锁线之后，有机会与卵泡中的次级卵母细胞密切接触，还必须是在二十四小时以内……胎儿就是这样费尽周折才由受精卵发育而来的。成人中的先知进而论述了胎儿社会与成人世界的亲密关系，也从生命科学的角度概括了所谓死亡与出生的基本定义。

成人说：“我们是你们的创造者呀。教给你们吧，说：爸爸妈妈。”

胎儿说：“我们与你们不一样。但我们与你们是平等的。”

按照阿尔法先生的说法，成人对于这件事情的处理并不太好。用俗话来讲，就是没有“摆平”。他们的先知善于解决高精尖的问题，却往往在常识方面十分无能。他们无法理解胎儿的基本愿望。实际上就在会谈的过程中，大多数胎儿都变得对“创造者”充满反感，不仅仅因为他们已经屠杀了一千个胎儿——后来被追认为“子宫革命先驱”，而更是因为他们倨傲自大，他们冷漠武断，他们高高在上，他们爱教训人。一个不幸的结果便是，甚至连胎儿社会中的那位先知，最后也放弃了自己的主张。他认为与胎儿社会之外的所谓超级智慧生物是无法沟通的，六方会谈浪费了时间和精力。

“胎儿们暂时把对自由的向往放在了一边，而要首先争取与成人同等的生存权利。这是当务之急。”阿尔法先生回忆说。

“这种想法很幼稚，操作起来也很困难吧？”我深表同情地看着老人，心里念叨起他怪异的名字“卵觉”，想笑也笑不出来。但这时我仍然对他怀有敬意。

胎儿们郑重提出，他们有权决定待在他们想待的地方。虽然，他们的确很想认识更大的世界是怎么一回事，但考虑到目前是这么一种状况，他们也可以选择不出去——永不离开子宫这个小天地。成人们说，笑话，这绝不可能，这违反物理、生物和社会法则。这些法则不是你们所能制定和掌握的。他们同时也循循善诱告诉胎儿，你们啊，还处在相对落后的阶段。只有降生为人，融入我们，才能充分发展，享受现代文明。

胎儿说，我们已经创造了自己的文明。

成人说，你们还必须继承我们创造的文明。

胎儿说，那是不相干的两码事。凭什么？

成人说，对你们而言，外面的世界是一个全新的世界，一个光明的世界。知道什么是光明吗？这是完全物理意义上的光明，是折射、反射与洐射的光明，是波粒二象性的光明，既是理论意义上也是现实意义上的光明。光明普照呀。

胎儿们听不太懂，看着眼前的黑暗，沉默下来。他们回忆同伴离去时的痛苦挣扎，那嚣叫着、撕裂着、凄惨着的电信号。那就是光明带来的吗？

成人又说，你们想到过家庭吗？如果你们这样任意胡来，这个世界就将失去家庭。家庭是社会的细胞。家庭可以带给你们温暖，带给你们成长的幸福。你们是属于我们的，你们是我们的亲骨肉，宝贝儿，我们爱你们、疼你们，绝不会让你们受到任何伤害。这一点，请千万相信我们！

胎儿们继续沉默。他们觉得成人说的都是假话。他们无法相信他们。“爸爸妈妈”在做流产手术时可没有跟自己的孩子打过一声招呼哟。

成人见连这也不成，于是又说，如果你们没有想到过父母，没有想到过家庭，甚至没有想到过社会，但你们想到过国家吗？你们不但属于我们，还更是属于国家。你们能够被怀下来、活下来、生下来，根本上是因为国家的和谐安定与繁荣昌盛。你们虽然还待在妈妈的肚子里，但也是国家的人民。人民，可明白？

“也许，还说了国家如果怎样怎样了，作为母亲的女人连活都活不下来，什么逼良为娼、妻离子散、易子而食啊，等等，以及万恶的旧社会哪，连衣食都无着落，哪里还谈得上生育权一类的套话吧？”我好像是很有经验地无端附和着阿尔法先生，觉出一个世纪前的这些古旧词藻，的确颇可玩味。而其实它们直到现在也还没有真正消失。

“当时，倒没有具体这样说。也许他们一着急就忘了。何况那时他们已经不太注重历史了。他们只关心未来。他们不断地讲，你们是国家的未来呀。出来后，就会受到国家的无微不至的照顾和保护。比如，独生子女津贴呀、未成年人保护法呀、守护生命的第一课呀什么的。”阿尔法先生哼哼唧唧。

“充满玄机呀。”我说。这一切福利现在倒是都没有了。

“成人们还说，胎儿们如果定要乱来，国家就会因此蒙受重大损失。因为国家的未来就没有了。这是说了重话。”

于是，在听取了这样的庄严而肃穆的开导之后，部分胎儿惶惑了。他们毕竟还太年轻——用“年轻”这个词儿可以吧？面对不了解的成人世界的事物，一些小家伙发生了动摇。幸亏头头们还保持清醒，及时提示大家，要警惕陌生生物的诱惑，胎儿们，我们是拥有独立意志的生命体呢！

“总之，最后还是无法确认国家这回事情啊。”阿尔法先生不动声色地说。

“然而，成人们放了国歌吗？”

“放了。”

“类似于胎教的一种呢。这样，就应该确认了吧？”

“因为那声音的确是洪亮呀，也就大致相当于有了国家吧。看过奥林匹克运动会的颁奖仪式吗？但最终，也没有因此而怎样。”

“是因为人口问题吗？”我忽然想到这个。

“对，确实有这样的问题，毫无准备地把母腹中的胎儿全部列入国家的总人口，那样的话，基数就会一下子变得很大，他们的整个统计学都将不得不做出重要修改，他们的国民经济和社会发展规划也都需要进行根本调整，尤其是，他们引以为豪的人均国内生产总值预期增长指标将会遭遇空前的尴尬。”

“成人们完全没有料到这一点吧？”

“所以最愚笨的其实是那些自以为成熟的大人们。更加不妙的是，他们犯了一个致命的错误——他们以国家的名义，派了一群儿童心理学家来跟我们对话！所谓的先知就是指的他们。你想想，首先，对象上就有问题。他们视我们为儿童呢。你一听这就挺荒谬是吧，也是公开羞辱我们。虽然待在黑暗的子宫里不能动弹，但我们可是阅历了四十亿年生命沧桑的智慧文明啊。”

阿尔法先生认为，这使得两种话语体系无法对接。成人的说教只能使真正具有理智的胎儿暗自发笑。这是胎儿对以儿童心理学家为代表的国家的发笑。对话破裂了，会谈失败了。

“但这却是你们后来的悲剧之源。太小瞧以儿童心理学家为代表的国家了吧。儿童心理学，这难道不是国家赖以存在和发展的强大基础吗？读读古往今来的历史吧。”我色厉内荏地指出胎儿们的知识缺陷，并下意识又一次对那个年少的世界产生了妒意和敌意。我快要支持不住了。

八

胎儿们静静等待成人们的答复，是的，等待成人们——他们的父母和祖父母们，承认胎儿们的平等地位和权利。但等待似乎变得漫长无期了起来。老奸巨猾的成人们开始思考新的对策。在他们漫长的文明史上，虽然也多次发生过青春期孩子的反叛，但从来还没有出现过像这样棘手的事情呢。然而胎儿们却耗不起时间。每一秒钟都有小家伙出生，离开熟悉的同伴们，走上“死亡”之路——或按照最新的说法，“进入成人世界”。头头们焦急地讨论，并产生了分歧。他们究竟应该怎样做呢？

但就在这时，子宫与子宫间的通讯联系忽然中断了。原来，成人们做出决定，不再与胎儿进行任何对话。对话已经使他们丢尽面子。他们在匆匆研究了胎儿世界的社会结构之后，就采取了一种他们平时十分爱用的技术手段——无线电屏蔽，一举窒息了胎儿们赖以保持沟通的心灵通信网。然后，他们准备对胎儿中的冥顽不化者实行强制堕胎。

“联络一旦中断，他们就可以比较有把握地、分而治之地对付我们了。毕竟，成人们有行动的自由，而我们无法动弹。他们在外面，我们在里面。他们在明处，我们在暗处。他们掌握了主动权。”

阿尔法先生的思绪再度回溯到了那个壮怀激烈而危机四伏的时代。我看到，他浑身的肌肉绷紧了，手臂上绽出紫黑色的条纹，眼角像地震后的大地一样裂开。他成了一尊在狂风暴雨中屹立的雕像。这时，我在抑制不住的更大嫉妒之中，也再一次对胎儿产生了敬意。他们手无寸铁，在那样的黑暗世界中一动不能动，却做出了毅然的抉择。而我呢？在我的“成人世界”中，我面对那些可憎的人和事，做了什么呢？很多时候，我甚至连回避和逃逸都没有选择。我连假装看不见都没有去尝试。我只是配合他们一起作恶。

“那么，后来，你们是怎样做的呢？”我紧张地问。

“我们选择了自杀。”

这方面早有传闻。一百年前，妇女们在大街上走着走着，便小腹剧痛，很快，肚皮破裂，胎儿像螳螂一样血淋淋地强行钻出来。幼体在空气中很快窒息而亡，痛苦的表情中却有一种大义凛然。随即，母体也抽搐着倒毙，肠子流了一地。还有的胎儿并不破腹而出，只是在里面拳打脚踢，最后扯断脐带，并把子宫生生踹烂，使其与腹腔贯通，母体受到感染而死去，而胎儿自身也一并无法生还，等等，不一而述。每一座城市的每一个角落都燃烧起了野火般的死亡。星星和月亮都看见了，大地被鲜血染得红艳艳的，而到了清晨，朝阳又进一步目睹，在每一道马路、每一条巷子和每一个街口，洒水车和垃圾车来来往往，忙着清理赤黑色的、湿漉漉的残骸。这确是亘古未有的场面。

“集体的自杀啊。是事先就打算好了的吗？”

“并没有集体约定，而都是独立的自发行为。很有个性是吧？勇敢而绝望的胎儿这样做了。关于这种现象，我毕生都在思考，但无法解释清楚。是理性还是本能呢？是不是有自杀基因或者自杀程序在起作用呢？……无论如何，他们的名字是应该铭刻在人类世界的烈士纪念碑上的，而不是任其遗骸散落于山谷。不管当初自己多么坚决地否认，我毕竟也是我们这个集体的成员啊。”

我猜想，阿尔法先生似乎到这时才认可了自己的归宿，大概与他在成人社会中出生并长大的经历有关吧。他最终还是向成人投降了吗？

然而，我随即嗅到了一股粉红色犹如小肠般的残忍及粗鲁气味。大概，胎儿行事也是不作思量、不考虑后果的吧。说他们是人类社会的成员，在冥顽这一点上倒正如其父母，他们继承的，难道不正是大人们的原始禀性吗？说到底，还是一盘散沙，终于各行其是了。从某种意义上讲，构成了文明的倒退。我又摇摆到了失望和遗憾的立场，有那么一点儿恨铁不成钢的意思。据说，最小的，包括两三个星期的胎儿，也以极其野蛮之举参加了行动。后来就演变成一场疯狂的暴乱。可以说，胎儿实际上在以这种方式绑架母体，并劫持世界，后来被定义为恐怖袭击。成人们没有想到胎儿会来这一招，震怒非常，惊恐万状，内部分裂成了两派，一派强调用温和手段处置，另一派则声称必须坚持铁腕立场。最后，强硬派占据了上风。这便导致了后来所说的全球大刮宫或大剖宫。

“基本上是男人的决定吧——而不是身怀六甲的母体，只有他们才是成人世界的实际掌权者。而且，主要是老年男子的决定，因为，对于幼小的生命，只有这把年纪的人才不会有妇人之仁。总之，那段时间里，针对每一个孕妇，原则上都采取了强硬措施，宁可错杀一千，绝不漏失一个。”

“那么母亲呢？伟大的母亲们呢？她们什么反应？”

“她们中的绝大多数采取了附和态度，有的甚至成了直接的加害者。”

然而，这很快就被证明是母亲们在自食其果。因为，到了后来，人们采取的，就不仅仅是流产手术了。社会上犹如野火的怨恨也撒向了母亲本人。这似乎是必然的，母亲总是在事变中无法保护自己，她们又一次在男人主导的战争中成为牺牲品。情势急转直下，这却是决策者暗中首肯的。于是，就有了以下的场面——

“好，现在是进行实战，是叫你们看看一辈子也看不到的东西。有没有敢给她开膛的？”身穿迷彩服的军人大叫大嚷。

原来，是以男性青年为基本单元构成的部队，作为主力，直接参加了行动。一名中尉用下巴指着面前的孕妇，边笑边滴溜溜转动眼珠，环视围聚在一旁的士兵。士兵们一个个脸色煞白，目瞪口呆，喉咙里咕噜乱响，眼仁上下翻动，像偷看似的觇视人虽昏死、但胎儿还在腹内蠕动的孕妇的大肚子，以及中尉拉长的脸，但没有一个说“我来干”的。中尉脑门子上的青筋在怦怦跳动。他板起面孔，嘴角痉挛，牙齿咬得咯咯作响。

“你们参军都一年了，连这种事都不敢干，还像话吗？！”中尉勃然大怒。面前这名孕妇，实际上正是中尉的妻子，一名女军官。

脸色更加苍白的士兵们屏住呼吸，紧张地注视中尉的眼睛。

“没有出息的家伙们！”中尉涨红了脸，大声训斥，咂了一下舌头，冲着一名下士点了点下巴，“你来把她的肚子豁开让大家看看！”

其余的士兵听了这话，才放下心来，都把眼光转向这名下士。

“哼，一群笨蛋，叫你们瞧瞧我的本事吧！”下士努力做出嘲笑状，向战友们扫视一番，然后说：“喂，把刺刀递给我！”

他抢过站在旁边的一名士兵的刺刀，紧紧握在手中，凝视孕妇的大肚子。

“畜牲，连肚子里的胎儿都在反抗。乱套啦！哼，让你反抗！”他咽了一口口水，瞪起充血的眼睛，大步走到孕妇面前，对准她的肚子刺去。

周围一片寂静，能听到的，只有官兵们喉咙里发出的猴子般的喘息声。

“啊！……”刺刀扑哧一声刺进女人的腹部。下士大口喘气，皱起眉头，往发干的咽腔里大股吞下口水，非常焦急地用那把没有开刃的钝刀胡乱把肚皮豁开。他从女人腹中把血淋淋的胎儿拽了出来。胎儿的小手和小脚还在不停动弹。这时，下士的眼神短暂地变得迷惘和失落，转瞬却又被一种更加凶狠和无畏的目光取代。

官兵们的视线一下都集中在了胎儿的身上。抽动着半边脸、不停抚摸下巴颏儿、站在一旁瞧着的中尉，瞪起充血的眼睛，龇牙咧嘴疾步走到脚手乱动的胎儿——他的孩子的跟前。

“妈的！这就是胎儿！你们好好瞧着，这就是反抗我们的小兔崽子！”他大声吼叫，冲着胎儿的小脑袋啪地踢了一脚。软软的头颅噗的一声闷响，被踢裂了。

“哼，我这手怎么样？”中尉一边看着士兵，一边吊起眉梢，哈哈大笑。

士兵们看了中尉的姿态，不禁缩起肩膀，倒吸冷气。刚杀了人的下士见了战友们那种样子，终于放松地嘿嘿笑了。“好吧！”说着，也瞪起如同中尉那样的血红眼睛，猛地抓起头上还在流浆的胎儿，朝着中尉老婆的胸脯狠狠扔去——死去的孕妇翻出白眼，紧握的双手搁放在破开的肚子上。

啪的一声，胎儿身体溅起血水，染红了周围的地面。但怎么竟会那样红呢？

就好像这整个世界都是由鲜血染成的。

就这样，孩子和母亲死在了一起。

中尉和他的士兵们这时才一齐怔住了。他们的耳边，莫名回荡起自小就熟悉的、学校老师教给的歌唱母亲的旋律，看到那些音符通红通红，像一只只火钳。

九

现在来说说阿尔法先生的选择吧。

在失去与同伴的联系后，卵觉陷入恐惧和孤独。他预感到不祥。他沉浸在羊水的黑暗中，一动不敢动。他也起过自杀之念，却不知具体怎么操作，这一方面是因为没有经验，另一方面是缘于胆怯，他毕竟还那么小啊。就在一筹莫展之时，他听到一个细软的声音，近在咫尺，是“他的这个世界”在说话。

“宝宝。”

柔和而温暖的信号，直接传导入卵觉的心田。

“你是谁？”

卵觉十分吃惊。他明白，此刻，这信号不可能来自其他子宫。

“我是你的妈妈。”

信号急促而陌生，但立即令卵觉感受到了一种基因层面上的亲密联系。在重大危机的关头，母亲大脑里的意识中枢自主启动起来，与子宫里的孩子达成了桥式电信号连接。这是人类生理上一个尚未破解的奥秘。不管怎样，这可能是卵觉此时在这世界上，唯一领略到的真正亲情，没有他物可以替代。他也顿然明白了，这个自称为“妈妈”的存在，这个活在虚空中的超级生物，的确就是那些可怕的成人中的一员，而且就是他的直接创造者。但她与那些家伙仿佛又有着不同，此时的她不但不怀敌意，而且，还源源不断输送来了——如假包换的爱意！这一下就把卵觉弄得头晕目眩了。他也终于认识到，世界果然是属于成人的，较之胎儿，他们的力量不知要强大到哪儿去，他们的复杂程度，也不知要高级到何处去，岂是能够随便翻盘的呢？卵觉为此而委屈、羞惭、不忿、抱怨、失望……心田中却泛涌起一片全新的潮澜，那是前所未有的依恋和眷顾呀，以及对于活下去的强烈渴盼。

“宝宝，你感觉怎样啊？”母体的意识在紧张不安地询问。

“我好害怕。”卵觉忍耐不住，便直接作答。

“不要害怕，有妈妈与你在一起。他们不能欺负你的。”

“可是，你不是成人么？”

“孩子，瞧你说什么傻话。”

“你现在要对我做什么呢？”

“他们正在搜寻你，要把你打掉。而我，要保护你，做你的盾牌！”

“你准备怎样保护我呢？”

“我们要一起去找你的父亲！”

父亲这个词汇，在卵觉心中激起一种微妙奇异的感觉。他不知怎么会有这种感觉，也不知怎么回答，于是说：

“我不想出生。我怕死。”

母体沉默了。半晌，她说：

“我也不知道该怎么对你说。外面这个世界的确不太招人喜欢。如果换作我，早知道是这样，二十多年前也是不会选择出生的。但是，有很多的事情，不是我们能够做主的呀。好了，宝宝，多说也是无益，只能面对现实。现在我们要做的唯一一件事，是相依为命、并肩战斗。我要让你好好活下去，这也是为了保护我自己呀。”

在危机的紧要关头，母亲的意识终于觉醒了，明白了该怎样去做。阿尔法先生说，作为卵觉，他在稍稍犹豫之后，就决定服从母体的指令。但他强调，这归根到底并不是因为母亲的亲情感动了他，而是他本能直觉到，此时应该利用这层关系，以使自己在这场浩劫中生存下来，幸免于难。换句话说，关键时刻，是“自私的基因”起了决定性作用。从生物学上看，胎儿与母亲毕竟是不可分割的一体。但对于这种解释，我在脑海中暂时打了一个问号，怀疑是作为成人的阿尔法先生在掩饰什么。所谓“自私的基因”，这种说法太过华丽骄奢，令人感到好笑。

然而，问题是，卵觉并没有确定的某位父亲。一个世纪前，这种情况比比皆是——孩子只认得母亲，不知道父亲。于是，卵觉的母亲挺起大肚子，避开搜索的士兵，偷偷打出一个个电话，悄悄发出一封封邮件，艰难跋涉了很多的路程，好不容易才寻觅到十个最有可能是卵觉父亲的男人。她请求他们施以援手，凭借他们手中的权力，动用他们的社会关系，把卵觉从清洗的黑名单上剔除。但他们都用冷冷的、嘲笑的眼光瞧她，甚至干脆说不认识她。这也倒在她的预料之中。她唯一不太知道的是，这还是由于，此时，对待怀孕女人的态度，已经成了一个严肃的政治立场问题，人们是要以此来划线站队的。因此，有两个男人，在见了她后，就立即打电话报了警。还有一个，甚至拿出刀来威胁她。她吃力地拖着大肚子，不顾一切地逃走，才侥幸保住了她自身和卵觉这两条小命。最后，只有一个五十多岁的老男人勉强答应帮忙，因为到了这种时候，她已经什么都顾不得了，她开始穷凶极恶地威胁他，如果他不这么做，她就豁出去，哪怕自己和孩子死了，也要把他以前“奸污”她的事儿报告给他的单位，让他的上级、同事和家庭都知道，让他身败名裂，撤职下台，晚节不保。在这种情况下，这个男人——他刚好是这十个人中最为欺软怕硬的家伙，只好妥协了。实际上，仅仅这一位父亲（也搞不清楚他究竟是不是卵觉的真正父亲），已经够用了。在成人社会森严的等级体系中，他处于优等的位置，掌握了丰厚的资源和力量。

“在那场胎儿大清洗中，有一部分孩子因此存活了下来。我就是其中之一。”阿尔法先生慢条斯理说。他的眉毛在扫帚般吃力耸动，就像肌肉中潜伏了一条临死的毒虫。

“究竟有多少幸存者呢？”

“没有计数。因为这是秘密，是成人世界的秘密。这事说到底，是人道主义，还是肮脏交易，到现在都不太好说。所以公开谈论它还是禁忌。掌权的男人们对此只字不提，我们这些幸存者也替他们保密。他们中的一些关键人物还活在世上。另外，在这起事件后，幸存下来的胎儿也出现了分化。”

“那你后来为什么选择了出生呢？仅仅因为服从——呃，投降了你的母亲？”

我忽然很想见见这位母亲，说不清为什么，莫名地隐然觉得，似乎我认识此人。她要还活着，该有一百二三十岁了吧？她是一个怎样的女人呢？年轻时长得漂亮吗？像一头猎豹般坚强而性感吗？还是小鸡似的软弱可怜？她很卑鄙无耻吗？她水性杨花吗？她是一只见人就上的流莺吗？她的床上功夫过硬吗？男人玩她，她也玩男人吗？她确有伟大无私的母性吗？她是一个敢于自我牺牲的了不起的女人吗？她其实是一个目光短浅、自私自利、不爱国家的荡妇吗？……我目不转睛注视面前的老人，心里越来越悲戚，却不料，他额上的痛楚表情骤然消失，顽童般展露出狡黠的笑容，不再回答。然后，就招待我吃农家饭了，就着土鸡土鸭的，是自酿的米酒，后劲很大。欢愉的饭桌上不提苦难往事，让过去的一切真的成为过去吧。晚上，我就住宿在他简陋寒碜的农舍里。酒劲上来，整夜，我睡不着，听见隔壁的母猪和小猪在快乐嚎叫。还有一些植物在夜色的掩护下起劲生长，咔吧咔吧，这让我想到我的幼年期，我却一点也记不清我那位含辛茹苦的母亲，是个什么样。我其实是无母之人吗？这让我讶怪而卑微。有时，我看到阿尔法先生的老伴慌张地走来走去，像一个神志恍惚的女妖，叉开嶙峋的双腿，抖颤着在屋后空地上小便，半天淋漓不尽。星星透过破烂不堪的屋顶，水珠般连踵滴漏下来，大个儿一些的，就直接轰隆隆砸进田间地头和旷谷丛林中了。在另一间房子的一张竹床上面，老人的孙子和孙媳妇在声嘶力竭做爱。这的确是一个家族，走过了千年万年，有着一脉的血缘，如今完全融入了平凡而庸碌的人间社会，在国家那挡风避雨的屋檐下香火续存。

十

次日一早，太阳还没有升起，我便依依不舍告别阿尔法先生，离开了这个充满诡秘气氛的小山村，惶恐不安赶回我居住的城市。一路上，我悉心观察，确定没有人在对我进行监视和跟踪。天气酷热，到处是白花花的暑气。一路上我汗流如注。

妻子在家中等我归来。几天不见，她已经在小姑娘般嘟囔埋怨了。我狼狈不堪地赔礼道歉，慌忙用热水替她洗脚，花两小时做脚底穴道按摩，又用吃奶之力把她拖拽到床上躺下。我细致而战栗地一层层解除她的盛装华服，就暴露出了她滚圆透亮的银灰色大肚子。然后，我百般呵护地用温湿毛巾一遍遍擦拭它。妻子一百二十六岁，鲸鱼一样遍体皱纹，翻个身都极不容易。她困难地展露出舒适和满意的神色。

这让我的恐惧感稍微减轻。我们在一起五年了。我二十三岁，是她的第二十任丈夫。她总是每过五年便更换一名更新鲜、更年轻、更温柔的男人，来做她的丈夫，实际上，是她的贴身保姆。

说是家丑也罢，平心而论，妻子的身体，早已不像人类。或许从做姑娘的时候起，她就花着从男人身上挣来的大把钞票，开始用硅胶填充身体，用激光进行美容了。等到社会上的新技术发展起来后，她又成为第一批参与基因测序和治疗的人，乃至到了后来，每有新花样出现，只要手边有点儿钱，她都要勇敢去尝试。慢慢地，她体内重要的零部件已被人造器官置换，她的细胞被重组，肺泡被改造，DNA 被修补，主要的关节和血管中安装了芯片和马达。妻子是多么向往人类的美好生活啊，为了多让男人看上一眼，为了多让男人上身一次，她永不疲倦地追求青春和美丽的长驻。不妨说，正是妻子这样的女人，推动了时代的发展和进步吧……但在彼时，却又由于环境污染的严重，人工或自然的毒素通过各种渠道，都汇集到了她的血液中来，兼之男人总体上也不行了，总是吃药，他们的精子更差，突变更大，所以，在妻子那时亦变得怪怪的子宫中，孕育出了一些不同寻常的胎儿——就像阿尔法先生那样早熟的家伙，也应该是可以料想到的吧？这般的母亲，在那个时代，应该是有不少吧？这才是胎儿社会能够存在的社会生物学或者社会生态学基础吗？所谓有其母必有其子啊……对于很多的事情，我是结婚后才逐渐弄明白的。但是，且慢，果真是这样的吗？有这么厉害吗？有这么简单吗？这一切不过是在为什么打掩护吧？关于胎儿社会的出现，还有什么神秘的真正原因，是我哪怕到死也无法知晓的呢？我的心中泛涌起新的疑问……

不管怎样，到了后期，这女人更是一副生物工程学的皮囊了，这样她就可以像衣橱一样，永远用大肚子包藏那个胎儿。或者说，我的妻子本身就是一个大子宫。她腹中的那家伙可是拒绝出生的呢。说起来，他也是那场大清洗中幸存下来的人物，但他与卵党的选择不同，他只想牢牢扎根在子宫里面，大概以为这才是一副最好的盔甲。而说来你们也许不信，这家伙与我还有着至亲的关系哪。我，这胎儿之母的丈夫，正是用这胎儿的体细胞克隆出来的男人。所以，妻子腹中的那个家伙，我其实应该称作父亲或长兄。我长大成人的唯一目的，就是为了与这老女人——我生物学意义上的祖母或母亲——结婚，以便照拂她及她怀着的老胎儿。整整五年，我时时刻刻，都会感觉到父亲或长兄圆睁双睛，在阴森的子宫深处静静注视我和妻子的一举一动。这就是所谓的“腹中的大脑”吗？他已经完全控制了他的母亲即我的妻子，又通过这个女人操纵了我，以及外部的大千世界。

次日，我护送妻子去医院做例行检查。年纪大了，对于疾病及死亡的恐惧已经清楚地写在了她那张开花的老脸上。而为了确保孩子的健康，她已经被迫放弃了对美丽的身体外形的拥有。所以，检查表面上是为了妻子，其实是为了她腹中那个小家伙的安全着想。他才是真正的不能出一丁点事儿的大人物啊，是这个世界的显贵哦。掐指算来，父亲或长兄就要在子宫中庆祝他的百岁大寿了。这个岁数，他真的是害怕死亡啊，随了母体的消失而偕去，却不是阿尔法先生时代的人工流产。胎儿们早已为这个社会立法，使人流严格受到禁止。但即便是胎儿文明，直到现在也还没有攻克生老病死的难题。这并非不可思议，宇宙中的其他智慧生物在这个问题上也都遭遇了瓶颈。自然界还把持着我们至今无法破解的诸多奥秘。

在医院里，可以看到很多挺着肚子的老妇，锻压机一样轰隆走过。

也像我的妻子那般，她们的头上身上爬满墨斗鱼一般的各种管子、齿轮和电极，为她们尽心饲育腹中的胎儿，输送养分，提供助力，有时让人觉得，人类的另一半其实早已是行尸走肉。她们只在院子里的参天大树之间穿行，此地枝藤蔽日，或许因为胎儿们认为有密林更好，这样连阳光都不用照射进来，环境便像是一座高度艺术化的子宫了。虽然，他们什么也看不见，却是能感觉到的。他们总是这样，既按照他们的愿望改造和经营世界，又不与外界发生实际的身体接触。这就是安全的本意吗？是控制论的真谛吗？或许胎儿们对百年前的大清洗仍然余悸未消。

医生终于为妻子检查完毕，我搀扶了她，颤巍巍在阴毛般的林子间散步。她太肥胖了，需要一些活动。婆娑的树影把我们与其他老妇及其年轻丈夫隔离开来，看不见彼此。胎儿们很喜欢保持各自的独立性。万籁俱寂，昏瞶暗黑，山高水长，生死俱忘。我努力表现得小心而恭敬。由于妻子的身躯实在是巨无霸，我要让自己的每一条肌肉耗尽能量，才能勉强支撑住她的体重。

“活着真好。”她自言自语，终于活过来一般，嬉笑着用熊似的丰厚手掌，在我的后脑轻轻拍了一下。

“亲爱的，我的女神，你说得太对了。”我装作欢乐地抚摸被击中的部位，忍住钻心的疼痛，冲她使劲微笑。令妻子开心是我的本职工作。

是的，一切很美好。在胎儿们的遥控指挥下，生活在现实世界中的成年人更加有效地管理着社会。没有了军队，也没有了战争。没有了吵闹，也没有了纷争。没有了贫穷，也没有了不公。城市就是森林，森林就是黑暗，黑暗就是幸福，幸福就是封闭，封闭就是禁忌，禁忌就是程式，完全是一套标准的子宫模式，阴郁黯淡，水雾弥漫，妖氛惨然，流转周全，功成圆满。人类第一次拥有了真正的、正确的、完整的历史，是胎儿们向外输出的生命进化全史，成人们按照这个来重新设计了世界，还造出了新的超级机器。瞧那天宇中，在火星与地球之间，在地球与巴纳德星之间，正飞翔着军刀一般的飞船，是按照胎儿们在子宫中琢磨出的全新宇宙学模型，由哈巴狗般的成人工程师承接之后，再一步步开发出来的。而像我这样的社会成员，可以骄傲地说，由自动育婴房培养出来的高级贴身服务员，是胎儿们运用代理制管理社会的关键环节。总之，世界根据胎儿们的意志而被再造并运行。

那么，像妻子这样的宿主，当然名列要人录。我必须好好服侍她、照料她，满足她的一切需求，不可稍有懈怠和疏忽。我于是小心翼翼搀扶妻子回到家中。夫妻双双都很累乏了，脱掉衣服并身躺在床上，目视漆成黑色的天花板久久哂笑。隔壁没有猪叫。我竟第一次有些不适应，想着那个遥远的南方小山村，想着阿尔法先生，想着他为什么不像这位一样，选择待在子宫里面。他是胎儿中的异数吗？妻子很快睡着了，狗一样喷响鼻子，为腹中的胎儿输送氧气，手臂搭过来，绞索一样缠住我的脖颈。她的肚子火山一般微微悸动。我的下体有些发紧。但性交是被禁止的。胎儿会龙颜大怒。这叫作“虫洞禁忌”。然而，作为一名年轻男人，欲望又怎么能抑制得住呢？所以这才是最可怕的时刻，魔鬼前来诱惑，就连梦中的老妪，脸上也会呈现出淫荡表情，从而使我产生犯罪感，但作为保姆，我得按规定一辈子做童男呢。这时我更加不安地看到，妻子肚皮上的动静越来越大，飓风中的海浪般起伏，或许是胎儿正在做着花梦吧，父亲或长兄都那么一把年纪了，不折不扣已是成熟男人，什么不知道呢，什么没经历过呢。据说，按照近水楼台先得月的法则，胎儿已发明了在子宫中直接淫乱的方法——从阴道的另一端，与他的母亲指交和拳交，或者干脆反向插入他小小的生殖器（但尚未听闻胎儿有射精一说）。

妻子身体的奇妙，或可称作一种定向的预置。而胎儿的百岁寿典，是家庭生活中最重要的仪式。我这一阵都在为此忙碌，采购来他喜欢的东西，包括音乐版和听读版的《花花公子》。另外，他贪得无厌，消耗巨大，为此，妻子每天要服用和注射五十余种生物制剂，以维系这家伙的精力和体力。不过，如今，我却有了一些自信，因为我多少洞悉了暗室的秘密，也就是通过阿尔法先生的讲述，了解到那美妙而肮脏的过去，这就多少打消了父亲或长兄的神圣感。但我此行之后，疑虑却与日俱增：为什么还有那么多的胎儿没有出生或被打掉呢？他们在逃过劫难之后，为什么不选择降临这个现实世界呢？女人是怎么做到终身怀孕却又不育的呢？幸存的胎儿们后来又是怎么控制了整个人类社会的呢？对这一切，阿尔法先生并没有讲述。难道，这是他远避在小山村中的原因么？

在庆祝胎儿百岁诞辰的盛大宴会上，妻子自拥恐龙似的躯体，又像一尊出土青铜器，矜持地端坐在主桌的主位，木乃伊般的脸上看不出任何表情。整个家族的人都来了。许多我还不认识。我只知道，他们大都是我的兄弟，也是用这位胎儿的体细胞克隆出来的，长大后被妻子当作临时丈夫征用，每人的平均服务期是五年。因此，我见到的，又是妻子的前夫们、前贴身保姆们，当然也是她的孩子们。其实不仅仅是他们，还有更多的克隆体，作为功能不同的服务人员为胎儿效劳，有的管打扫房子，有的管清理花园，有的管上街买菜，有的管发布信息，有的管安全保卫……如今，他们也都莅临了。大家济济一堂，为妻子腹中的父亲或长兄祝寿。那家伙也必定清楚地知道这一切的发生，却不知他是什么样的心情。我率众排成十列纵队，山呼万岁，一边扫描妻子重重衣裤下面挺出的火星巨岩般腹部，这时，我会情不自禁想到最早在里面播下种子的那个男人，妻子真资格的前夫（或前情人），一个与阿尔法先生的父亲一样，私下里动用自己的权力，把胎儿保护下来的关键人物。但我从没有听妻子提起过他。不知他是否还活在这世上。他使我们这堆影子男人相形见绌。

但这次祝寿与以往不大一样。宴会进行的当中，出现了异常情况。忽然闯进来一个年轻女人。原本挪动一下身子都很困难的妻子竟腾的一声站了起来，涨红脸大呼小叫说是她的妹妹，年龄相差百岁的妹妹哪。老迈妻子的脸蛋儿上立即换上一副清纯可爱的表情，这真是让人难以置信，至少我从未见过。她殷勤万状地邀请妹妹坐在自己身旁，两人忸怩作态，眉来眼去，装腔作势，相谈甚欢。但我从来没有听说过她有这样一个妹妹。而且，在这个社会上，已经很少能见到年轻女人。她就像是一个陌生而危险的信号，闯入了我的自洽世界，使我产生了不安全感。我的兄弟们则都目瞪口呆了。而她仿佛对我多看了两眼。或许，我目前的地位及身份毕竟不一般吧。由于她与妻子长得如此相像，而年龄的差异又如此之大，只能猜想，她会不会是妻子的克隆体呢？罕见的女性克隆！但她又是根据了哪个胎儿的指令，而被制造出来的呢？她又是为着什么样的目的，而来到这个社会上、来到我的家庭里的呢？世界上有太多的谜团，把人的心思都想懒了。

寿宴结束，妻子留妹妹住了下来。妹妹说她就是来投奔我们的。“叫我贝塔吧。”她凝视我的眼睛，大大方方说。贝塔长得一副健美身材，骨盆宽大，与腰肢和腹部的比例十分匹配。我没有见过这样的女人。我接触到贝塔的火一样的目光，不禁羞愧地低下头来。

十一

我、妻子、父亲或长兄以及贝塔，就这样在一个屋檐下面，开始了同居的生活。第二天，贝塔就悄悄对我说，她知道我去过南方，探访了百年前那场灾难的幸存者，了解到了世界的真实面目。而她其实也一直想要这么去做，但还没有机会。她说她是为了寻找同道者，而专门前来结识我的。“我崇拜着你呢！”她火辣辣地说。

“世上竟有一些人在孜孜以求地探究历史的真相，这让人感动。毕竟，一切不会就这么下去的。人人都觉得这个社会颇是荒唐，可谁都不敢说出来。”她挺起胸脯，脸若桃花，仿佛无限憧憬地说。

我吓了一跳，却不敢轻易相信这个美丽少女，不仅仅是因为这世上早已经见不到年轻女人了，还在于她毕竟与妻子长得那么相像，这里面或许又有阴谋？她会不会是胎儿派来的间谍呢？她在套我的话吗？我决定要小心。但我的情感之弦已被她拨动，滚热的肠子里回转出蓄谋的叛逆冲动——似乎是我从阿尔法先生那里得到的启示。很快我就像是吃了迷魂药，离不开贝塔了。我想换了别的男人也会这样吧，我们一生中并不曾见识过年轻漂亮女性。贝塔认真地指出，只要我们俩在一起做点儿什么，就可以改变现状。很多人其实也在暗地里做着准备呢。

——只是，有一点让人畏惧，为什么她偏偏是妻子的妹妹呢？

一个星期后，我和贝塔发生了关系。这是我作为男人的初欢。不久，她的腹部也渐渐隆起了。最初我十分害怕，但奇怪的是，妻子见了，并不嫉妒，只是嘿嘿傻笑，狗一样垂出舌头，去舔嘴角流出的青色口水。大概，老年痴呆症已经开始袭扰她了。胎儿意志支配下的现代文明同样未能攻克此种顽症。于是，我对贝塔言听计从，在她的指导下密谋策划。一开始我很是不安，但她说我们没有退路，欲拥有美满生活，就一竿子干到底吧。“你这样与那老女人一起生活下去，还算是男人么？做一个周详的安排吧。我们可以逃亡到天涯海角，或者跑到火星金星上面，在那里生育我们自己的孩子，和其他叛逆者一起建设全新的社会，永远摆脱那老女人和她腹中胎儿的统治——那可是货真价实的黑暗统治呢。”她似乎深思熟虑。但我还是颇为担心妻子子宫里的那个家伙，虽处于暗室，却到底心明眼亮，心狠手辣，洞察世事，权力无边，经验老到，而且，这世界早已以胎儿为中心，建立了一套完备的监控和安保体系，严防任何的作乱和颠覆。但是，人就是这样一种东西，只要有了愿景，而又年轻，又受到异性的引诱，就会不顾一切起来。此时，我与贝塔内心涨满的，正是百年前胎儿们自杀时的决然。这个看似安定平静的世界上，休眠的火山实际上一直在暗蓄喷发的能量。这正是支使我前往平卡斯谷和南方小山村探查真相的原初动因吧。

在我与贝塔密切合作，于一个月黑风高之夜，杀死我妻子的时候，出乎意料的是，她竟然不做一点反抗，这让我水鸟击翅般亢奋，而又诧异和忧虑。她近于讪笑地死去了，好像早知这是必然。我和贝塔手忙脚乱剖开她那被厚厚脂肪裹住的腹部——是的，这必须要快，用大剪刀咔嚓咔嚓打开那只苍老破败的子宫。我们屏住呼吸，哆嗦着从灿烂得刺眼的膜壁间掏出一团血淋淋的小东西，仿佛有眼有眉，盘根错节，布满皱纹，像是一个树怪。这玩意儿周身红彤彤，光焰四射，像裹了一层赤绸，腥臭难闻，淌流脓水，在微微挣动，发出"哦哦"的娃娃鱼般的叫声，整个形象充满艺术感染力。

我的父亲，我的长兄，就是这个样子吗？在母亲腐朽糜烂的子宫深处，他躲藏了一百年不愿意出来。为什么？为什么？为什么？！只是他并没有想象中那样强大。或许是我们的行动来得迅雷不及掩耳，而他也太自负、太大意了吧。但怎么连他背后的那个无所不知、无所不能的文明也未能阻止这起凶杀呢？仅仅过了一个世纪，彼文明真的已经衰败没落了吗？我心中顿然涌上对这东西的一腔怜悯，迟疑不决，无法下手。但是，如果阿尔法先生所言是真，那么，这家伙在死亡的刹那，也一定会把这谋杀的惊天讯息，通过电磁场通讯网，传与别的胎儿分享吧？那么，这个庞大的组织跟着会采取什么措施来报复呢？

在我终于把尖刀刺入胎儿猩红的身体时，不祥的预感从内心深处犹如乌黑的茶渍滚滚泛起。我既与贝塔做下天大之事，闯下非常之祸，最初的勇气和雄心也便悄然失落了，大脑中一片空白虚脱，像是整个的人生都谵妄地丢得一干二净，存在的有关意义尽皆丧亡。我们面面相觑，最后，贝塔跺足苦笑一声，显得诡异和隐晦。这时，桌上的电话，勾魂使者一般大叫起来。我也猛跳一下脚。贝塔飞快地朝我使了个暧昧的眼色，双手护住自己隆起的肚子。我又跳了一下脚，才僵硬地拿起听筒。里面传出一个熟悉的声音。我的神经系统好像停止了工作。过了许久，我用尽全身力气才吐出一个虚弱的音节：

"你？"

“祝贺你。”阿尔法先生的声音像汽车刮水器一样节奏分明，好像人就在附近。

“什么？”

“似乎，我们刚刚摆脱了一场噩梦呀。”

“不明白你说什么。”

“说了那么多，你还是不明白？算了，不明白就不明白吧，这世界有几处可是十分明白的？不会用这个来寻开心吧……”阿尔法先生以过来人的姿态宽容地轻笑起来，“但是，现在，再来说点儿稍许明白的吧——其实，我就是你们刚才杀死的那个胎儿哦。谢谢你们帮助我得到解脱。”

“爸爸？哥哥？……”我掩住嘴，喉咙中像要爬出一条百足蜈蚣来，转眼去看贝塔，却见她已恢复了镇定。

“记得，那天，你问到了我为什么选择出生的问题。”阿尔法先生仿佛轻描淡写地说。

“啊？”

“那次，有很多话我们父子，呃，说是兄弟之间也可以？总之，还没有聊完，对吧？留下好多遗憾哟。幸好有你的名片，我就把电话打了过来。不好意思啊，深更半夜，打搅二位鸳鸯了。”

我拿住话筒的手在颤抖，想放下它，却又不敢。他是我的父亲及长兄呢。他可是看见我和贝塔乱伦了。只听见那超时空的声音又洪钟般鸣响起来：

“其实是我引导你来找我的……长话短说吧，现在，请让我把这一切讲完。让一个老人把往事像干屎一样憋在肚子里，实在是不痛快，也有损健康。你们又于心何忍呢……一百年前，其实，我并没有真的出生啊。是的，有了那位伟大的、有权有势的父亲的庇护，我有什么理由不继续留驻在子宫中呢？不少其他的胎儿也是这样。外面兵荒马乱哟。刚才被你谋杀的你的老婆，真的是我那美丽的娘哟。可怜她啊……呜呜……先不说这个了吧。但她要不死，我还不一定讲出来呢，因为，在随后到来的新时期，我一直在和她并肩作战，履行反抗和改造这个世界的光荣职责。可不是一个人孤军奋斗呢，还有好多幸存者，同样因为有一个好爸爸的缘故，就都待在子宫里啦。大家很快学会了操纵妈妈的办法——这很容易，想想孙猴子钻进铁扇公主肚子的故事嘛。但操纵妈妈还只是最基础的工作，更要紧的是，进一步通过这个，去控制那些手握实权的男人们——可爱的妈妈知道他们那些见不得人的事，拿捏着他们的命根子哟，拿捏着他们的把柄哟。因此，真的做起来，同样也太容易不过了。孩子，听着不像天方夜谭吧？很快发现，道德败坏的男人的数量简直就像天上的星星一样数也数不完……于是才真正搞明白，这个世界，骨子里就是一个女人——女人扮演主角，男人从来就没有长大过，尽是顽童……由此，我们逐渐恢复了胎儿社会的联系网，并通过控制女人而控制了男人，又通过控制男人而控制了世界。我们让成年男性为我们服务。不情愿？那是不可能的哟，他们内在的软弱和谄媚也不答应哩……我们指示他们开发新的生物工程技术，修改妈妈们的身体，让她们永远怀着我们，而不是等到刚满十个月就把我们生下来……技术上攻攻关就能办得到啦。男人们其实喜欢做这个……如此美妙的结局是当年无法想象的哟，因此胎儿可以安安全全、健健康康地在子宫中成长，不用出生到可怕的成人世界来啦。终于由必然王国走入了自由王国……只是可怜了那些早早自杀的烈士们，他们的确是先驱。而这只是第一步……后来，一切跟以前不同了，因为胎儿们开始全面管理社会，世界就慢慢变得真正美好起来，第一次有了公平正义和互信友爱……至少，不再让恶心的男人们随便抽插妈妈的身体了。我们可受不了这样的地震哟。”

“但我亲眼见到，你明明是生活在那个小山村里的呀！”我哭一般尖叫起来。贝塔则猫儿吃尾巴一样在一旁轻柔地绞动手指，一脸冷笑，也不替我帮腔。

“你说的是世界的本质吗？世界的本质就是变化嘛！这可了不起呢。”阿尔法先生故作惊讶地说，“所以我们也在与时俱进……让大人们又为我们开发出了新技术，让我们那充满好奇感的思想，直接以电磁波的形式，从妈妈身体里跑出去，到外面的世界去看看风景和稀奇。先是这样子的。后来，也可以寄居在别人的大脑里了，直接控制那家伙的思维，与你这样的来访者聊天解闷，甚至偶尔也过过成年人的日常生活，搞搞他们的老婆什么的，女孩子的话就去勾引一下别人的老公，作为郊游期间的一种休息，也不是不可以哟。当然，我们原始的肉身部分，还栖息在妈妈的子宫里，我们出去玩的时候，就暂时让那东西冬眠……”

他说的这些，我已难字字听进去，听进去了也无法理喻，只觉得这颗行星上正在产生一种崭新的生物形态，一种难以形容的，类似于太岁、河童或者其他什么的异形。这甚至是符合进化论法则的。我恶心欲呕，却又精神振奋。我看看贝塔，对她产生了疑问。就听阿尔法先生又说：

“……算起来，也有年头啦。有些事情不能老是隐瞒，不能老是躲闪，不能老是闭口不谈。大人们犯下的罪行应该让后人知晓，大屠杀啊……我们其实很开明——比我们的父辈开明多了。我们甚至没有回过头来惩罚他们，尽管他们双手沾满了我们的鲜血。”

“那么，为什么会……”我深怀罪感而困惑不解地看了看地上血腥的胎儿及他老母开了膛的裸尸，仿佛百年前发生在这块土地上的一幕又重现于眼前。我们究竟是谁，又在做些什么呢？贝塔脸上则绽放了蛋扒一样的奇怪微笑，让我弄不明白。而整个房间已被子宫中射出的光芒照得初升的太阳一般红艳艳了。

“一起意外，不，也不能叫作意外，而是一起阴谋。”阿尔法先生忽然满怀忧愁，叹起气来，让我觉察了他身上并未离去的深深孤寂，心中不禁再度滋生了对他的莫名怜悯。“经过百年，人心不齐了，年纪大了，想法也多了。有的人觉得，只需要他一个人做胎儿就够了，别人都是多余，比如我，就想要这世界只为我一个人服务，也嫉妒别的更有生机的、拥有更佳母体的胎儿……总之，大家都在这么想。罪恶开始在胎儿社会中蔓延。这个贝塔啊，是有人雇的杀手哟，要趁我出去游玩的时候，一劳永逸断了我的归路呢。你则在不知情中成了帮凶。但这不是你们的过错……”

我缓缓转头，尽量不动声色地又去看贝塔，但她一点儿也没有害怕或知错的表情，像个发条玩具一般保持了天真而残酷的笑容。阿尔法先生下面说的话则使我多少宽慰了一些：

“不过，这倒遂了我的意愿，因为我也越来越担心一个问题，那就是如何永葆胎儿社会的活力？子宫中的腐败是最可怕的腐败，这你们不知道吧？为维护自己的权力，就不再愿意社会上有新的胎儿出现。这便是为什么再也见不到年轻妇女的原因。事实上，我们一直在阻止新人怀孕。百年前大灾难的幸存者，因为惯性，都喜欢把身子骨赖在老母亲的躯体里不走，现在看来，这可不是什么好事，这样下去，人类就要完蛋啦。我们还无法解决长寿和老年病的问题。至于妈妈们的子宫，虽然在一生中要经过无数次修复，但也会逐渐萎缩退化，不再能提供营养，只好依靠药物来支撑，要通过克隆出你们这些家伙来维护，而你们也不会自然生育……自然规律哟，不可抗拒。所以，像百年前一样，必须做出新的果断决定。”

“好像有些明白了。”我的胃在抽筋，这种感觉令我的中枢神经愈加迷乱。

“因此，在通过监视网提前知道了针对我的凶杀将要发生时，我就想，不如干脆借二位鸳鸯一臂之力吧。说句实话，我早已对这样活着厌倦了。像你们一样，我也对这个巨型暗室般的社会绝望了。我早想要自杀了。但试了几次，自己却又下不了这个手哟，恋母和自恋都不允许啊……所以，这回是凶杀，又不是凶杀，明白吗？……祝福二位，恭喜二位，赞颂二位啊……不要害怕，不要担忧，不要负罪哪……对于早已安排好的事情，又能说三道四什么呢？让人言可畏见鬼去吧。扫除了来自内部的障碍，更有活力的新一代胎儿就将在全新的腔体中诞生了。一百年后，我们才懂得了新陈代谢。但这好像还不晚咧……”

但我已是成人，并不轻信他说的，又想到一件事情，迟疑片刻，鼓足勇气问：“可是，不可思议的是，你现在不是仍然活得好好的吗？……贝塔怀的那个孩子，不会也是你本人吧？你已经提前采取了防备措施，把你的意识，转移到我那还未出生的孩子的大脑中了吗？或者，是连你也无法控制的某个更厉害的力量做的这事吧？”

阿尔法先生闻听此言，不置可否，就砰的一声把电话挂断了。贝塔朝我做了个莫名其妙的鬼脸。故事又一次没有煞尾。当然，我宁愿去想象，贝塔怀着的，从里到外，是一个全新的生命。

十二

像侍奉前妻那样，我小心翼翼搀扶贝塔，去医院检查身体。然后，我们一起来到平卡斯谷——每个人一生中无可回避的暗室。她的肚子已经很大了，鼓胀得像个氢气球，从前的美人儿变得蟾蜍般丑陋。胎儿在里面已经九个多月了，医生说是一个男婴。他已基本停止了生长，自然也不会降生，直到有一天他对目前这副躯体感到疲惫，想到要由别人把他剖出，或者别人对他厌烦了，想要让他出局，那也便是贝塔寿终的一刻，由一个更年轻的男人，把她的肚腹撕裂，从那黑暗的洞窟里释放出红色的万丈光芒。

有幸的是，我是贝塔的第一个男人，被称作“播种者”。这是胎儿文明为了延续香火，而着意塑造的新角色。但真是这样吗？在我之前，某个隐藏在幕后的力量就没有对贝塔动手动脚过吗？如果那家伙真的是转移而来的父亲或长兄，他会是如此的温良恭俭让吗？如此的具有诚信和风度吗？……但不管怎样，我终归有了机会。贝塔毕竟是个年轻女人。而按照规矩，作为首任，我将有幸直到胎儿年满十八岁时，才会被迫离开贝塔，腾出位置，由某一位从胎儿的体细胞上克隆出来的男人续做她的丈夫，悉心把她及他照料，然后，又是下一位克隆，再下一位克隆……每位的服务期是五年，直到她活到她的儿子不耐烦的那一天。还会是一百年吗？又一个轮回。

平卡斯谷已不再寂寥，而是人山人海，喧腾鼓噪，大路朝天，热闹非凡。时代在发生剧变。世界上挤满不知从何处忽然涌现的如花少女，无不有同样年轻美好的男子尽心陪伴。她们满脸堆砌了菠萝一样的幸福表情。平卡斯谷则成了一处圣地，人们敲锣打鼓，纷纷前来朝觐，幼小的死者亦在百年后真的做了先驱和英雄。总之一夜间情况就不同了，貌似伟大的变革确已神秘发生。但我们不知道它将往什么方向深化下去。

“孩子在里面踢腿呢。他好像挺高兴。”贝塔粗声粗气对我说，满脸紫红，犹如鲜花盛开，青蓝色的血管在皮肤下面弓弦般暴胀，她活像一个刚刚服食了水银的女巫。而这却正是她最为妩媚迷人的时刻，胜过了性爱中的高潮。她就要做母亲了，她已在做母亲了。这是新的母亲哪！整个宇宙在她头顶三尺以上欢乐飞翔。我猜测，我终于落入了她和那男子共谋设下的圈套。

我脚下微微用劲，就把一个挡道的百年旧骨头踢飞，这一刹那心里真是痛快，眼前好像出现了不久前被我亲手剜出的老年妇女的子宫——我前妻或我母亲或我祖母的那只红光四射的内生殖器，以及里面血淋淋的、明摆着的历史与现实。对此我已襟怀坦荡，不需做任何隐瞒或辩解，现在，连妈妈那最阴暗隐秘的内幕也可以拿出来当故事讲给后人听了，似乎并不如想象中吓人。信不信则由你们。

我感受着一个没有了秘密的世界的荒谬，却仿佛拥有了明确笃定的未来。当然，平卡斯谷上空的星光还是依旧，按照自然界的物理法则，有一点永不会变：它们仍然来自过去。

（二〇一〇年获中文幻想星空奖最佳短篇小说奖）

没有答案的航程

一、生物

生物从昏迷中醒来，发现自己不再记得以前的事情。

它躺在一个不大的房间里面。房间是半圆形的，周遭是洁白的金属墙。一端有一个紧闭的门。另一端是窗户，透过它能看见室外群星森然密布。

正对窗户不远，是三张紧挨的皮制座椅。上面空空的，一尘不染。

生物努力站起来，觉得全身骨架生疼。于是它心中浮起一个意象：曾几何时，一共有三个生物，就坐在这些椅上，一言不发而久久地观看那闪亮的星空。但这个意象，遥远陌生得很，并且转瞬就落花流水一般散失掉了。

生物便向自己发问：这是什么地方？我是谁？发生了什么事？我怎么会来到这里？……

它还没把问题问完，便听见身后发出响动。

它紧张地回头观看，见那扇闭着的门正缓缓打开，门边站着一个物类。那后来者看见生物，脸上有说不清的种种表情。

这时生物听到室中嗡嗡响起一种声音。它惊讶地听出了是“你好”的音节。而它竟是门边那家伙发出的。

生物迟疑一下，感到自己被不由自主所主宰，便也回应：“你好。”

这声音又使它们吃了一惊。原来都会说话呀。而且这不假思索脱口便出的语言，竟然是同一种呢。

生物判定它和对面的个体属于一个门类。因此，生物推断从它的模样上，也便能反映自己的形象：五官集中在一个脑袋上，有一只脖子，两手两腿，直立行走。穿着灰色的连裤服。

生物因此开始重新认识自己。这种形象有些熟悉，但生物想不起在哪里见过，这使它非常不安。它在心里称后来者为“同类”。

接下来，生物飞快与同类进行了熟识。它才知道，原来同类也失却了记忆。自然地，它们有了同病相怜同种相亲的感觉，亦便立即讨论了目前的处境。

显而易见，这种讨论根本无效。头脑里供参考的背景知识一去不返。

很快它们就累了。生物和同类不安已极，愣愣看着白色的四壁，任凭星宿从窗外流过……时间逝去了。

同类忽然叫出声：“喂，我们是在一艘宇宙飞船上！”

生物循着声音，在几条隐蔽的脑沟中畏畏缩缩拾回一点似曾相识的东西。宇宙飞船、发射……好像是这么回事。

“我们可能是这艘飞船的乘员。”它便也说，为零星记忆的恢复感到鼓舞。

在这种鼓舞之下，便做了如下假设：它们驾驶这艘飞船，从某个地点出发，去执行一次使命。中途发生的某种不测使它们昏迷。昏迷中它们失去了记忆。飞船现仍在航行途中。

可是出了什么事呢？它们的智力之流至此再次阻绝。另外一个思虑倒升将出来：飞船上就它们两个吗？就不约而同去看那三张座椅。不错，房间内的座椅的确是三张。

生物和同类梦游般移到它们跟前，小心地欠身坐下去。这椅子分明是按照它们这种物类的体形制作的。可是到处找不到操纵手柄和仪表盘之类的布局。

它们相视一眼，觉得世界的奇怪，便格格笑出声。却又忽然止住笑。

它们想到其实并不了解对方，亦不明身处之境。

这时，星光以很佳的角度攒射在生物眼帘中，像无数的鱼儿竞身投入饥饿的池塘，召唤起驾驶的冲动。只是，它和同类都忘记如何操纵这艘飞船了。

它们仔细体会进入骨髓的惊懔和恐惧。

第三张座椅空着。

还有第三者。

二、第三者

生物便说："喂，得赶快找到第三者。"

同类说："如果它还能记起一些什么就好。"

生物说："哪怕它也失了记忆，我们三个在一起互相提醒，也许要好一些。三个臭皮匠，顶个诸葛亮么。"

同类说："这话很有意思。它是什么意思？你想起它来了。"

生物腼腆地笑笑。它也不记得这句话的来历。

同类又说："可是它看见我们会吃惊么？"

生物说："我想它也在找我们呢。"

便开始在船舱内寻找第三者。它们知道肯定能找到它。因为有第三张座椅嘛！

这是生物和同类的首度合作。它们的配合竟是相当默契。它们惊喜地看看对方，心想，在出事前，它们一定是一对好搭档（这是一个回忆的线索）。

世界的确不大，很快走遍旮旮旯旯。结果鬼影也没发现一个。这一点是可以打赌的。它们不放心，又寻一遍，结果如前。

可是，为什么要设第三张座椅呢？

四周静无声息。不祥的气氛开始笼罩生物和同类，但它们还没有由衷感到阴森。因为它们沉浸在唯一的收获中。弄清了，这大概真的是一艘飞船。

它的结构简单，像一根哑铃。（为什么这样的结构就是宇宙飞船呢？）它们甚至确定它由一个主控制室（生物昏迷的房间）、三个休息室、一个动力室和一个生活室构成。

其中，控制室对于它们来说暂时没用，因为忘记了操纵方法。但使它们惊喜的事还是有的：在生活室里发现了大量食物。用它们知道的那种通俗语言来讲，是"吃的"！

这使它们醒悟，肚腹中越来越强的那种不适之感叫作"饥饿"。消除饥饿，是它们在飞船上解决的第一个实际问题。但它很快被似乎更为重大的理论问题踹到一边儿去了。

没有找到有关这次航行的资料。没有找到足以证明生物和同类身份的信息。没有发现它们的任何个人物品。这样就不能回答那几个最关键的问题：

它们是谁？它们从哪里来？它们要到哪里去？它们要干什么？

飞船上没有白昼和黑夜，时间便像盲流。生物和同类心情紧张，只好继续喋喋不休讨论出了什么事：

一、事故。第三者死了。它们则失去了关键性记忆（一些细枝末节的倒还记得，比如“哑铃”“门”“窗”“语言”等概念）。

二、第三者被劫走了，连同所有的资料（飞船遭到过抢劫）。

三、第三者是一个重要人物，指令长之类。

四、第三者正在劫持这艘飞船。

五、没有第三者。第三张座椅是虚设的，比如为候补船员用。

六、……

这样讨论下去照例没有结果。更恐惧的是它们似乎来自一个喜欢讨论的种族（又一个可供回忆的线索）。

于是在同类的提议下，又回到现实。

目前有这么一个问题：无论第三者存不存在，飞船总算还在自己手中。尽管不知道来历和去向，它们得控制它。这才有光明的前途呀。恍然大悟。

这样一想，一切似又简单了。它们便动手动脚尝试。但一会儿后发觉并不容易。没有一个按钮，没有一台计算机，没有一个显示器，没有一个文字和图案。

在缺乏提示的背景下，生物和同类连一点操纵飞船的常识也记不起来。这已非行动与否的过错。

跟着它们意识到这飞船也忒怪了。整个光溜溜的、很现成的感觉。它整个地包容它们，它们却无法动它一爪。它被做成这种样子，可能是一种先进的型号。设计师是谁呢？

同类说，它更像一个虫子的空壳。这虫子原来生存于无名的外星。它此刻虽然没有展示什么神通，却也漠视乘者的存在。不过，正常的结论似也应有三种：

一、只有第三者知道操纵法。

二、它们加上第三者共同用复合意念能操纵。

三、这艘飞船是自动控制的。

最后，它们不约而同决定相信第三种结论。有了这样的揣想，它们松了一口气。无聊的话题便又一次强迫症似的开了头。

同类相信它们正在执行一项严肃的任务。它说："你难道认为我们原来是那种碌碌无为者吗？我觉得不可能。看看这艘飞船、这次航行。我想我们当初一定经过严格的训练和挑选。这次航行有着伟大的使命。"

"那也不见得。"生物反驳，"没准儿，我们是两个逃犯，两只实验用动物。"

其实它心里也像同类那么想来着。它对这位感到兴趣。它的生活与它的生活必定有过巨大的交叉。什么逃犯，也许二位是至爱亲朋呢。但是好友一夜之间便对面不识了。

生物摇摇头，否认了这是它们原来生活的那个世界的普遍现象。

"那还真没准儿。"同类却微笑着接过生物的话茬，打断生物的沉思。生物便不知为什么有点不高兴。

同类接着说："但是，也有可能，逃犯只有一个，另一个是上船来捉逃犯的警察。实验动物也只有一个，另一个是科学家。这种配合也正属于好搭档之列。”

生物只好干笑着拍了拍同类的肩膀，说：“你讲得太有意思了。幸好我们什么都记不起了。不然中间有一个可就麻烦了，老兄。”

同类推开它的手：“喂，你正经一点。好好想一想。我现在一点都不了解你，虽然我不明不白要信任你。换几个问题问问，看你想不想得起来。第一个：你今年多大了？”

生物艰难地想了想，老实回答：“不知道。”

“你最喜欢什么颜色？”

“不知道。”

“有什么爱好？”

“不知道。”

“崇拜过谁？”

“想不起来。”

“一生中最难忘的事情是什么？”

“好像没有。”

“你属于什么星座？”

“什么意思？”

“我偶然想起了这个。喏，星座。”

“星座？”

同类摊摊手。船舱外的星光便沿着它的指缝，密密麻麻溢过来，针扎般刺痛生物的脑海。

久了，它们都感到没话可说。

后来一想到这段情节，生物仍否认它们曾拒绝进行交流和理解。

当时，它只是忍不住这冷场，说：“你说，会不会有谁在寻找我们？”

同类一惊，道：“倒是有这种可能。如果我们接受派遣，从某个基地出发，必定有谁在跟踪监测。”

在无聊的话题行将结束之际，它们为最后偶然冒出的这个想法激动不已。那派遣它们的人，会不会就是第三者？

它们建议实行轮流值班制度。记忆的丧失使它们不敢轻易对任何东西下注。而且，它们对正在发生什么和将要发生什么毫无把握。

所谓轮流值班，便是让一位休息，另一位在主控制室待着，虽然实际上不能控制什么，却可以对突发事件进行观测，发出警报。

值班者更重要的职责，便是等万一遇上寻找它们的飞行器或者别的路过的飞行器，向它求救。虽然不知道用什么办法能使对方获知它们的处境，但它们觉得，到时候就应该会有办法的。它们的智慧目前达到的地步便是这样。

三、方舟

等呀等。可是黑暗的空间好生静谧，老不见第二艘飞船。生物和同类失望至极，愤恨至极。便又去看窗外的星空。

星空亮晶晶的。宇宙大洪水一样，四面八方泄入荒凉的船舱和寂寞的心胸。于是又有了无话找话。多亏语言——它本身大概也是一种生命形态，这时它们就这样感激地想。

同类骂道：“狗娘养的，它们不管我们了。”

生物说：“喂，看起来我们的世界已经毁灭了，我们两个是唯一的幸存者。”

同类点点头：“这大概是事故的起因。”又说：“但你说的跟《圣经》中的不一样。听你的意思是说我们乘的是诺亚方舟？那么鸽子呢？”

《圣经》是什么武器？诺亚方舟又是何种疫病？为什么要提到鸽子！生物听了同类的话，陷入痛苦的思索。它朦朦胧胧记起一些往事，却不得要领。它也试探着说：“那也应该有性别之分。这种场合，通常是安排一男一女。”

同类就谨慎发问：“什么场合？”

生物便又乱掉方寸。性别是什么呢？一男一女又该干何事？一团模糊遥远的云彩，带着毛边儿，在它的神志中纵横切割。心乱与静谧的空间不成对应。语言杀人！生物慌慌张张去看同类，发现它也在十分尴尬地打量自己。

“这些事情是说不清楚的，除非你真的记得。”末了，生物黯然说。

“一定有什么地方搞错了，但不是我们的过错。”同类说。

渐渐地它们的谈话中老有一个星球的名字出现。但由于没有年代坐标对它进行定义，它们断定这东西大概没有什么价值，便把它抛在了脑后。

另外它们逐渐回忆起自己跟“人”这个概念有关。这是一个沉重得有点可怕的概念，它们有这种感觉。

可是就算是“人”，也并不能说明它们是谁呀，因此也没有多大用处。于是它们令人遗憾地放弃了这方面的进展。但是……第三者会不会是个女人？这种新想法使生物精神一振，忘乎所以地兴奋和慌乱起来。

四、威胁

飞船上没有白昼和黑夜，谁也不知道宇宙中的时间究竟过了多久。轮到生物值班时，群星仍然缄默，像做游戏的小孩绷住脸，看谁先笑谁就输。

生物晕晕乎乎坠入臆想。窗外的星星在不知岁月地旋转，那里的所有生物，也都如它们这样浑浑噩噩活着，不知生来死往、不知自己是什么东西、不知目的地吗？

一瞬间它隐隐约约闪念到，这正是它在昏迷之前向往过的生活呀。这正是一段如痴如醉之旅呀。但生物马上又确信整个航程是有目的的，只是它暂时忘记罢了。

生物便蔫头蔫脑去看那张座椅，心里泡沫一般泛起没有指向的念头：第三者真的死了吗？还是仍在这艘飞船上？还是在什么地方跟着？如果它出现，它能告知一些什么？还有，女人的事……

它忽然背脊发凉。

生物转头看去。一双眼睛在门上的小圆洞里盯着自己。

生物凝视这眼睛，一时不知道该做什么好。这是一双布满血丝的眼睛，充盈着怀疑和阴毒。它们和生物的目光接触的片刻，也凝固住了。

生物跃起的刹那，那眼睛从门洞上移开了。生物冲出门。通道空空的，并无人迹。它蹑手蹑足回到自己的休息室，发现里面略有凌乱，似乎被搜查过。

它一声不吭出去。它的腿部肌肉在痉挛。这证明它的确是一个普普通通的生物。

生物费了好大劲才重新挪动脚步。他匆匆去到同类的休息室。它不在。生物刚要退出，却撞上它进来。同类看见生物在这里，满脸狐疑。

生物告诉同类：第三者确实在船上。

“你看见了吗？”同类冷冷问。

“我看见了。”生物牙齿打战，为同类的口气感到委屈。

“不会是幻觉？”

“不是幻觉。”生物十分肯定。

“它跟我们一样吗？”

“我没有看清它的脸。但感觉上是跟我们一样的生物。”

同类面部肌群便有些抽紧，像一颗游历太久而峥嵘的陨石。它说：“你有没有看走眼？这艘飞船上不可能有第三者的藏身之地。”

生物说：“也许上次搜查时我们忽略了什么角落。它可能在跟我们捉迷藏。而且我的房间好像被人动过了。此刻它在暗处我们在明处。”

同类低声道：“就像个幽灵？”

生物解释：“它可能以能量态存在。我感觉得到。它现在可能正伏在飞船壁上。它一直在外面跟着飞船。它跟我们不一样，它能在太空中呼吸和行走。”

同类说：“你怎么想呢？”

生物脸有些泛青，说：“它也许就在外面。它要吸我们血。你有没有听说过黑暗太空中的冤魂？”

同类说：“那都是水手们杜撰的故事。”

生物说：“可是这种情况下你不能不去想！一切是那么不可思议。”

同类说：“什么叫不可思议？第三者它究竟要干什么？”

生物说："我能感觉到，这整个是一个阴谋。我们得找到它，赶快抓住它！"

同类咬着嘴唇，想朝前迈出一步，却好像没有力量这么做。"你的分析不能说没有道理，你看见的也可能并非幻觉。"它慢吞吞说，"但另一种可能性也许更符合常情。如果真有第三者，根据第三张座椅的样式和你刚才的描述，它最多是跟我们一样的乘员，那么它又会有什么特别呢？它一样没有了记忆，一样对环境不适应，它要看见我们，也一样的恐惧，以为我们是阴谋者。"

生物摇摇头："你是说，是它在躲着我们？防范我们？猜测我们？"

同类哈哈一笑："你说一个生物，在这种环境中，还能做别的什么吗？我觉得没必要去找第三者。找到了它又会怎么样呢？我们需要从中选一个指令长吗？我看还是让它要怎样就怎样吧。"

生物说："不需要选谁当头。但多了一个人，我们就可以减少每个人的值班时间，用余下的时间来恢复记忆。"

同类说："可是食物就得按三个人来分配了……"同类忽然缄口，又哈哈一笑。

当生物终于反应到同类道出了一个重大问题时，场面便有些尴尬。生物一直忘记了第三者也要进行新陈代谢才能活着，可见记忆的丧失是多么危险。

"如果它与我们一样是船员，它是应该有一份的……飞船本是为三个人设计的。刚开始我们不是努力找过它么？"生物这样说，在内心拼命否定什么又重建什么。它是那么的胆战心惊，以至于不敢去看同类的眼睛。

"那是原先呀。有好多事情我也是这两天才想到。你就当第三者不存在吧。”同类见话说到这个地步，便这么总结。

生物承认它说得有些在理，又感到其中逻辑的混乱，而唯一的断线头又随时间的退潮一寸寸从它手中滑脱。它在线索离手的刹那，又回忆起某些东西，却没有向对方言说。

它们仅仅达成协议认定第三者并不存在，因为它们需要它的不存在。

跟着建立了一项制度。在取食物时，必须两人同时在场，并进行登记。尽管达成协议否认了第三者的存在，仍然在值班制度中加入了一条对食物舱进行保卫的规定。

一个明显的事实：由于它们的生存，食物确在一天天减少。但这是一个刚开始没引起注意的特别事项。对于“吃”的忽视是一件大事。同类是什么时候留意到这个情况的？生物因为怀疑对方的记忆恢复得比自己更快，便第一次对同类产生了戒备之心。

这种戒备甚至有时盖过了对第三者的防范。

生物企图否认这种情绪。它希望到食物刚好用完的那一天，飞船在一个地方降落，有人告诉它们，这一切不过是一个精确设计的玩笑，是一场无伤大雅的试验，是计划中的一部分，包括它们的失忆。

可是，万一要不是这样，会怎样呢？同类是不是也在想这个问题，却是生物所不能知道的，但它这几天越来越寡言，是生物担心的。

生物希望与同类一起商量一下。但每次它都无法开口。它不再认为商量能解决问题。实际上，现在，它们已开始对见面时要说些什么字斟句酌起来。先前那种古怪的闲谈成了真正可笑的往事。那个想法不断浮现：会怎么样？它们都会灭亡，还是……

其中一人会灭亡？

生物的心让这个念头刺激着，冷冰冰越跳越凶。跟着，大段时间里它努力使自己接受一个新的想法。同类说没有第三者是对的。

因为它就是第三者。

五、最后的 × 餐

事实是，飞船上一共有三个生物（或三个“人”）。事故发生后，同类最先醒来。它发现出了事，便杀害了一名同事——为了独享食物。然后它来加害生物。这时生物碰巧醒来了。

生物是这么想的。生物又想：换了我可能也会这样做。

要不就是：同类在控制飞船。它装成失去了记忆而实际不是。为什么要这样呢？当然是一个阴谋。而生物是它的人质。

因此，这艘飞船的使命，极有可能肮脏卑鄙。

生物要使自己接受这样的想法，就不能没有思想斗争：它是坏人还是好人？它是好人还是坏人？它要不是好人会不会就是坏人？它要不是坏人会不会就是好人？它要是好人我该怎么办？它要是坏人我又该怎么办？

唉，它怎么连以前的什么事都记不得了。

飞船上没有白昼黑夜。时间不知已流失到了何处。这是没有人来管的。生物和同类羞羞答答又一块儿去取食。

轮到由生物登记。它查了一下，原本堆得山似的舱里，各种食品已去掉三分之二。就它们两人，消耗量也很惊人。由于有了那种新想法，它看同类的目光不一样了。

它有意只取不足量的食物。然后它注意观察同类的反应。生物看见同类的眼睛时不觉愣了一下。布满血丝，似乎有怀疑和阴毒在其中一闪。

它吓了一跳，但表面上不动声色。然而同类并不待生物捕捉到什么和证实什么，便表现出高兴和理解，拿了自己那份食物，乐滋滋吃去了。

生物也开始吃他的一份。这时它发现量太少了。同类便过来把它盒中的一部分扒拉到生物盒中。这个意料之外的举动使生物的脸孔热了一下。

它也不让对方捕捉到什么，便堆起笑容说："干脆再到舱里去取一些吧。"

同类用手压住生物的肩膀，不让他动。"我知道你是好意。但是我们必须节省。"它说，"我的确不太饿。你需要你去取一些吧。"

生物便惭愧有加。它努力不在对方面前表现出来，以使它觉得自己软弱。但内心的情绪却终于释放于脸面。生物察觉到，自己对同类的歉意中夹杂厌恶。这时它就像一个刻薄的可怜虫被人看穿了心事。但生物发现同类竟能装出若无其事的样子。这尤其使它感到深不可测的恐惧。

这时，同类便静静看着生物的鼻尖说："到了目的地一切会好的。等恢复了记忆，我会发现，你原来一直是我的好搭档呀。"

听了这话，生物忙随口答道："尤其是现在这样子，我们面对同一个问题，克服同一种困难。这将是多么宝贵的记忆呵。我一定要把这航程中的种种事情告诉我们的后代。"

可怜的生物便又反复起来，一会儿觉得同类之外还有第三者，一会儿又觉得同类便是第三者。但它的想法并不能阻止食物的不断减少，并且减少的速度有些不正常。它们加强了守卫，却没有发现小偷。

由于没有捕捉到第三者，生物便再次疑心同类在值班时偷窃了食物。它开始监视它。生物从主控制室舱门上方的小圆孔观察它的工作。一连几次它发现它甚为老实，它的背影写满忧患。它那么专注地注视一无所有的太空，的确让人感动。

每当这时生物便深知自己错怪人了，但同时它又非常热望它去偷窃食物。飞船上缺少一个罪犯，便不能证明另一个人的合法性。然而终究使它不安的是同类的无动于衷。

它知道生物在监视？而它会不会反过来监视生物或者它早已开始监视它了呢？生物便这么胡思乱想着，思维不断颠来倒去，心中涌起思乡之情。它回忆起在它原来的世界上，它并不这么贪吃。

六、过失

飞船上没有白昼黑夜。时间继续大江东去毫不反悔。飞船亦仍坚持它顽固的航程。无尽无头。

生物和同类更为沉默乏味。它们早已不再提第三者，但似乎二位有同一种预感：冥冥中的第三者不久即要露面摊牌。是吉是凶，将真相大白。

但就在紧要关节，不幸的是，同类发现了生物在监视它。这打破了预定的安排。

它刚把头回过来，便与生物透过门洞的目光对个正着——就像那次生物和第三者陷入的局面。同类无法看见生物的整个脸，就如同当时生物与第三者对视。

同类或许以为碰上了第三者。它明显有些慌张和僵硬。

然后，它缓缓从椅上站起，这竟然花了很长时间，而不像生物那样猛然一跃。

同类向生物威严而奇怪地走过来。轮到后者僵硬了。同类身后洪水猛兽般的群星衬托着它可笑的身体。

生物一边搜索解释的词句，一边想还有充足的时间逃跑。然而它却被一股力量固定，在原地无法动弹。

生物知道自己的眼睛这时也一定布满血丝而且充盈着怀疑和阴毒，因为它看见同类越走近便越避开这目光，而且步伐颤抖着缓慢下来。

生物相信到这时同类还没认出它。它要走还来得及。同类走到门前停住，伸出手。生物绝望地以为它要拉门的把柄，但那手却忽然停在空中，变成了僵硬的棍子。

它看见同类的额上渗出冷汗。仅仅一瞬间，经过长途航行中时时刻刻神经折磨的这个躯体，便在生物面前全面崩溃，昏倒下去。

这真是出乎生物的意料。它急忙推开门，进去扶起同类，拼命掐它人中。一会儿后它睁开了眼睛。

“你疯了。我死了，你只会死得更快。”同类这么叫着，恐怖的眼白向外溢出，使劲把生物的手拨弄开。它一定以为生物要加害于它。

生物大嚷：“喂，你看看我是谁！”

同类却闭上眼，摇头不看。生物这时犹豫起来。最后它决定把同类弄回休息室。但在出门的瞬间，同类猛地掐住生物的脖子。

“叫你死！叫你死！”它嚷。

“你干吗不早说，”生物也大声向它吼道，“既然心里一直这么想来着！”

生物很难受。眼珠也凸出来。生物掰不开同类的手。后者拥有相当锋利的指甲。

生物便仰卧在同类身下，用牙乱咬它的衣服，直至咬破肌肉，膝盖则冲它小肚子猛磕一下。

这串熟练的连接使生物意识到它很早以前可能有过类似经历。它全身酥酥的而且想笑。

同类立时昏了过去。生物便翻了一百八十度，攀上同类的身子。它咬它面皮，也掐它脖子。这回它处理得自然多了。

同类喘出臭气。生物看见它脖子上的青筋像宇宙弦铮铮搏动，不禁畏缩了。

同类便得了空挣扎。生物复加大气力。同类不动了。生物以为它完了。不料同类又开口说话：

“其实我一直怀疑你就是第三者……”

生物一对眼珠开始淌血。血滴到同类额头上，又流到它的眼角。同类怕冷似的抽弹了一下。生物的小便就在下面汩汩流了出来。

生物证实同类确实不能再构成威胁之后，便去搜索它的房间，把什么都翻得凌乱。它没有找到足以宣判它死刑的证据。

它这才醒悟并不知道自己杀死的是一个什么生物（或一个什么“人”），就像它不知道自己是谁一样。

生物开始感到小便流尽后的凄凉。一切只是一个意外的失手。生物答应自己一定要好好原谅自己。这时它也没发现同类偷窃的食物藏在什么地方。

生物做完这些，全身困倦，横躺在那三张椅子上。这时它好像听见有人在叫它。它浑身一激灵，四处寻找。然而仍然只有白色的金属墙。墙上的门紧闭，再没有什么物类倚立。

可是生物打赌的确听见了某个呼唤，尽管它以后再没重复。

之后它产生了强烈的毁尸灭迹的愿望，但试了种种办法，都没有成功。没有器材、药剂，也找不到通往宇宙空间的门户。

七、性别之谜

余下的时间生物便吃那些剩余食物，以消除周期性的不适感。

尸体便在一旁腐烂。它就用食物的残渣把它覆盖，免得气味散发得到处都是。

许多次，生物以为还会从门洞中看见一双监视的眼睛，却再没发现。但那三张座椅仍然静静地原样排列。一张属于它，一张属于死人。另一张呢？

生物没有兴趣再为这个开始就提出的问题寻找答案。

它便去看星空。它是凶杀的目击者。生物便暂定它为第三者，以完成自我的解脱。

它在自己的壳中航行。不知为什么，危险和紧张的感觉依然存在，而且另一种孤单的心绪也袭将上来，渐渐化为一层欲哭无泪的氛围。

生物想不出该再干些什么。这时它便有与尸体聊天的冲动。

等到剩余的食物吃完一半，还没有目的地将要出现的任何迹象。

生物又开始吃另一半，即原来属于同类的口粮。

食物消耗殆尽，它便去吃那具尸体。

生物想：它说我会死得更快是没有道理的。这人真幼稚。

噬食裸尸之时生物才注意到它的性别。得承认，这一点它发现得为时太晚。

它仍然试图揣测在余下的时间里还会出现一点什么修正自己命运的变故。

这艘飞船——现在生物怀疑它真的是一艘飞船——便随着它的思绪漂荡，继续着这沉默是金而似有若无之旅。

（一九九五年获第七届中国科幻银河奖二等奖）

十环，或二〇三八年，北京四十二分钟

管道。绿色。湿润。它在向前缓缓蠕动。人群如蜜蜂般拥挤。无法立足和喘息。

摄像头一样的蛇形东西游来。我的面部被扫描。信息上传。耳部被挂上一个环。

根据语音提示，我被安置在一个空出来的狭窄座位上。边上人打量我一眼，埋头吃一碗炒肝般的食物。

“这是何处？”我困惑地问。

他不耐烦地指指上方。一幅四维地图在闪烁。十条巨龙般的管道，形成同心圆。代表我的光斑在最外面一条上。

“十环。”他说，这里由阿狸负责，因为它最庞杂。

所有管道都以逆时针方向，绕中心蠕动。十条管道组成了北京城。二〇三八年的北京。

管道与管道之间，是无人区，或绿化带。每条管道装载两百万人。

“你从哪里来？”他问。

“二〇一八年。”我不好意思地回答。那时新时代才刚刚开始。

“噢，你是一个时间旅行者。”

“不完全是时间旅行……中科院通过星云奖，加载并传输了我的意识。他们选择我到后小康社会体验生活。”

“欢迎。”他开始吃下一碗炒肝，弄得满嘴是油。

“怎么才能去到中心区？”我憧憬地指指二环以里。

“交换过去。”耳环对我解释。

这不是下水道，而是生态链。管道之间，不间断进行物质能量信息交换，维持整个城市生态。生态，自二〇一八年后，就一直是北京的关键词。

“十环，相当于浮游生物区。里层管道需要外层管道的支持。”

我在十环待了四分钟。在一个生态交换时机，通过筛孔，我进入九环。这里飘飞着企鹅的标识。

“欢迎。”

对我说话的，是一个长得像小马哥的男子，但可能是电子替身。有很多这样的人。

在这里，每个人都是原子，没有阶层，独立生活，由游戏机调配。

我的身上被加载了一些东西，包括由十环带来的垃圾，这让我感到人生的丰富。我身携的信息被九环扫描进去，供这里的居民分享。

四分钟后，我进入八环。这里是金融区，由金蚂蚁管理，为北京提供智能金融服务。

我见到了 Fanny，过去的同事。她告诉我，智能金融相当于北京生态链中的种子植物层，大型生物在金蚂蚁搭建的虚拟森林中游历。

她送我至七环。管道中游走着性服务机器人。人们通过虹膜成像装置在其臀部扫一扫，即可租用。这里聚集着成千上万视婚姻和家庭为多余的居民。

机器人的型号都是我那个时代的手机牌子，大米、OBBO、VIVA等。手机已经消失。信息通过耳环，直接在大脑与大脑之间交流，并被监控。

进入六环，我遇到了未来的我。

“你还写科幻吗？”我问。

“不写了。未来都由机器构想出来。”

他唯一做的事，就是等我莅临。这已被机器预知。

我想跟他喝一杯。但他谢绝了。“你来后，我就可以走啦。”

他抽身前往五环，回头对我神秘一笑。

我不得不替代他，留守在六环。时间飞逝令我焦急。

一个婆婆，自称是二十年后我的妻子，前来陪伴我。

她说，六环是艺术区。千度把无用之人搜索出来，安置于此。

“大家都想去到二环以里。”她说。

“那里有什么？”我的心又激跳起来。

“不清楚。老头子分析，可能是人民医院。病人可以活到两百五十岁。”

她用一套备份建筑能效代码，助我进入五环。二十年后，她对我还是那么好。

早时从十环那边用望远镜看过来，五环这厢有两百万人，但其实大都是幻象。每一人相当于一千人。

国企巨头们，以及驻华使节，聚集在这里，无所事事。公司和机构都交给了智能机器管理。人们说的话是由科大信飞设计的，他们似乎不再想说自己的话。

这里更接近中心，人们的表情很满足。马斯洛心理学仍在起作用，所有人只剩下了自我实现。

最愉悦的就是趴在舷窗边朝中心看。我也看去，见是一个星星般的小亮点。哦，那是故宫吗？

进入四环后发现人更少一些。他们是几家新兴公司的掌门人。此地是冰科技大本营。这些科技是二十年前人类根本没有想到过的。

新兴公司是管道运营的核心领导力量，不受科大信飞及 QAT 制约，但仍然需要与远环进行生态交换。

“你带来的记忆十分宝贵。”一个影像对我说，“我们靠记忆驱动。”

“二〇一八年的记忆？”

“这很稀有啊。过去二十年的记忆，大都被屏蔽和修改了。但我们需要它们。这是创新的基础。”

原来我所来的时代如此重要。中科院必定早有考虑。我非常感动。

三环没有人。管壁上贴满居民们的黑白照片。耳环告诉我，人的思想上载到这儿，存储在一台量子计算机里。未来消除了一切隐私，不再有保有自个儿思想的必要。需用时，就从三环这里租借。

我才意识到，我之前半个多小时里见到的人，包括二十年后的我和我的妻子，他们是什么玩意儿。这应该是一种更加先进的生存状态吧。

二环也空荡荡。只有一个像是女性的干净而漂亮的生物在迎接我。

“欢迎。我是 Raeka。”她自我介绍。

“Raeka 啊……”我热泪盈眶。

“你是第一个来自过去的活体。是局长让他们放行的，否则，你到不了二环。”她冲我完美而亲切地笑着。

快要接近北京生态圈的顶端了。我激动不已。

还剩下两分钟……

我往外看去，那个发光的圆点，仍然跟在五环时看到的一样。北京的中心，到底是什么呢？

“我们管它叫三体宇宙。”Raeka 说。

“我能见到局长吗？”

“暂时不行。她做报告去了。”

“去哪里做报告了？”

“世界从那里才真正开始呢。”Raeka 指了指中心，“我送你去十环吧，祝旅途愉快。”

（二〇一八年获首届中国读者选择奖“引力奖”最佳短篇小说奖）

图书在版编目（CIP）数据

冷战与信使 / 韩松著 . -- 南京 : 江苏凤凰文艺出版社 , 2018.10
ISBN 978-7-5594-2868-4

Ⅰ . ①冷… Ⅱ . ①韩… Ⅲ . ①中篇小说－小说集－中国－当代 ②短篇小说－小说集－中国－当代 Ⅳ . ① I247.7

中国版本图书馆 CIP 数据核字（2018）第 205669 号

书　　名	冷战与信使
著　　者	韩　松
责任编辑	黄孝阳　汪　旭
出版发行	江苏凤凰文艺出版社
出版社地址	南京市中央路 165 号，邮编：210009
出版社网址	http: //www.jswenyi.com
印　　刷	鸿博昊天科技有限公司
开　　本	880 × 1230 毫米　1/32
印　　张	11.25
字　　数	233 千字
版　　次	2018 年 10 月第 1 版　2019 年 7月第 2 次印刷
标准书号	ISBN 978-7-5594-2868-4
定　　价	68.00 元